這片黃土

马自东 ◎ 著

只要不丧失远大的使命感，或者说还保持着较为清醒的头脑，就决然不能把人生之船长期停泊在某个温暖的港湾，应该重新扬起风帆，驶向生活的惊涛骇浪中，以领略其间的无限风光。人，不仅要战胜失败，而且还要超越胜利。

——路遥

武汉出版社

（鄂）新登字 08 号

图书在版编目（CIP）数据

爱不够这片黄土 / 马自东著 . —武汉：武汉出
版社，2019.5
ISBN 978-7-5582-2836-0

Ⅰ.①爱… Ⅱ.①马… Ⅲ.①散文集－中国－当代
Ⅳ.① I267

中国版本图书馆 CIP 数据核字（2019）第 059032 号

著　　者：马自东
责任编辑：赵　可　徐建文
编　　辑：杜　哲　黄　娜　刘　娜　晏　子
封面设计：清　风
策　　划：当代文学艺术中心图书编著中心
　　　　　（http://www.csw66.com）
出　　版：武汉出版社
社　　址：武汉市江岸区兴业路 136 号　　邮　编：430014
电　　话：（027）85606403　85600625
http://www.whcbs.com　E-mail：wuhanpress@126.com
印　　刷：宁夏润丰源印业有限公司
经　　销：新华书店
开　　本：787mm×1092mm　1/16
印　　张：20.25　　　　字　数：400 千字
版　　次：2019 年 5 月第 1 版　2019 年 5 月第 1 次印刷
定　　价：48.00 元

目　录

第一辑　黄土情

第二辑　教育梦

第三辑　故乡恋

观察马自东的四种方式

韩亮 兰州大学

一

马自东的脸，可以朗诵。

一张明亮的脸，红通通的脸，也方也圆的一张西北的脸，刚强正直、爱憎分明、大刀阔斧而又铁汉柔情的脸。

这张脸，是马自东的脸：春风扑面，寒风凛冽，如黄土塬的四季，层次分明，不折不扣。

结合着马自东的脸，对"方与圆"我是这样解释的：方，是规矩本分又坚定；圆，是通达柔软且慈悲。

这张脸，在东乡，在临夏，在全国的教育界，在散文界，在朋友、同事与学生的心中，是铿锵有力的，是过目难忘的，是江湖纵横而又温暖善良的。

就在两个月前，在兰州，因为一个学生的事，我们一起吃饭。不喝酒，只喝茶，饭很简单，聊天与关切很丰富。

吃饭中间，我会忍不住地看他的脸，心里念叨着这样一句话：这是一张可以朗诵的脸。

就在写这些文字的前几天，我看他这本新书的文章，才知道他有一段时间身体不好，住院再住院，便想起有段时间他的微信朋友圈是荒芜的……但我们朋友们，都不知道，也没有送上关心。

他总是关心别人更多一些。

生活中，工作中，课堂上，马自东是一个敞亮的人……这都一一闪现在他的脸上。

还有他的声音，熟悉的声音。

二

马自东的声音，是中国教育界的福音。

他在学校的大会上，在课堂上，在家访的路上，在学生的家里，在为学生募捐的现场……在临夏回中召开的全国教育界的大会上，在他参加的全国各地的大会上，他的声音，响亮，嘹亮，明亮。他呼喊，他呐喊；他会流泪，他会开怀大笑，他会着急得握紧拳头……

马自东的声音，是需要在现场听的。

如果你没来过西北，或者对西北人缺少认知，那么，听听马自东的声音吧。

爱与责任——马自东的声音，一一都落在他的文章里，不拘一格，不拘文体的文章里。

他的声音，开花结果，在老师的心里，在学生成长的道路上。

时常有回中的学生在微信中给我说：马校长给我们的是一种高贵的具有奉献精神的品格。

而我，在兰大工作已经十年。我的大学课堂上，我的课堂外，都有一个中学校长的声音——马自东点燃了我。

他真的点燃了我。我于二〇一五年获得兰州大学第四届"最受学生喜爱的十大教师"称号，与马校长有大关系。

谢谢！特别说声谢谢！

三

马自东是一棵树。

第一次见他，应该是一九九八年的春天。我当时在甘肃电视台做记者，去临夏州东乡县采访，接待陪同我们的就是马自东，他在县广电局做局长。

因为采访时间紧张，也因为初次认识，当时具体的细节，我记忆不深，但整体印象，却是诗意盎然的。

我记得，采访完的那天晚上，住在县上的宾馆里，我就突然一个闪念：这个马局长的模样，很像我前天拍摄的那棵大柳树——东乡县董岭乡的山梁上的那棵粗大茂盛的柳树：周围全是干旱的山梁沟壑，只有这棵正在冒芽的柳树，生机勃发，发散着春天蓬勃的消息。

第二次见马自东，我已经从电视台到了兰大做教师。应该是二〇一三年，在临夏回中的老校区，十月中旬，他的校长办公室，简单的桌椅，简单的礼貌问候……

我在认真而快速地翻阅他的新书《为母亲祈祷》……我迅速地看到了他写的母亲，拖着母亲去看病的白马，冬青树，一个失学的学生，一个生了大病的学生，一个在冷风的黄昏中等母亲看病回来的孩子……贴着泥土的痛感，噙着眼泪的悲悯，信念坚定的豪情，自觉自省的教育理念与情怀。

然后，我就开始时不时看他的脸，听他的大声音……听他兴奋地唱他自己谱曲作词的校歌……这是这个大嗓门摔学生手机的马校长写的吗？

与这个过程相同步的是：我和他并排坐在老式的木椅上，肩膀几乎靠得很近。他的声音太大了，可以瞬间点燃一个人的激情。

从一九九八到二〇一三，十五年，这个奇特的看着作者读新书的过程，不到半小时，我一直在心里说：不简单，马自东，我服你，我敬佩你！

四

马自东是一个关于西北教育的故事。

从二〇一三年开始，我和马校长见面次数多了起来。每次见面，谈的都是学生、教育，多做一点事情，用不同的方式，为教育出力发声。

写到这里，我的眼前是临夏回中的新校区，是新校区的那些茁壮的树木，那些青春的脸庞，那些关于马自东的珍珠闪耀的故事……

期待有更多的人，更多的老师与学生，细细看看马自东写的书，会大有益处的。

二〇一九年一月四日于兰州

（韩亮，男，汉族，山东高密人。2000 年毕业于兰州大学中文系，文学硕士。全国广播电视理论百优工作者，全国优秀新闻工作者。甘肃省拔尖创新人才，高级记者。荣获第四届兰州大学"我最喜爱的十大教师"荣誉称号）

关于马自东

刘星　陕西师范大学

　　我上大学数学系的同班同学马自东，东乡族，现在已是甘肃有名的教育家和散文作家了。他即将出版他的第二本散文集《爱不够这片黄土》，邀我题写书名，起初，我担心我的字不够好会辱没了他文采的光辉，但转换了个角度想想，他的书名，又最好的莫过于让我来写。因为作为数学本科生，一个成了画家，一个成了作家，在一般人看来已是十分的稀奇，我俩若能璧合，那既可证明学数学的并非都是古板的直角三角形思维，又能证明学数学的也会艺术思维，从而可以助力改变世人对数学老师的偏见。另外呢，借此我还可以沾他的光，以便让我有资本夸耀一下我们陕西师范大学数学系82级1班不光出数学家，而且，也出作家……

　　祝老同学马自东在教育和文学两个领域追逐梦想，实现自己的人生价值，培养出更多的民族英才，创作出更多富有底气的文学佳作。

　　（刘星，中国美术家协会会员，陕西省美术家协会理论委员会委员，陕西师范大学书法文化研究院副院长，南京艺术学院美术学博士。擅长国画、书法篆刻，并兼顾美术理论研究）

我爱文学，我更爱教育

马自东

一

一九九三年初，我被教育局从一所川道中学调到一个叫那勒斯的地方任初中校长。学校的老师和学生加起来一共一百零八名，于是我把自己戏称为一百零八将之头。那地方非常偏僻，下午放学后学生一走，校园开始死一般的寂静。一台很旧的电视机，除了一个模糊的台勉强可看外，什么娱乐都没有。也算是歪打正着吧，为了利用这些大好的时光，我开始阅读文学书籍并开始尝试写作。就在那所离群索居的学校，我再一次被文学那不可抗拒的魔力所倾倒。

就在那些寂寞的日子里，我陆续写出了一些只言片语、零零碎碎的文字，当然都很肤浅和粗糙，总是没有写出一篇满意的东西。与自己以前读过的好多优秀的文章来衡量，我的文章还缺乏许多好文章应有的灵气、严谨和流畅完整感人的故事性。写出的东西我全部深藏柜底，一直没有鼓起勇气给杂志社投稿。最后真正让我下决心非要写出一些有可读性文字是在二〇〇〇年母亲去世后的一段日子。那是一段肝肠寸断的阴霾日子，我怀着快要发疯一般的悲痛心情，逼迫自己拿起了笔。那段时间我请假呆在家里，每天早晨去母亲的坟墓。过去的一幕幕苦难的历程像演电影一般在我的脑海闪现。特别是母亲自生下我开始患了腰腿病以后，一路走来的那些不堪回首的艰难困苦的日子。

几天后，我终于在一个夜晚关起门，趴在桌子上开始奋笔疾书。回想母亲一生的操劳和艰辛，灵感如潮水般涌来。我不断擦拭着湿润的双眼，一口气写到了夜里十二点。这就是我后来篇幅较长的第一篇散文《为母亲祈祷》。《民族日报》发表后，在本地读者中引起了比较强烈的反响，有好多读者打电话问我还有类似于《为母亲祈祷》这样的文章吗？弄得我不知如何回答。在街上碰到熟人他们总是说，看到了报纸上的文章，很感人，希望再次读到类似的文章。这些褒奖之语给了我无穷的动力。从此我一发不可收，工作之余坚持伏案创作。由于学校管理工作特别忙，我的大部分写作时间都在夜晚，常常写到深夜直到妻子来逼我休息。就这样陆续写出了《永远的冬青树》《白马》《最后的辞别》等散文。那时候，我也懒得给别的杂志投稿，《民族日报》的编辑老师总是向我约稿。我一有稿子完成就发给他们，我的绝大多数文章都寄给了《民族日报》，我成了文艺版的常年撰稿人。二〇一二年，我的第一本散文集正式出版，算是对我近十年断断续续的文学创作做了一个圆满的总结。书中收录了三十六篇文章，大约十六万字。后来还获得了黄河文学优秀作品评奖。

二

其实，我最早开始发表文章的时间可以追溯到大学时期的一九八五年。那时以伤痕文学为代表的文学浪潮汹涌澎湃、席卷全国。好多红极一时的优秀文学作品正好诞生在那个方兴未艾的历史阶段。李存葆的《高山下的花环》、路遥的《人生》《在困难的日子里》、高晓声的《陈奂生上城》、张抗抗的《夏》、礼平的《晚霞消失的时候》、张一弓的《犯人李铜钟记事》、李功达的《飘逝的花头巾》等等，都是当时脍炙人口的文学精品。学校图书馆的文学杂志借阅处常常人满为患，一书难求。受当时的文学热影响，我一个学数学专业、注重逻辑思维的人，竟从大一开始，像不知不觉爱上一个美丽的姑娘一样，悄悄地爱上了有着无限魅力的文学。一有时间就跑到学校图书馆阅读那些十九世纪俄罗斯、法国、英国、德国、美国等国家著名作家的文学名篇。为了得到从我的家乡走出的老一辈东乡族作家汪玉良老先生的指点，我曾斗胆从西安给远在兰州的汪老写信。令我无限感动感激的是汪老竟然在百忙中给我回信，以真切的语言和亲身的感受给我介绍了文学创作的经验和甘苦，鼓励我扎实阅读，观察生活，积累素材，潜心创作。他的回信给了我莫大的鼓舞。

上大二时，我模仿着著名现代诗人艾青的风格写了一首诗歌，题目好像是《如果你还想起我》，一共写了四节。第二天我把诗投进了学校校报的投稿信箱。过了短短一周的时间，有一天一个舍友拿着一张校报跑进宿舍，气喘吁吁地说我的文章刊载在校报上了，让我请客。我高兴得一把抢过报纸，一看是我的那首诗歌。我快速浏览了一遍，发现编辑先生一字未改。对此我高兴了好一阵子。

过了几天，我收到了一封来信。打开一看，原来是一个师大子弟，他说他非常喜爱文学，也写了好长时间，可是一次次投给报纸杂志的文章都石沉大海杳无音信。他非常苦闷。就在他非常失望的时候从他父亲带来的一张校报上偶尔看到了我的诗歌。读完以后，特别喜欢。他几经打听，听说我是数学系的学生，非常好奇，数学系的学生能写出这么好的诗歌，肯定有自己很好的写作经验。于是给我来信，请求我告诉他发表文章的秘诀到底是什么。令我哭笑不得。

自己当时孤陋寡闻的那一点文学水平，能够告诉他什么秘诀呢？于是我写信告诉他，我也是一个刚刚学习写作的学生，没有什么经验可谈。如果有时间，请他来我的宿舍我们一起聊文学。几天后他来了，是一个很秀气的男孩子。他说自己几次考大学没有考上，想着学习走史铁生和路遥的道路发奋搞文学创作，可是令他没有想到的是这条路也很难走。后来我们两个还成了好朋友，联系了好长时间。

这是三十年前的一段小插曲。那时我把所有的闲暇时间几乎全部用在了阅读文学名著上。我像一头刚卸下耕具的耕牛意外闯进了一大片丰美的草地，那青草的醇香和甘甜让我忘记了一切，不顾一切地低头啃嚼起来。那段时间，除了文学，我几乎忘记了这个世界上每天发生的事情。我如饥似渴地把十九世纪前后的中外文学名著在一两年的时间内横扫了一遍。很多时候，我彻底钻进一部部长篇小说那众多鲜活的人物世界中。我和他们形影相随、休戚与共，仿佛他们都活我的身边。

在那些日子里，我平生第一次知道了雨果、莫泊桑、福楼拜、屠格涅夫、列夫·托尔斯泰、曹雪芹、巴金、川端康成等伟大的文学家们的名字。他们太伟大了！他们以罕见的创作能力驾驭着自己作品中的几百个人组成的各种角色。一个个作品中的人物有着迥异的性格，

009

序
三

鲜活的思想，用各自不同的命运描绘了一段段波澜壮阔的社会历史画卷。在一个虚拟的世界里，主人公引导读者有时候激情澎湃，有时掩卷遐思，有时爆发出豪迈的呐喊，有时候黯然伤神、潸然泪下……作家们把各种不同的社会状况写得真可谓淋漓尽致，跃然纸上。他们每个人以超凡的文字功底，把自己国家在某一历史阶段发生的社会变革，用一部浩繁的著作做了全程记录和演绎。无疑，历史将永远铭记他们璀璨无比的伟大杰作。

<h2 style="text-align:center">三</h2>

一九八六年毕业后，我带着渴望成为一名作家的强烈梦想，回到家乡开始教书。然而从开始教书的那一瞬间起，我明白了一个事实：教育必须是全力以赴的事业。教育需要教育者的情怀和全力付出，教育绝不是随便能应付得了的简单职业。于是，我纳闷了，我苦闷极了，今后我到底怎么办？

在这种无法摆脱的彷徨和焦虑中，开始了在我的老家东乡县的大山大沟间死心塌地的教书生涯。我俯下身子奔波在只有泥土与野草的大山里，和孩子们彻底打成了一片。我拿定主意要用自己的一生去播种知识的种子，去创造东乡族孩子们幸福的明天。随着教龄的增加和阅历视野的扩展，特别是通过自己的双眼经过对老百姓生活现状的仔细观察和深刻思考，我被这片黄土地上的父老乡亲们的淳朴无华，和他们与他们的孩子们对知识的渴望深深打动了。我发现他们当中识字的人非常稀少。由于交通和通讯的限制，他们和这个文明社会的距离还是那么遥远。他们生活在近乎世外般偏远的山村，孩子们上学都要去很远的地方，要走很长的山路才能到达学校。很多孩子由于种种原因没有读完初中就早早辍学了，女孩子们不到婚龄就早早嫁人了。

我从条件好一点的川道地方到山高沟深的干旱山区，从老师变成了校长。后来又从校长变成教育行政管理者。十几年间，我的教育角色不断变换着。从宏观和微观的不同视角，经历了一段很长时间的教育摸索实践。我为学校的入学率发愁过，为高考升学率拼搏过，为全县的教育普及率焦虑过，为很多学校危房太多而担忧奔走过……

在这段时间，文学在我的生命中暂时退到了靠后的位置，我所有的心血都用在了教育上。二〇〇〇年十月我临危受命，担负起了一个重要使命，县委任命我担任了教育局局长。县领导嘱咐我说："从现在起我县的教育事业，特别是山区孩子的未来都交给了你。这个事关民族振兴大业的教育重担压在了你的肩上，你可要有背水一战的勇气啊！"那时我正好三十八岁，血气方刚，干劲十足。我铿锵有力地向领导表态：鄙人愿立军令状，任内教育如不改善，尽可任意处置，本人决然无悔，此话断非戏言。

也就在那年年初，英国国际发展部援助临夏州四个县的基础教育发展项目也正好全面启动。这个项目的实施对东乡县教育发展来说真的是雪中送炭。当时东乡有一百八十多所中小学危房，危房比例全州最高，改建任务最大。教师队伍良莠不齐、教育教学技能普遍弱、民办教师数量过大等现象非常突出。可以说，那个时期关乎全县民族未来的教育大厦真到了千疮百孔、岌岌可危的严重程度。教育发展遇到了最青黄不接的困难时期。

中英甘肃基础教育项目启动以后，我们在中外专家的精心帮助和支持下，一步步实施项目，每年以改造十几所危房学校的速度改善办学条件。在急需教学点的乡村建设了几十个教学点，以帮助附近村上的孩子就近上学。在项目经费的支持下，我们请来北京大学、北京师范大学等知名高等院校的教育专家，轮流给我们的基层一线教师，手把手进行教育理念、方法的培训和能力提升。我们派出去一批批中小学校长和管理人员，到发达地方参观考察学习，学习先进地方的经验，全面改良我们本土学校沿袭多年的陈旧教育教学模式。我们的课堂开始快速变革，入学率快速提升，教育成效日渐显著，全县教育呈现出一片课堂全面变革、理念不断更新、危房逐渐减少的大好局面。

四

中英甘肃基础教育项目的实施，犹如久旱的禾苗好不容易盼来了一场甘霖，东乡的教育呈现出一派勃勃生机。项目实施期间，我作为项目县的教育官员，有幸先后去香港和英国考察教育。在剑桥大学学习了一个月。回来后我还时不时和同行们开玩笑说："别小看我，我可是剑桥大学的留学生。"

英国之行真正给我留下难以忘怀印象的是英国发达的办学环境和先进的办学理念。英国的中小学规模不大，学生多的学校，也就在三百到五百名之间，每一个班级不超过二十五名学生。除了教育局管理学校的惯例和我们国内类似外，他们还层层设置了一个叫国家教育标准局的机构，它是独立于教育局的。它和我们的督导室有点类似，但是权利却很大。在平常的学校运行中，他们可以随意去任何学校检查督导评估。一旦这所学校出现违规办学或与国家的教育标准相对立的情况，他们有权关闭这所学校，然后通知教育管理部门和学校整改。

另外，他们确实在真正意义上实现了义务教育。对于在英国土地上的所有少年儿童，不分国籍，只要达到入学年龄，就能一个都不少地入学接受教育，保障了孩子们的按时入学。我们在一所贫民区看到的学校，让我对这个国家的教育平等从骨子里留下了深刻的影响。我们去的是一所以难民子弟为主的小学。当时从索马里拖儿带女来英国的难民较多，这所学校里的学生主要是难民的孩子。每个班学生数依然和别的学校一样还是二十五个。教室的条件也和别的学校没有两样。那些可爱的皮肤黑黑的孩子们大胆地跟我们打招呼，他们的脸上丝毫看不见作为难民孩子的自卑，相反他们都非常开心。他们在教室里不像我们的学生正襟危坐、把手都背在后面。他们的课堂气氛很活跃，孩子们自始至终争相向老师提问题。

香港的教育也很发达。整个管理机制和学校的规模、班级人数都和英国一样，有很超前的教育管理和培养理念，教育的普及率也很高，早早实现了义务教育。

五

从英国、香港回来以后，我的思想进行了一次脱胎换骨的蜕变和升华。我通过详细的查阅发现英国之所以繁荣和发达，除了他们有着较长时间的辉煌——源自于十八世纪六十年代开始的工业革命发展黄金期外，最重要的核心原因还是源于全民对教育发展的超前重视。

我认为，真正帮助英国走上经济发展快车道的，是整个国民教育高层次的普及率和各种国家建设需要的尖端人才的大量培养。他们高度重视人才战略，全国上下持续走科技革命和技术革命振兴国家经济的历史痕迹十分明显。英国人重视学习和教育的现象无论你在哪里参观，都随处可见。对此，我们这些来自东方的拥有几千年文明的文化大国的教育人，无不感到汗颜。在餐厅、车站、公园、火车上、飞机上，凡是我们看到的英国人无不都在争分夺秒地阅读，总是有报纸、杂志、书籍、电脑等。他们对时间的珍惜给我们留下了深刻的印象。

他们那种全民注重阅读的高度自觉意识，显然是我们自愧弗如的。很长一段时间，那些黄头发蓝眼睛的孩子们睿智机灵的一个个可爱的面孔，始终在我的眼前萦绕回旋。我白天黑夜地思考我们自己的教育出路。面对全县教育发展严重滞后的现状，我一连好几天睡不好觉。那时如果没有中外教育发展项目的话，我最终不会知道我们的落后状况究竟用什么方式去改变。因为，正常的地方财政每年给不了多少钱，我们常常苦于无米下锅。

六

投资巨大、历时五年的中英甘肃基础教育项目继续在全县实施之中，可是我们县教育发展的需求资金数量太大了。如此大的资助项目尽管在持续实施，但是面对历史的欠账，从整个县的需求来说，这一个项目还不能完全覆盖许多急需改造的乡镇、村社的需要。虽不能说是杯水车薪，但是在很多没有学校的村镇上，老百姓依然在焦急地等待着我们能够帮助他们的那一天。那时，我多次冒很大的风险给主要领导进策，县乡两级政府空前重视教育。每次开学初，县委书记再忙也要亲自带头入户动员学生入学，乡镇干部职工一呼百应，一时间潮水般涌向各家各户，以一个都不能少的原则和目标地毯式督促适龄儿童入学。

我们的口号始终是：只要精神不滑坡，办法总比困难多。再后来，我们又盼来了投资巨大的国家义务教育建设项目、高中建设项目等。在几大项目的合力投入下，一两年间，全县有危房的学校普遍得到了一次扎实的新建和改建。而且我们用项目配套的资金给所有山区学校配置了新的课桌椅及新设备。

二〇〇三年秋天，东乡县的教育迎来了一个重大的历史检测考验。

根据全省的规划，东乡县在秋季接受省政府的普及初等义务教育验收。包括县委和政府领导在内，我们大家心惊胆战等待省专家组宣布最后全面验收的结果，专家组宣布东乡县顺利通过普及初等教育验收。我们心头的一块石头终于落地了。

从此，全县的教育发展事业迈入了一个新的发展阶段。作为这个具有承前启后里程碑意义的教育发展阶段的见证人，我感到无上的光荣和自豪。毕竟，在以我为班长的那支教育队伍的努力下，紧紧依靠党委和政府的支持，草船借箭，巧用东风，发挥全县各阶层的智慧和力量，东乡县的民族教育向前跨出了重要的一大步。

七

有一次，我们临夏地区的书记来东乡县检查教育工作时，说过一句振聋发聩的话："一个不重视教育的家长是不负责任的家长，一个不重视教育的领导不是合格的领导，一个不重视教育的民族是没有希望的民族。"作为一名教育工作者，这句话深深地触动了我的神经中枢。从那天起，我又一次暗暗发誓，今后不论遇到什么样的困难，都不能动摇我的信念，绝对不离开教育阵地。哪怕我一个人的力量多么的微弱，我也要用我的仅有的力量为民族教育呐喊、奔波、效力。我始终坚信阿基米德说的那句话："只要给我一个支点，我可以撬动地球。"人最无助的时候，不是你没有能力，而是你还没有找到最佳的工作火力点、撬动点。

我给自己树立目标，同时我也知道靠自己的力量不一定能办成大事。我一直在想办法，试图得到县委县政府领导对教育的重视和支持。

艾青曾在一首诗歌中写道："为什么我的眼里常含泪水？因为我对这片土地爱得深沉。"虽然，我的思想境界当时可能还没有艾青那么高尚和伟大，但是说一句良心话，面对当时我们县落后的教育和发达地区显著的差距，我真恨不得用一年半载的时间改变教育面貌。

不知有多少次，我坐在一辆破旧的北京吉普上，披星戴月、翻山越岭奔跑在一个个山巅和沟壑之中的学校间。有一次一位来自北京的记者在我的带领下，采访了好多乡村学校后，问我："作为一所名牌师范大学毕业的学生，你为什么当初选择回到家乡？每天奔波于这样艰苦地方你不后悔吗？"我说我不后悔。他问为什么。我说我的今天是用读书换来的，我也出生在一条偏远的和外面几乎隔绝的山沟，我要感谢我的父母的眼光和明智。如果他们当年不克服困难送我去读书，我可能也和好多文盲农民一样，这会儿可能在东乡广袤的山峦间面朝黄土背朝天地劳动，我是有责任有义务的。我们这个民族有师范教育背景的专业老师太少了。我不来做大山间的教育，外面的人肯定是不来的。我有永远无法推卸的责任。记者听了我的话，连连点头，再没有问什么。

八

二〇〇四年底，在一次全州小生的公开选拔中，我来到临夏，开启了我的另一段教育生涯。我从一所中学担任副校长到教育局当纪检组长，然后再回到同一所中学担任了校长，前后整整十三年光景。有人说，一个校长去当局长，一般情况下能够很快适应。一个教育局长回过头去当校长是很难适应的。但是从我的切身感受来看，这句话用在我的身上，至少是不完全对的。

我发现，我还是适合在学校这个微观层面里工作。北京十一学校的著名校长李希贵先生用自己的切身感受多次说，教育局是政府的职能部门，可以说是半个政府。很多事情的落实只能是上传下达，局长个人的主体思想和创新理念不一定能得到最大化发挥和应用。李希贵自己原来是山东潍坊市的教育局长，潍坊有九百万人口，教育发展的担子还是很重的。但是李希贵先生最终还是说，他喜欢在学校里工作。所以北京十一学校的老校长李金初三顾茅庐去动员李希贵局长的时候，他不由分说，果断辞去潍坊教育局长职务来到了北京。

在北京做校长的短短几年，他无限的学校发展创新能力和有效的管理实效传遍大江南北。他说一个教育管理者只有在校长的岗位上才可能实现自己的教育家梦想，实现人生的价值，因为在学校里校长是最大的决策者。虽然要讲求民主，但是只要按教育规律办事，代表广大教师的最大化利益，总会得到班子和教师的大力拥护和支持的。难怪前苏联教育家苏霍姆林斯基用一辈子当中学校长的经历写出了十几本熠熠生辉的教育名著，他的《给教师的一百条建议》《儿童教育策略》等名垂青史，享誉世界基础教育界。

沿着李希贵校长的足迹，二〇〇九年我在州教育局工作时，组织上征求我的意见时，我爽快地答应去学校工作。在临夏回中，我和一班人以撬动地球的勇气再次撬动地方主要领导决策，实施了投资巨大的学校搬迁工程。用了仅仅一年的时间，办学时间长达六十年的老学校一跃变成了全州最大最漂亮的高级中学。

几十年的教育实践最终告诉我，对于一个儿童或青少年来说，在走进学校之前他们都是一张白纸。他们对未来几乎什么都不知，心中是一片迷茫，唯有教育是他们走向理想彼岸的明灯。英国教育家洛克在他的《教育漫谈》中说："教育容不得出错。一旦出错，就会毁灭一代人，一群人。"他还说一个人所接受的教育程度和他一生的成就是成正比的。这些教育名言潜移默化、润物细无声地在岁月的转换中浸染着我的教育思想，陶冶着我的心灵。开始新的校长任期后，我记得有三个学生的故事让我对教育和文学的亲密关系有了一次认识上的质的飞跃。

九

有一次，我们学校的一个由台湾人全资助的尖子班，其中有个学生的掉队引起了我的高度警觉。他叫刘晓，考到我们学校时成绩很高，每一次考试排名始终靠前。尤其数学成绩非常棒，也是一个很活泼的农村学生。从他刚来学校我认识他的时候起，我就认定这个孩子将来一定会有大的出息，考上一本是不在话下的。可是世事难料。有一次考试不知什么原因，刘晓的成绩一下子落下来了，他非常震惊自己的成绩何以这么惨。几天后班主任来告诉我，刘晓可能受到了刺激，思想一度出现了恍惚，与班上的学生时不时发生摩擦和矛盾，有次竟然拿起一把小刀在教室里乱划，这可吓坏了班主任老师。经过我们的调查，情况还是比较严重，于是为了安全起见我们把他送回了他的家。没想到他家里的情况极其困难，只有母亲和他的爷爷。送他回去的老师回来告诉我，刘晓的家里一贫如洗。这次回去他就再也没能回来上学。一个优秀的学生就这样掉队了。就这样我眼睁睁地看着这样一个原本很优秀的学生和一所理想的大学失之交臂了。我想要是他不患病，他们家的命运从他的身上完全可以得到改变。后来，我派人去看了好多次，但是病情一直没有好转，我多么地惋惜这颗散落的珍珠！

第二个是一个农村学生，她叫马芝莲。那是二〇一〇年九月的一天，一个穿着很破旧的女孩子和一个年过半百的中年男人在校园里堵住了我。女孩说，她是来自东乡大塬的初中毕业生。她非常想来我们学校读高中，但是成绩差了十几分。她请求我收下她。一听她来自大塬，我一下子在脑子里想起了那个又远又偏的贫困地方。看着她和她的父亲那双渴望的眼神，我当场表示录取。可是她又进一步要求我可否免去她的择校费。她说家里除了种了几亩薄地，什么收入都没有，实在交不起这么一笔昂贵的费用。最后我再一次满足了她的请求，但是我讲了一个条件，我说你必须勤奋刻苦学习，励志考上大学，她说一定。

三年后，她真的没有辜负父母和学校，考到了陇东学院物理系。接到通知书后，她第一个告诉的人就是我。临上大学前她专程来学校感谢我。提了一斤茶叶，还买了冰糖什么的，鼓鼓囊囊一大堆。我告诉她，希望继续努力，争取大学毕业后能好好回报社会，那时候才是你成功的一天。二〇一六年五月，我收到了一条来自青海的信息，我一字未改，抄录如下：

马校长叔叔：

您好！

祝您教师节快乐！师恩恩重如山，学生永远不敢忘记您。借您的节日送上一份祝福，祝福您身体健康，万事如意，桃李满园！您是我尊敬的教育家，也是对我影响最大的教育者。我的成功是您给予帮助支持的结果，我是河滩大塬的马芝莲，二〇一三年毕业于回中上了陇东学院预科，今年大学毕业，刚考上工作。考到青海省海北州了。一路走来您和我父亲就是我努力的动力。千言万语想化成两个字，对您说声"谢谢"。我会来看您的。

我给她简单地回复了两句话："孩子，听到你考上工作的消息，我可能比你的父母还高兴。祝贺你！"然后她又给我发来一条：

亲爱的校长，感谢百忙中回复我的信息。您能记住我，我激动又高兴。虽然今时不同往日，但是母校永远是母校，恩师永远是恩师。无论您在哪儿，在我和我父亲心中您永远是那个让学生懂得读书改变命运的教育家。如果您家庭地址没变，我和我父亲想在节假日登门拜访您。岁月如梭，我结婚了，嫁到青海了。在海宴县县委督查室上班。刚走上工作岗位的我更应该谨遵您的教诲，踏踏实实一步一个脚印去努力。对我而言您的教育不光影响的是我的学生生涯，更使我终生受益。

您的学生

马芝莲　于青海

听到她就业的消息，说实话比什么好消息都让我高兴。因为我知道，我几乎拯救了一个原本可能初中毕业后早早回家，然后走包办婚姻结婚生子的农村少数民族女孩的命运。在那激动人心的时刻，我会真切地感觉到教育，只有教育才是穷人和老百姓的孩子改变命运的希望之路。

第三个故事。一个叫马梅花的学生，也是一个成绩非常优秀的来自和政的农村学生。家里依然和前一个学生一样非常困难。这个孩子特别的不幸，就在二〇一六年高三第一学期的时候，忽然患了急性淋巴炎症。一开始没有当回事，就在学校周围的小门诊输液，一个星期过去了还不见好转。班主任和马梅花的母亲商量后，决定送她去兰州，住进了省人民医院。

经过检查，医生告诉他们，病情严重，需要一笔大额的治疗费用。医生粗略地算了一下说要化疗最少六次，需要三十万元。马梅花的母亲听到后几乎晕倒了。她告诉医生，把家里所有的家产卖完，也卖不出两万元钱。得知这个情况后，我连夜跑到兰州看望马梅花。动员兰州的朋友当场给她送去了两万元解决燃眉之急。然后连夜回来，和学校的校长们商量对策。因为这个孩子特别优秀，如果不病，她完全有可能在当年的高考中为学校夺得全州状元。但是就在这样的节骨眼上却病了，作为校长的我能不着急吗？

当天晚上我决定要以自己的名义在网上发一个捐款倡议，争取社会的帮助和支持。别的校长担心捐不了多少，因为大家知道这样的倡议实在太多了。但是我已经豁出去了。我告诉他们，我要斗胆在网上检验一下自己的社会关注度到底有多大。不见黄河心不死！当天晚上十点，我把提前拟好的倡议书果断地发到了我的朋友圈，落款是我的名字。

在我看来，这个世界上即将发生或还没有发生的任何事情，就是圣贤也难以预料，有些事情常常会出乎我们的意料之外。当我的朋友圈发出去还不到十分钟。我的电话开始不停地响起来。所有的电话都是捐款的人打来的，有的还问这个学生现在哪里，他们想把捐款直接送到医院。我告诉他们，捐款一律打到网上公布的马梅花卡上。但是有些人还是没有明白，好多人把钱以红包的形式连续发到了我的手机上。特别让我感动的是来自北京的一个老大爷的电话，他问我这个事是真的吗？我回答他毫不含糊，我还告诉了我的学校和名字。最后他说他帮助五万元，说他立马打过去就是了。当我问他名字的时候，他说是一个爱心人，名字就不说了。到了第二天中午，马梅花的卡上一共到账了六十二万元捐款。于是我又马上在朋友圈发出了另一个通知，告诉大家捐款已经够用，请大家再不要捐款。我告诉所有的爱心人士，我们根据马梅花的治疗和花费情况最后报告大家资金的使用情况。就这样算是最后刹住了数额不断增加的滚滚捐款浪潮。

马梅花得救了。一个月后她出院，在家休息了一段时间后回到了学校。这次病让马梅花这个尖子学生失去了整整四五个月的高三复习

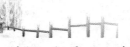

时间。但是，回到学校的她为了追回失去的时间，开始疯狂地学习起来。六月的高考结束了，大学录取工作开始以后，马梅花在第一批次的录取中被兰州大学录取，第一时间他给我打来电话报了喜，以后不断地给我发信息打电话告诉我，身体一直健康让我们放心。几天后，我把马梅花的故事写成了一篇较长的散文《命运》，再次以连载的形式发表在《民族日报》上。

启功先生曾说，人生有一群天真活泼的孩子去教，真是一件幸运的事。无数次的教育奔波中，我养成了善于思考的习惯。我常常和一些教育家的名言产生强烈的共鸣，比如亚斯贝尔斯说"教育的本质是一棵树摇动另一棵树，一朵云推动一朵云，一个灵魂唤醒一个灵魂。"是的，在我的心目中，在所有的职业中再没有比教育更好更有意义的工作了。教育的伟大在于它可以让一个原本平庸的孩子梦想成真，也可以让许多祖祖辈辈生活在农村的孩子走出大山，成龙成凤。它可以改变无数人的命运。班主任可能是世界上官职最小的主任，但是就是这些位卑未敢忘忧国的班主任们最终培养了世界上级别最高的官员、成就最高的科学家、前无古人后无来者的国家领袖和伟大的思想家、文学家、军事家。

当我偶然查阅有关近代中国教育史的相关资料时，发现集文学与教育为一体、一生成就非凡的教育家叶圣陶先生，他不但是国内杰出的教育家，也是一位享誉文坛的文学家。他的长篇小说《倪焕之》在中国文坛上占有着重要的一席之地。他在教育研究领域特别是语文教学方面留下了许多宝贵的教育论著。这个发现让我彻底放下了热爱文学会耽误教育大业、人才培养的所有顾虑。鱼和熊掌不可兼得，但是教育和文学我必须都要拥抱。

十

以上是我在长达近十年的校长生涯中，经历的很多很多教育故事中的三个典型。其实，这样的故事还有很多很多。

经过几十年的教育实践和文学书籍的广泛阅读，按照叶圣陶先生的说法，我觉得文学和教育其实有非常大的互补性。一个有文学素养的人做校长，和一个对文学不感兴趣的人做校长，两者的效果完全不一样。有文学素养的校长可能始终用充满人性和人文的睿智，去观察和教育自己的学生。在他的眼里，任何一个学生可能都是一座待开掘的矿山。学生的个性成才经历在他的手里，可能会很快变成一篇极富教育典型意义的漂亮的文章。

也许是从事教育的时间太长的原因，在我的脑海中关乎教育的素材真是太多了。正因如此，几年来我的创作逐渐倾斜到了教育题材。我先后撰写了《一个教师的葬礼》《在困难的日子里读书》《校歌的魅力》《白云》等等。回首我的前半生，三十年弹指一挥间。仿佛自己参加工作开始战战兢兢做老师的日子就在昨天，然而一个不争的事实是，再过几年我就要退休。

在教育上，我已然是一个老兵了，但是一路走来，一路芬芳，一路歌声。无论是在东乡的山乡间躬身教育多少年，还是在平静的城市里安分守己教书育人几春秋，心中永远凝聚着一股朝气蓬勃的执著的教育情怀，还有那永无止境的创新追求。

回顾我一直情有独钟的文学，依然是那么的迷人和丰满。《人民文学》和《十月》等杂志始终没有离开过我的床沿，《散文》和《读者》一期期都读得熟烂。读着朱自清先生的《背影》，我多少次禁不住潜

序三

然泪下。读着《鲁迅传》，我好像和这位文化巨匠越过时空的局限，一下子拉近距离，长时间促膝谈心。读着《平凡的世界》，我恨不得一步跨到陕北那片贫瘠的黄土地，去看路遥生前的故居，我要看看这位北方文学超人诞生的地方究竟是什么模样？

当然，在当下的社会，文学已然到了边缘化的时代，文学已经远远不能解决一个文学爱好者的温饱。我的一个朋友每天蹬着三轮到处贩卖鸡蛋，多少个夜晚总是趴在桌子上写诗。用一首首伴有泥土芳香的诗歌赞美着这个崭新的时代。虽然面临着各种经济上的困难，但是文学永远是他的最爱。他曾诙谐地告诉我，他的碗里可以没肉，但是生活里绝对不能没有诗歌。

我们应该知道这个世界上解决不了温饱的行业绝不仅仅是文学，还有很多很多行业也是吃不饱肚子的。文学、音乐、绘画等艺术是人类社会变得高贵高雅、区别于除人之外所有生命的核心内容。文学折射着人类社会发展的缩影。自古以来，文学就以它源于生活高于生活的艺术滋养为大众所喜爱。生命的饥饿，物质的东西可以解决，但是人类的精神饥饿必须要有艺术来满足。愈是文明的国家愈需要文学音乐绘画的滋养。没有艺术的生活就等于我们的饭碗里没有调料。

俗话说，文章千古事，人生如昙花。孔子以一本薄薄的《论语》穿越两千多年的岁月，什么原因？是他的文章。一部《论语》，说透了这个世界。我国西汉时期的史学泰斗司马迁，用一生的时间著述了《史记》而名垂青史。他以其"究天人之际，通古今之变，成一家之言"的史识创作了中国第一部纪传体通史，被公认为是中国史书的典范。该书记载长达三千多年的历史，是"二十五史"之首，被鲁迅誉为"史家之绝唱，无韵之离骚"。苏轼，他以《赤壁怀古》等千古绝唱的名篇诗词，在中国历史的星空中永远闪耀着璀璨的光芒。然而九百年前和苏轼同时代修建亭台楼阁时的那些所谓的帝王将相、富豪佳媛的名字早已烟消云散。

莫言获得诺贝尔文学奖，让数代中国人几乎翘首期盼了一百多年。莫言用自己的行动告诉了世界，中国的文学家也可以获诺贝尔文学奖！他以自己独特的魔幻现实主义与民间故事、历史与当代社会融合在一起的创作风格，终于擦去了漫漫中国文学史上无数文学巨匠们脸上落满的尴尬的尘土。

听见莫言获得诺奖的消息，我激动得一夜无眠。第二天早早来到学校，把全校学生集合起来，庄严地告诉五千名师生："中国的莫言获得了诺贝尔文学奖！中国的文学界乃至全中国人民，在世界面前有了新的尊严和自信！"全校潮水般的掌声有力地证明了，所有的学生作为一个中国人发自内心的扬眉吐气和无限自豪。季羡林曾说过："中国的文明史上可以没有唐玄宗，但是不能没有李白和杜甫；可以没有武则天，但是不能没有李清照和王阳明。他们，是中国历史的明灯，照亮了人类进步和不断走向文明的道路。"和他们相比，今天的我们，是一粒渺小的沙尘，甚至还不如沙尘的万分之一。但是万丈高楼平地起，任何一项伟大的创举都来自于脚踏实地的努力和勤奋。所以，今天的我们还是要有自信！成功人士说，自信的人世界给他让路。我坚信这一点。

今天，无数搞文学的人确实不能靠自己创造的文字养活自己，更可能进不了那些高档豪华的厅堂。但是，我坚信，有很多很多的文学爱好者也绝不是为了挣钱而喜欢文学的。因为，文学的魅力永远不能等价于金钱，金钱的铜臭味永远无法与文学的甘甜相比。几年前的一个夜晚，在我的阅读中，我被一位学者手持钢刀一般刀刀见血的充满寒光的文学论述深深打动了。读完文章，我激动得把桌子上的一件价值不菲的古董当场摔碎了，弄得一家人半夜不宁。现在，我把这篇文章的一部分摘录在这里，以飨读者：

经常遇到有人提问：文学有什么用？我理解这些提问者，包括一些犹犹豫豫考入文科的学子。他们的潜台词大概是：文学能赚钱吗？能助我买下房子、车子以及名牌手表吗？能让我成为股市大户、炒楼金主以及豪华会所里的VIP吗？我得遗憾地告诉他们：不能。

基本上不能——这意思是说除了极少数畅销书，文学自古就是微利甚至无利的事业。而那些畅销书的大部分，作为文字的快餐乃至泡沫，又与文学没有多大关系。街头书摊上红红绿绿的色情、凶杀、黑幕……一次次能把读者的钱掏出来，但不会有人太把它们当回事吧？

不过，岂止文学利薄，不赚钱的事情其实还很多。下棋和钓鱼赚钱吗？听音乐和逛山水赚钱吗？情投意合的朋友谈心赚钱吗？泪流满面的亲人思念赚钱吗？少年幻想与老人怀旧赚钱吗？走进教堂时的神秘感和敬畏感赚钱吗？做完义工后的充实感和成就感赚钱吗？大喊大叫奋不顾身地热爱偶像赚钱吗？……这些事非但不赚钱，可能还费钱，费大钱。但如果没有这一切，生活是否会少了点什么？会不会有些单调和空洞？

人与动物的差别，在于人是有文化的和有精神的，在于人总是追求一种有情有义的生活。换句话说，人没有特别的了不起，其嗅觉比不上狗，视觉比不上鸟，听觉比不上蝙蝠，搏杀能力比不上虎豹，但要命的是人这种直立动物往往比其它动物更贪婪。一条狗肯定想不明白，为何有些人买下一套房子还想圈占十套，有了十双鞋还去囤积一千双，发情频率也远超过生殖的必需。想想看，这样一种最无能又最贪婪的动物，如果失去了文明，失去了文明所承载的情与义，会成为什么样子？是不是连一条狗都有理由耻与为伍？

人以情义为立身之本，使人类社会几千年以来一直有文学的血脉在流淌。在没有版税、稿酬、奖金、电视采访、委员头衔乃至出版业的漫长岁月，不过是仅仅依靠口耳相传和手书传抄，文学也一直能生生不息蔚为大观，向人们传达着有关价值观的经验和想象，指示一条澄明敞亮的文明之道。这样的文学不赚钱，起码赚不出什么李嘉诚和比尔·盖茨，却让赚到钱或没赚到钱的人都活得更有意义也更有意思，因此它不是一种谋生之术，而是一种心灵之学；不是一种职业，而是一种修养。把文学与利益联系起来，不过是一种可疑的现代制度安排，更是某些现代教育商、传媒商、学术商等等乐于制造的掘金神话。文科学子们大可不必轻信。

在另一方面，只要人类还存续，只要人类还需要精神的星空和地平线，文学就肯定广有作为和大有作为——因为每个人都不会满足于动物性的吃喝拉撒，哪怕是恶棍和混蛋也常有心中柔软的一角，忍不住会在金钱之外寻找点什么。在这个时候，在这个呼吸从容、目光清澈、神情舒展、容貌亲切的瞬间，在心灵与心灵相互靠近之际，永恒的文学就自然悄悄出现在我们的身边。人类的文学宝库中所蕴藏的感动与美妙，就会成为大家眼前的一道亮光，照亮整个星空。

再过几年，我们就要给年轻人让位了，这当然是历史的必然。但是对于我这个始终挚爱教育和文学的人而言，我永远是一个精力充沛意气奋发的青年。我将用文学的笔触歌颂我们这个伟大的时代，我将以更加勤奋的状态去不断研究和思考新时代教育发展的盲点，让思想的脉搏始终和这个信息化时代一起跳动。

最近从网上得知，贾平凹的字已经卖到了一个字四万的天价。对此，人们的说法众说纷纭，莫衷一是。有人说，即使书圣王羲之的字当时也没有贾平凹的值钱。大家说，从艺术的角度衡量，贾平凹的字确实算不上飘逸和刚劲。但是，偏偏为什么他的字就这么值钱呢？原因很简单，因为在当前的文学界，贾平凹的文学地位太有影响力了。他的《秦腔》《废都》等好几部长篇小说及独特的散文创作几乎被中国的文化人折服和敬佩。他的字就是真正意义上的名人字画的范畴了。他的字不贵才怪。看看！这就是文学家和文学的魅力！今天的社会，也许有人不知道马化腾，不知道王健林，但是没有人不知道路遥，不知道沈从文。

我真心地热爱着河州，这片生我养我成就了我的凝重的黄土地！我要用我的这支拙笔去讴歌这个时代！那些在教育行业的伟大英雄们，虽然他们极其平凡和普通，没有英雄那样高大，也没有明星那样耀眼，但是我们必须认定，就是这些默默无闻、散布在全州每一所学校的校长和老师们，才是我们这个民族贫困地区按期脱贫的精神根基。我坚信，只要有这些群体在各自的学校不断发挥他们伟大的创举，河州的明天定会美好。

我的第一本散文集出版后，时间过去了七年多了。七年来，我又忙着利用春夏秋冬的闲暇时间，凭着对文学的赤诚，在漫漫长夜里趴在桌子上度过了多少个不眠之夜，不断地写作写作。今天，我的第二本散文集已经做好了出版前的准备。

新书即将出版，我的心里还是有些紧张和忐忑，因为新书好像是自己的女儿。出嫁之际，自然害怕即将见面的婆婆和公公，他们到底怎么评价和看待我的女儿，这显然是由不了自己的事情，也是我很担心的事情。但是无论如何，女儿大了，出嫁是必然的。好了，那我就把新书交给多年来一直关心和鼓励我写作事业的所有读者朋友们。希望你们帮助我关爱我，多提宝贵意见和建议。我知道我的文学功底其实还很肤浅，主要还是源于我的阅读功底不够扎实。没有好的阅读当然不会有好的作品，这，是铁一样的事实。

是为序。

第一辑　黄土情

母亲的缝纫机

从乡下老家搬到城市生活已十几年了，考虑到城市里楼房内空间的窄小，当初进城时把老家的好多旧东西忍痛割爱送给了邻居和亲戚们。不过，有一件东西多少年来始终稳定占据着楼房内一个小小的角落。时间一长，大家都感觉它老是搁在那里，显然已经多余。在房子重新装修一新后，好多次，妻子和孩子们动念头准备把它送给别人的时候，都被我一次次持反对意见而最终保留了下来。因为它陪伴我的母亲度过了许多难熬的患病时光，它承载了我们家许多的苦与乐。

这是一台老旧的蜜蜂牌缝纫机，是上海造的。部分部件已经损坏，台面的油漆已经剥落好多。

这件极其普通的老旧缝纫机，屈指一算，来到我家的历史已经超过整整四十年了。不过自从母亲去世前的一九九九年起，它开始真正退休了下来，家里再没有人使用它。当人们的着装理念进入以购买为主的新时代后，家庭缝纫机自然也随之悄悄退到了生活的边缘。

上世纪七十年代初，在刘家峡库区岸边我们老家村子里发生的一幕幕饥荒的情景，像过去看过的老电影中的画面一样，牢牢刻在我的记忆深处。虽然已经过去三四十年了，但是直到今天还都历历在目。还好，等我出生的时候，真正的灾荒年月刚刚过去。母亲那时常常开玩笑，说我的降生幸亏躲过了村子里最艰难的灾年。要是我再早一年半载出生的话，可能活不过来。

等我上学的时候，虽然生产队里还不能给农户分配太多的小麦，用以充饥的黄豆、红薯、玉米等粗粮基本保证了人们不再挨饿。我们很少有面吃，一天三顿饭，至少两顿得吃水煮黄豆。除此之外剩下的只有一种花样——玉米面疙瘩。那时没有羊油牛油，清油比黄金还要贵重。每次做饭的时候母亲总要屏住呼吸，小心翼翼地往锅里倒入眼泪般可怜的几滴。怕清油浪费太多，后来母亲干脆找了一块巴掌大的白布缠在小棍子上。每次做饭的时候，她先把油布在油罐罐里蘸一下，然后用油布在锅底随手轻轻擦一下就开始把调好的玉米面贴在锅里。那种顿顿严重缺油水、永远重复的饭吃得每一个人面黄肌瘦，走路干活的时候都无精打采。现在一想，真是不寒而栗。

记得我每次放学回家，肚子已经很饿很饿，幻想着母亲变魔术般变出一顿可口的食物，让我吃个狼吞虎咽以解一整天的饥肠辘辘。但每一次进入家门，看见母亲留给我的那些永远不变花样的食物的时候，总是让我极度地失望。那些在我放学前放在炕头的水煮黄豆或玉米面锅塌，黑糊糊的怎么也提不起我的食欲。于是我急切盼望着一个日子的到来，那个日子就是我们回族叫主麻的好日子星期五。

到了这一天，不管春冬秋夏还是刮风下雨，只要等到清真寺里主麻散以后父亲回到家，我那受慢性腰腿病折磨的母亲总要拖着行动不便的双腿给父亲做顿特殊的可口饭：烙两个白面的饼子，上面擦上清油和姜黄。看着那红白相间、酥软喷香的饼子，我总是禁不住会流下口水。一出锅，等父亲在炕桌前诵读完一段《古兰经》后，她把热气腾腾的油饼子分两次端到盘腿端坐在小炕桌边上的父亲面前。接着她又给父亲再端上一大碗漂有野葱花、香菜之类点缀物的荷包蛋。她说："没有这一周一次的生活改善，你身体单薄的父亲可能不知什么时候会被家庭重担所压垮。"她说我是家里最小的娃，也是正长身体的时候，尽量从父亲的偏饭中给我分一点。不过有一个条件就是让我好好读书。

每到星期五放学后，我回家的脚步总是大步流星。母亲始终从犒赏父亲的白面饼子中给我留下一大块。还会为我把一个平时用来家里煮草药的砂锅煨在尚有余温的灶膛里，里面满满一砂锅的鸡蛋汤糊糊。我轻轻地伸手把那砂锅取出来，吹掉盖子上面的灰尘，顺势坐在院子的一截风化了的干柴上，风卷残云般地开始喝鸡蛋汤、满口吃着饼子。看着我那饥不择食的样子，母亲说："好好读书吧，以后要是找上个工作什么的，会有你吃的饼子和鸡蛋。"拿着喝完蛋汤的空碗，我看见母亲又匆匆回到老屋的炕沿开始做她日夜不停的针线活。那时，幼小的我总是不明白她怎么有那么多做不完的活？

等我渐渐长大，我终于明白，在当时那样极度困难的日子里，我和父亲之所以每个星期五有一次喝鸡蛋汤、吃白面饼子的口福，那都是母亲用自己善做针线活的手艺给我们挣来的。母亲出嫁前从外奶奶的手里学到了一些基本的裁缝手艺。她看到当时村子里很多困难人家大多数都掏不起请别人做衣服的费用，于是她萌生了学着做点裁缝活的想法。这些是母亲后来才告诉我们的。

世界上的有些事情有时还真说不清真正的根由。人的手艺，有时不一定非要专门去寻求名师、苦苦学习。有些可能是完全受遗传的潜移默化而自然传递。我的外奶奶曾经说过，她因忙于生计，从来就没有教过我的母亲有关针头线脑方面的手艺。母亲的手艺可能纯粹是靠自己的心灵手巧，通过长期的观察和模仿后无师自通的。

患了腰腿病以后的母亲，呆在家里，眼看自己孱弱的身体一年年不见好转，眼看自己继续能陪父亲下地的日子迟迟不能到来，她心急如焚，痛心疾首。面对三个整天张口吃饭的孩子，母亲觉得对不住父亲，也愧对几个孩子。度过了无数个以泪洗面的日子后，她告诉父亲，想为周围的邻居们做一点针线活，反正闲着也是闲着。重活做不动就做点自己干得了的轻活，也是对大家的帮助。就这样她开始帮大家缝制一些什么盖头、坎肩、童装等。我们老家是回族村庄，记得求她帮做盖头的妇女那时最多。

　　母亲当初的裁缝活就是在这样的情况下渐渐起步的。一开始，她主要是为包括外爷外奶在内的我们一家人做衣服。说是做衣服，其实更准确地说是修补衣服。由于布料极度紧张，一年也做不了几套完整的衣服。主要还是用一些从旧衣服上拆下来的布料经过浆洗后再东拼西凑给我们做棉袄、坎肩、书包之类的东西。

　　到了我读初中的时候，母亲的裁缝活在我的记忆中越来越多。记得那时，第一次来我们家托她做衣服的人，她说什么都不收钱。后来再来的时候，他们就为母亲带几个鸡蛋什么的。母亲总是不收，但他们临出门时悄悄放在母亲看不见的地方。就这样，懵懂的我才慢慢知道，母亲给我和父亲吃不完的鸡蛋原来是这么来的。

　　我有一个同学，叫周林清，和我关系很好。一到周末，他常来我们家玩。有次，他看见我的母亲在家给别人做衣服，就很不好意思地说，可否让母亲给他的父亲也做一件衣服。他说他的父亲几年前好不容易用积攒下的布票买了一套布料，都放了好几年了，就是找不到一个做衣服的人。那时集市上还没有公开的裁缝铺。母亲二话没说就爽快答应了，花了三天时间把他父亲的衣服做好了，是一套深蓝色的中山装。衣服拿回去的第二天他告诉我，他的父亲穿上那件衣服特别合身，他的父亲高兴极了。他再次来我家的时候给母亲带来了五个鸡蛋，说是他父亲带的一点心意。母亲却怎么也不收他的鸡蛋，执意让他带回去

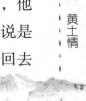

给他父亲吃。在互相推让中，鸡蛋不小心掉在地上，全部摔碎了。最后，打碎的鸡蛋留了下来，我们一家饱饱地吃了一顿鸡蛋小米饭。

因腰腿病下不了地做不了农活后，闲不住的母亲本来打算做些针头线脑活来给自己找点乐趣，打发寂寞的日子。可是她哪里预料到，改革开放前后农村集市还没有完全发展起来的时候，集市上的裁缝铺还很少，加之人们做衣服的需求还真是不小。那些家里炕头堆放起来的布料，仅仅靠她的手工去做，不要说白天，就是把白天黑夜连起来做，也都做不完。本来想着为自己找点乐趣的母亲这一下又变得苦恼起来了。有一天吃饭的时候母亲给父亲说："我们家买一架缝纫机吧？"

父亲苦笑说："哪有钱呀？连肚子都吃不饱！""我凑了一些，不知道够不够。"母亲平静地说。"什么？"父亲吃惊得了不得。"你哪里来的钱？买缝纫机最少需要一百一十块钱。"

"我这几年用别人给我的鸡蛋凑的。给你，这里正好九十九元零三角。不够的你再从别处借几块吧？"母亲的口气依然很平和。但是听到她积攒了那么多钱后，父亲和我们几个孩子完全目瞪口呆了。看着我们吃惊的样子，母亲说，她给父亲和我们每次用鸡蛋改善生活的时候，没有把别人送来的鸡蛋全部吃完，而是在一间草房不易被人发现的纸箱子里积攒下一个或两个，每当箱子满了的时候她就悄悄卖给来家门前收鸡蛋的人。这个秘密她一直没有告诉我们。

母亲花好几年的时间基本攒够了买缝纫机的钱。接下来的困难自然变成了去哪里买缝纫机了。那时候，不要说买一台缝纫机，就是买一尺做鞋的白布，买一袋盐都是不容易的。即使人们有钱也很难买到自己喜欢的物件。父亲让当代课教师的大哥从学校预支了两个月工资后与全家人作出慎重决定：购买缝纫机，说要解放母亲。

经过全家人的一致盘算和琢磨，我们掰着指头，逐个寻找我们家能盘得上的所有远近的关系户。盘算到了半夜，我们在所有亲戚邻居中最终没有找到一个可以有关系帮我们能买到缝纫机的人。最后我们想到了一个姓姚的汉族工人师傅。

我们不知道他的名字，只听他说过他是临夏市甘光厂的工人，老家在浙江一个叫余姚县的地方。那时候，那些来自南方的工人到了周末骑上自行车来我们河滩一带钓鱼、打野鸡野鸽子等。有时候他们也走村串户买一些黄豆，说喜欢喝用我们当地的黄豆制作的豆浆。我们家在公路边，有一天一声枪响后有一只野鸽子扑棱棱从房檐掉到了我家的院子，接着有一个陌生人推开家门进入我家，说掉下来的鸽子是他打下来的，问我的母亲可不可以把死鸽子拿回去。母亲点头应允了，于是他高兴地带走了。后来他每次来河滩，总要来我家和父母坐坐。给我们讲一些他们老家浙江一带的风土人情和生活习惯，也顺便从我们村子购买一些黄豆回去。我们觉得他就是唯一有希望帮我们能买到缝纫机的最可靠的人。

后来有一次，姚师傅来我家串门，和父亲聊完天喝完茶，准备起身回城的时候，透过窗户看见母亲在做衣服。他问母亲："家里没有缝纫机吗？"

"没有。"母亲回答。

"要是你们想买的话，我倒有办法帮你们买。"姚师傅说。

"那太好了！"走出房间的母亲高兴地差点掉泪了。

"姚师傅你说，你想要什么，我们农村只要有，我们就帮你找。"父亲高兴地问姚师傅。

"谢谢！你们方便了帮我多买一些黄豆就好。"

"那是一定的。"父亲口气很坚定地说。

就这样，我们一家人，特别是我的母亲极度渴望的缝纫机购买计划，在我们还没有向姚师傅开口求助的时候，他已经主动提了出来。这样天大的好事我们全家人做梦都是没有预料到的。这也许就是常说的柳

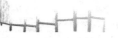

暗花明又一村吧！

半个月后的一天，快到晌午的时候，姚师傅推开我家的大门。在自己的自行车上绑了一个很大的纸箱子摇摇晃晃进来了。我们急忙迎上去接住他的车子扶手。姚师傅擦去脸上的汗水说："缝纫机来了，是蜜蜂牌的，上海造的。"

"太好了，太好了！"母亲喜不自禁。她很快给姚师傅在院子里摆上小桌，倒上了茶水。

也许是母亲对缝纫机在好几年的时间里充满了极度强烈的渴望的缘故吧，就在机子到家的第二天，心急的母亲逼着当代课教师的大哥放学回到家后，就马不停蹄地边看说明书边安装。说她恨不得一下子开始踩着那光洁锃亮的缝纫机为我们做衣服。终于，缝纫机安装好了。他看着说明书，耐心教母亲使用。不识字的母亲立马变成了一个非常乖顺的小学生。专注地聆听着大哥的介绍。没费太多的工夫，母亲用她那灵巧的四肢已经开始娴熟地让那铁家伙的机针鸡啄米一样上下呜噜噜噜地飞速转动起来。至此，母亲在家缝制衣服的历史发生了重大转折。她的手工缝制衣服的落后生产力工艺实现了一次真正意义上"工业文明"的变革，真可谓鸟枪换炮。

历史有时侯是那样的巧合。母亲的家庭缝制作坊进入缝纫机时代的那天，正是中国恢复高考第一年高考结束的第三天，她用从父亲的旧衣服上扯下来的旧布在新机子上专门为我做了一件上衣，算是对我的鼓励。她叮嘱我："再过三年你就要考试了。只要你考上好的大学，会有你吃不完的鸡蛋，还有享不完的福。"听着她的叮嘱，我还是半信半疑。但心中却暗暗发誓，我一定要考上好的大学。那时候作为一个孤陋寡闻的农村孩子，远大前程是什么，心中确实无数。但是只要听说考上大学能吃上足够的鸡蛋，就是拼命也要坚持苦学下去。我就不信农村的孩子上不了大学。我一定要考到大城市里的大学，我不愿继续过这种连饭都吃不饱的日子。

　　几年后高中毕业，终于圆了梦想，考上了一所大学。秋天的时候离开了父母和家乡。一辈子没有离开过母亲的我即将出门远行，母亲却怕了起来。她疑惑地问我大哥："那地方回民能吃上饭吗？"大哥说："你就放心吧，西安回民多得很，那地方还是回民的根呢！"于是她才打消了重重顾虑。

　　岁月的车轮就在无数个像我们一样的贫寒之家共同渴望过上好日子的梦想和劳动中转到了新世纪的门前。

　　母亲依然在家里为村上男女老少日复一日地做衣服，陪伴着父亲和两个哥哥苦苦地经营着这个贫寒的农家。再后来，随着政策的变化，集市乡镇上开裁缝铺的个体户也渐渐多了起来。眼看自己的慢性腰腿病长时间总不见好转，医生也多次警告她多休息，勤治疗，少劳累。迫于无奈，母亲决定，自己心仪多年的裁缝爱好热情必须到了该降温的时候。除了特别难以推卸的熟人外，她逐渐开始拒收别人送来制作的衣服布料。就在新世纪到来前，母亲彻底放下做了十几年的裁缝活。那台来之不易的缝纫机便闲置了下来。母亲那时对父亲和我们几个孩子说即便再不用，这东西也不能随便乱动。只要自己活着，她看见它，心里特别踏实。

　　二〇〇〇年的夏天。在一个傍晚宁静的夕阳中，突然发病的母亲永远地离开了我们。她扯走了我们一家人的心。她把世界上最大的悲伤和孤独留给了我们。当掩埋母亲的黄土开始长起青草的第二年，我们一家搬到了城市。临辞别老家的那天，我带着孩子来到村子边母亲的坟前，默默地向她告别："母亲，请原谅你的不孝儿吧！我不能继续在老家陪你了。以后，我会定期来看望您的。"我们从农村老家带到城市的家具，唯一的一件就是那台母亲生前用过的旧缝纫机。

　　春去冬来，光阴荏苒。转眼，母亲离开我们已经整整十五年了。

十五年来，我无时无刻不思念着我的母亲。她用不屈的意志在长期患病的日子里，用她勤劳的双手对我付出了绵长的养育之恩。作为儿子，我是永生永世都报答不了的。那台我始终舍不得送人的旧缝纫机，是最有力的见证。它陪伴我的母亲走过了很长很长的一段快乐日子，它陪伴母亲给我们全家换来了不少的鸡蛋和粮食。这些困难岁月中弥足珍贵的救命食物，让我们得以平安度过那段无法忘却的艰难日子。这不是一台普通的缝纫机！

在我极度想念母亲的时候，无数次我总会身不由己地不知不觉间走到母亲生前留下的这台亲切的缝纫机前抚摸着它，就像抚摸着母亲那温暖的双手、她那慈祥的面容。

亲爱的母亲，我将永远珍藏着你的缝纫机！

谈金钱

金钱不是粪土，但金钱绝不是万能。

有时候，一声新生婴儿天籁般的哭声，会让我安静的情绪瞬间激动万分，甚至令我潸然泪下。我常常为一株高雅俏丽的兰草、一副洒脱豪放的字画、一段优美的音乐激动不已！在我看来，人类的生存价值很大程度上体现在它对这个浩瀚宇宙的深刻认识。一个人活着的意义和他对世界的认识程度是成正比的。他拥有多少金钱与他的生命的价值好像不存在明显的因果关系。

孔子凭一部不到一万字的薄薄的小册子《论语》，被历史铭记了两千五百多年。今天世界上到处是孔子学院。然而和孔子同时代举不胜举的达官显贵们早被历史的烟云化为乌有。有人戏谑说，我穷得只剩下了金钱，这话颇有哲理。当一个人的脑海中没有了文化，没有了艺术，没有了科学，没有了对这个文明世界的起码认识，剩下的仅仅是金钱的时候，这样的人生是没有多大生存的意义的，甚至是可悲的。

这个世界每天乃至分分秒秒总有不少的生命诞生，当然也会有不少的生命像落花般匆匆从这个世界上消失。在诞生和飘逝之间，人类就这样生生不息地繁衍着。我们生命的每一个渺小的个体，犹如是大海中的一粒水珠，稍纵即逝；即使是一片起起伏伏的波浪，当风平浪静时，也就很快不见了影踪。人的一生到底怎么样度过才有价值？太深奥的哲理我暂时说不出，但是我可以断定，排在第一位的绝不是金钱。

在我们今天的社会，每每看到不少的富豪显贵们披金戴银地招摇过市，向路人彰显他们荣华富贵的时候，我总是禁不住偷笑他们的笨拙和滑稽。在我看来，这个世界上再没有比他们更无知、可笑、愚蠢的人了！不要说这些达官显贵，就是在今天的信息化社会中，叱咤风云的马云、马化腾、李彦宏等巨富们，他们在吃饭、住房、开车等这些人类必须的生活行为面前，也基本做不到太大的区别于我们凡人的特殊性。说不定由于坐拥亿万资产可能常常还会缺乏应有的心理平静感。韩国前总统卢武铉，一国之总统，最后的结果竟然是跳崖自杀。有谁预料到，他的死竟然那样的出乎预料，那样的黯然失色，那样的荒唐和离奇？他生前没有金钱吗？肯定有，但是钱能对他来说有何意义呢？难道他的死真的找不到更加合理的其他方式了吗？按照常理，他的人生结尾绝不应该是这个样子。

做一个平常人，做一些平常事的人，不见得就比那些腰缠万贯的富豪们不幸福。很多老百姓的生活的幸福指数不见得比那些把自己伪装成科级、县级、地级的官员生活差。人的幸福和金钱的多少往往并不是等同的。任何阶层的人都有自己的幸福和追求。一个美国人在夸赞一位总统的母亲，说她培养了一个伟大的总统。这个母亲说，她还有一个同样伟大的儿子，她的这个儿子在蔬菜种植上做出了杰出的成就，他和当总统的哥哥一样伟大。由此我们可以看出，官大和钱多不一定是选择一个伟大人物的唯一条件。

人为什么连命都豁出去贪钱呢？钱真的比命重要吗？对此我一直

不解。拿这几年反腐倡廉中被扯出的好多大老虎而言，他们那么疯狂地敛财贪钱，几千万甚至过亿元。一个人到底需要多少钱才能达到自己的目的？一个人究竟有多少钱才会心满意足呢？就在自己短短的人生中，不去创造快乐和舒心的日子，而是整天为钱而愁眉苦脸，到底值不值得？如果最终有一天你真的得到了你梦想得到的足够的金钱，你会真的能换来幸福的日子吗？我，是不相信的。人生大可不必处心积虑地去贪钱，去积钱。真的，钱够用就可以了。它毕竟是身外之物，比上生命的纯洁和高贵，金钱可真不是什么人生的必需之物。

我们不禁要问，那些大款们，他们一顿能吃普通人的两倍、三倍吗？不能。他们同时能坐两辆豪华轿车吗？不能。他们一家人能同时可住三套别墅吗？不能。他们离开这个世界的时候能把他们的金子和票子带到他们的坟墓里吗？也都不能！既然有如此多的不能，那么他们和我们普通的工薪族、普通的老百姓有多少区别呢？栽进自己金钱的沼泽追悔莫及的人还少吗？为什么金钱不但没有为他们换来幸福，反而连自己珍贵的生命到最后都保不住了呢？从这个角度上来看，金钱，有时候真的是魔鬼！

我觉得有一样东西应该受到我们大家的重视，那就是生命的平安和精神的富有！对于每一个人来说，没有比生命的平安更宝贵和重要的事了。当你遭遇了灾难，一座金山很快也会化为乌有，不要说是你的存款和你的洋房！难道当今这个日新月异的信息社会每天发生的一桩桩生命的劫难，用血淋淋的事实没有告诉我们这个道理吗？人生的幸福是金钱买不来的，而健康和平安才是在任何时候最最重要的。

有谁知道，当我读完一本自己心仪的文学名著后，那舒心的甜蜜和流自心灵的惬意？有谁知道，当我在夜深人静的时候伏案撰写出一篇情真意切的文章后进入梦乡的那种愉悦，说不定比那些富豪们在自己的别墅内和自己的爱人翩翩起舞还要幸福。

　　幸福的人生是每个人的期待和终生的追求。富人有快乐的日子，穷人当然也有快乐的日子，快乐和金钱是没有牵连的。真正的幸福人生是由平安和健康所赋予的。

　　人生即使缺少了金钱，也千万别缺少了健康和平安。

父亲的声音

    父亲离开我们已经十几年了，十几年来父亲可亲可敬的形象依然清晰地珍藏在我的记忆深处。他那削瘦的瓜子脸，浓密的大胡须，单薄瘦高的身体，最让我怀念的还是他那慈祥的声音。每每想起，他那亲切的声音依然萦绕在我耳旁。

    父亲去世以后，随着岁月对记忆的无情洗刷，在我们子女的脑海里渐渐褪去了父亲生前和我们朝夕相处了一辈子的他那年轻年老时和蔼慈祥的许多亲切的模样。按照伊斯兰教的传统信仰习惯，他去世后，我们把他的一些不多的照片忍痛全部烧掉了。我们把父亲的全部形象都藏进了各自的记忆深处。

    但是不知为什么，对于父亲的一些声音的片段，比如他对我们家人总是充满着慈祥和疼爱的极富柔软平缓的话语声，还有他每当诵读《古兰经》时的那种特别富有悲伤、悠扬的诵读语调，十多年来，我都记忆犹新，难以忘却。有很多次我在睡梦中被他的声音轻轻唤醒。特别是每年五月他的忌日即将到来且我们准备着在老家请阿訇的时候，我总要连续地在恍惚间会数次听到他那好像从一个遥远的地方传来的亲切又朦胧的声音。每次听到他飘忽的声音，他的形象会再次显现在我们的眼前。

父亲的声音之所以长时间在我的记忆里一直如此清晰，可能是我们与父母在农村老家长期相濡以沫的生活期间，和一些与我们朝夕相处的生活场景有着直接的关联。在我的记忆中，在几个非常特殊的情景下，父亲的声音就像刻印在我的脑海之中，令我永生难忘。

在我读初一时候的那个秋天，有一天我放学回家，一进家门就看见我的母亲和大嫂轮流抱着哭叫不止的人见人爱的宝贝小侄女苏德。那时侄女还不到三岁，每天像个快乐的小天使在我们一家人之间跑来跑去。她的出生和健康成长那时候让我们一家人在那特别清贫的生活中总是找到很多的快乐。她那童稚的歌声和还不协调的舞姿就是我们幸福的源泉。可是就在那天，小天使侄女突然病了。一开始严重发烧，以至于上吐下泻、昏迷不醒。等派人叫来村里我们一个当大夫的堂舅打了一针后小姑娘还是不见好转。这下母亲和嫂子一下子急了。正当她们在院子里不知所措的时候，我走进了家门。大哥那时刚好去城里卖果子不在。于是母亲让我放下书包，吩咐我赶快往我们家后面的一个叫八阳沟的山上去叫我的父亲快快回来。母亲说父亲被山里请去给人家盖房子。

为了接济家里的困难，父亲那时候忙中偷闲，做完了家里的活后他也抢着给别人家做一点木匠活挣几块零花钱。要求特别高的木匠活他是拿不下来的，但是那时很多困难人家为了节省工钱减少开支也请和我父亲一样的一些业余小匠人。八阳沟离我们家至少有五六里的路程，而且都是山路，坑坑洼洼，盘旋曲折。从山底一直绕进山巅，路的两旁都是连绵的群山。那时我一个人独自从没去过那么远的地方，但是那天听了母亲的话，我也不知自己一下子哪来那么大的胆子，二话没说掉头就向沟口的方向快步跑去。进入沟口，我才发现太阳离西山已经不远，山沟里已经暗了下来。整个山沟不见一个人影，一条蜿蜒的宽窄不一的山路伸向远方。突然，我开始难以控制地害怕起来。为了快点走完山路，我的双脚不由自主地开始跑动起来。为了给自己壮胆，我一边跑步上山，一边唱起了一段不太熟悉的从电影上学来的歌曲：

> 西边的太阳快要落山了，
> 鬼子的末日就要到来了，
> 弹起我心爱的土琵琶，
> 唱着那动人的歌谣。

脚步越来越快，我恨不得一步跨到山顶。我把只会唱的这四句歌词不断重复地大声哼唱着往山头跑去。不知不觉间，脸上冒出了汗，身上的衣服也开始潮湿起来。这格外多的汗水不断从脸上沁出，说明我心底的害怕还是没有消除的迹象。就在我即将走过大半个山腰的时候，一个非常熟悉的声音向我及时传来：

"老三，你要去哪里？"

一个令我时刻渴望听到的声音，这声音是那样的亲切和熟悉。它的传来，对于孤独行走在漫漫山路上的我就好像是在一片漆黑的夜空里看到的一盏明灯。我朝着声音传来的方向看去，只见我的父亲肩上扛着自己装工具的小木箱，满脸的汗水朝我匆匆走来。看见父亲的瞬间，我一下子把空旷的山沟长时间带给我的恐惧忘得一干二净。我大喊一声，向父亲跑去。抱着父亲的双肩我高兴得哭了。我告诉父亲我的恐惧被他的一声问候彻底给赶跑了。父亲问我天都快黑了为什么来找他。我告诉他，他特别心疼的小孙子苏德病了，母亲让我来山里叫他回家。没想到半路上碰上了他。父亲一听苏德病了，他急忙帮我擦去泪水，

拉着我的手大步流星地和我一道往家里跑去。

就在我们父子气喘吁吁地跑到家里的时候，天已经黑尽了。母亲和嫂子在昏暗的灯光下守着已经睡去的小侄女。母亲说孩子的烧已经明显退了，也不哭叫了，刚才还吃了半碗饭就睡着了。这时候大哥也已经从河州城回来了。父亲抚摸着自己小孙子蜡黄的小脸，告诉母亲从明天开始不再去离家太远的地方干活了。

山路上打工回来的父亲那风尘仆仆的可敬形象和及时向我发出的那句亲切的声音仿佛凝固在我的记忆之中。"老三，你要去哪里？"整整三十几年了。我永远忘不了这句话。今天，您特别疼爱的老三无数次地向您呼唤，父亲啊！您在哪里？

还有一件事更让我伤心欲绝。

那是我的母亲二〇〇〇年突然去世以后，全家人长时间笼罩在一片巨大的悲痛阴影之中。突然失去老伴的父亲和我们一样也是极度的悲伤。父亲多次念叨说母亲的去世降临得实在太突然了。她是在去城里老哥家的时候猛然间吐了几口血后去世的，父亲当时不在她的身边。父亲和我得到噩耗后急忙从老家来到城里时，母亲已经永远地闭上了双眼。一辈子留给我们坚强不屈印象的老父亲瘫坐在母亲的旁边，竟然控制不住自己哭出了声音，父亲的眼泪扑簌簌流满了双颊。我们知道父亲是轻易不掉泪的。

三个月后，我们的悲伤似乎稍稍减轻了一些。有一天我们和父亲围坐在炕上，准备一起吃饭。这时妻子手里拿着一双新的女式黑色小皮鞋走了进来。坐在炕上的我们目光不约而同地被妻子手里的那双皮鞋吸引了过去。妻子说，她整理房间时从沙发底下找到了这双母亲的皮鞋。那时母亲的遗物我们早已整理完毕，可是突然又出现了一双她的小皮鞋，这件小事一下子又勾起了我们全家人对她的回忆和思念。

我清晰地记得在母亲的一生之中，从来穿的都是自己或别人帮她缝制的手工布鞋，从来没有穿过皮鞋。布鞋除了穿着舒适外，还有一个很重要的原因就是母亲是小时候被她的母亲裹了脚的。双脚很不规整，而且还很小。自己做的布鞋在缝制的时候最大限度地考虑了脚的大小和形状，加上布料又软，穿起来当然要舒适好多。皮鞋很硬，总会有程度不同的夹脚，她总是很不情愿穿。我们动员过好多次想给她买一双皮鞋，都被她婉言谢绝了，她说还是穿惯的老布鞋舒服。

　　直到后来有一次大哥带她到城里的百货商店，经过一番苦口婆心的动员后她最终算是勉强同意，于是大哥给母亲买了一双她一生中的第一双皮鞋。买来以后，她还是不轻易穿，每次去亲戚家的时候她会穿一次。比如说她要去北塬姨姨家的时候，她就会很自愿地穿上这双珍贵的皮鞋。转完亲戚回来，她马上把皮鞋脱下来，放在只有自己知道的秘密地方。她穿得特别小心，时间过了好几年，母亲的皮鞋却始终很新。可是就在她最后一次离开老家去城里大哥家的时候不知为什么，她却没有穿这双心仪的皮鞋，把它依然存放在我们谁都不知道的一个地方。整理母亲的遗物的时候，我们竟然全然忘记了母亲那双唯一的皮鞋。直到后来，妻子整理房间时才发现母亲的皮鞋放在堂屋的沙发底下。

　　我们坐在炕上，大家一眼不眨地盯着妻子手中的皮鞋。鞋面上除了有一些灰尘，鞋底、鞋面和里面的鞋垫都没有丝毫的破损，和母亲生前穿它时一模一样。这时一声苍老的饱经风霜的哭声突然从我的旁边发出来，是我的父亲。他从妻子手里接过母亲的皮鞋抚摸着抚摸着，终于控制不住自己，哭出了声音。他那在我们孩子们面前不轻易流露的哭声是那么的悲痛和伤心。他的眼泪珠子般一串串流淌了下来。他那哽咽时难过的样子和紧握皮鞋的神态毫不掩饰地告诉我们，他是多么的悲伤和孤独，他是多么的不愿让我们的母亲、他的老伴过早离开这个美好的世界。

"孩子们，你们知道吗？你母亲那次去城里的时候我倒是提醒了她应该穿这双皮鞋的。她却说，这次就不穿了吧，还是放到冬天再穿它。冬天穿它暖和。夏天本来就很热，穿它浪费，也不舒服。这次还是穿我的老布鞋。"父亲语速极慢地给我们讲出了这段我们谁都不曾知道的往事。他充满无限忧伤的声音与其说是在说话，不如说是在用铁钻子钻探我们大家脆弱的心灵。我们全家人在父亲这段极其珍贵的和母亲最后一次谈话的发布中再一次传看和抚摸着母亲生前的皮鞋，再次陷入了一段长时间的悲伤阶段。

现在闭上眼睛一想，父亲当年在那个炕桌前，以一种他少有的慈祥的语调给我们说的那段话的情景仿佛就在昨天。其实时间已经过去了整整十六年。今天，不仅仅是我的母亲，我的父亲也都去世十多年了。

其实，最让我终身难忘的还有一种父亲的声音，是他在生命的无数个晨礼后诵读《古兰经》的声音。在我上小学的时候，那时家里什么都少得可怜，特别是住房，家里很紧张。我在很长的一段时间和父母睡在同一间房子的两个不同的炕上。每天早晨，父亲总是早早起来做礼拜。做完礼拜他开始诵读古兰。很多时候我就在他诵读《古兰经》的声音里自己醒来了。我现在真的无法算清楚，那时候我究竟在睡梦里聆听了多少次父亲诵读古兰的声音。天长日久，在他的诵读里我听会了很多篇章的部分片段。我想，不管多久，父亲那悠扬悲伤的《古兰经》诵读声我是不会忘记的。

为了让父亲这天籁之音般的诵读声在我的记忆里珍藏更远，我把父亲生前常常放在经架上随时诵读的那本老旧的《古兰经》收藏到了今天。

夕阳下的思念

一

傍晚，我伫立在窗前透过玻璃静静地凝望着落日的余晖。那红红的圆盘缓缓下沉着，下沉着。

今天的太阳落山意味着二○一四年彻底远离了我们，这个年份将会变成我们永远的记忆。明天将是羊年中最新的一天——正月初一。随着落日的西沉，我开始思考一个极其严肃的问题：一个人的一生能在每年腊月的最后一天，静静地守望着太阳落入山后的时间能有多少次？人生无常，谁能说得上？生命的脆弱和无奈令谁都不会对这个严肃的问题做出恰当的回答。珍惜我们生命中的每一天才是最重要的。

等太阳完全落入西山背后，我的视线不觉间转向住宅楼下街道上那川流不息的匆匆人流。突然，我被老两口和他们几个孝顺的孩子们一些特别的举动深深吸引。两个老人分别被两个儿子搀扶着，另外两个姑娘或是儿媳妇，还有几个淘气的小孩紧随后面，一家老小的脸上都挂满了幸福，特别是两个老人似乎完全陶醉在孩子们的呵护之中了。看着他们一家人走过街口，看着他们远去的背影，我的眼前突然幻化

第一辑 黄土情

出我的父母慈祥的身影。

当天晚上我做了一个梦。不知什么原因，我站在一条公路边上等待着什么。在我静静地等待时，有一辆大班车开过来停在路边，从车上蹒跚走下来两位老人。我抬眼一看，竟然是我的双亲。我慌忙跑到他们面前。父亲一手提着一个塑料袋子，一手牵着母亲的手。看见我就责备起来："一年快完了，你也不带孙子回一趟老家。这不，你妈唠叨着要看看孙子。我俩就坐班车来了。"听着父亲的话，我突然看见母亲已经摔倒在地上。等我俯身去搀扶她的时候，我的梦醒了。

我又开始极度思念我的父母。

二

有人说，父母去世的时间长了，记忆中他们可敬的形象会渐渐褪去，思念的程度也会慢慢减弱下来。也有人说，黄土能把什么样的恩情和牵挂都可以冲得烟消云散。这话都没什么错，只是在我看来，失去父母的日子不管多么长，在我的脑海里怎么也抹不去他们生前的音容笑貌。很多时候，我缓和那种内心非常想念他们的一个有效办法，就是跑到父母的坟前，跪在他们长眠的地方诵读一段尊贵的《古兰经》。这种方式真的帮我走出了每一次思念带来的痛苦的折磨。在离开坟墓之前，我会默默地在心里告诉他们近期家里的消息。虽然我们和去世的父母不能相见，但我们的生活状况他们是知道的。在平常的日子里，我总是悄悄告诉黄土下长眠的父母，我们一家人对他们的深深思念。

我的梦一直很灵。有一次我去泉州旅游的时候去了一趟当地颇有历史意义的灵山古墓，这里长眠着两位早在唐朝时期来中国传教的西域先哲。据历史记载，他们来中国的时候就没有打算回家，可见他们已经举意了最虔诚的传教使命。瞻仰古墓的时候，我虔诚地跪在先哲的古墓前向安拉为包括父母在内的所有人祈求平安和吉庆。当天夜里我梦见了父亲。父亲微笑着站在老家的院子里修剪果树，他嘱咐我给院子里的果树要定期喷药。我抬头看见他穿着一件洁白的衬衫，他是那样的精神！那完全是一幅他健在的时候普通家庭生活图景。

　　每次梦见父母以后，我总有一个习惯，就是要择日回一次老家。我钻进父母原来住过的老房子里，盘腿坐在炕上，安静地看书或诵读古兰。再看看那用当年的报纸糊的墙，摸摸那我结婚时父母为我们做的一对松木箱子。箱面油漆斑驳，已经褪去了红褐色的颜色。里面当然是空空如也。老家里触景生情的家什太多了。每一样东西都承载着当年和父母一起快乐生活时的清晰往事。伴着无尽的回忆，在平常的日子里时不时地跑回老家，在荒芜的老家院落里出出进进，就这样待上半天，再回到城里的家。感情上确实给自己孤单的内心带来不少的慰藉。回到城里后，接下来的一段时间，上班时心情会格外的舒畅。

三

　　我特别喜欢冬天。

　　也许是曾经的冬天里我们和父母在老家一起生活的日子长久的缘故。到了冬天，我愈加思念他们。虽然已经没有了父母，但是每到冬天我回老家的次数比平时明显增多，老家里的一草一木都可以勾起我对他们的想念。每次进入家门，我都假想着父母还在厨房或后院里喂鸡种菜什么的。我会找一个那时候父亲补修了好多次的小凳子，坐在堂屋门前眯着眼睛晒太阳。恍惚间，我在渴望着母亲叫我吃饭的时间

早点到来。

老家在我们村子的边上，占地足有半亩。那时家里只有一排年久失修的土平房和一个偌大的院落。东头一间父母住，西头一间我们三个孩子一起住。有一年冬闲的时候，父亲心血来潮，动员我们全家在靠近平房的最边上一个空地上筑起了一座高高的非常结实的土台子。来年春天把全部的庄稼种完以后，父亲靠自己半拉木匠的手艺，在那座土台子上动员全家盖起了两间简陋的白杨房。于是我们这个贫寒的小家被村上人喜称为有"楼房"的人家了。

从土楼建成的那天开始，父亲就把入住的权力全部交给了我。他说："我建这个土楼的主要目的就是想让你在这里安静地读书学习。今后家里的任何活都不要你操心和考虑。我只要你好好读书。"那时大哥已经结婚成家，当了老师。家里只有我一个人在读书。父亲对读高中的我寄予了很大的希望。

每次我从学校回来，吃完饭转身来到小土楼。两门一关，我和外面的世界彻底隔开了。为此，我永远感激我的父母和两个哥哥。在我的记忆中，那时候他们永远都有着做不完的农活。大哥放学一回家就马不停蹄拿上农具跑到了地里。从小一直不喜欢上学的二哥一年四季都是父亲的最好帮手。不论家里多忙，全家上下都不愿意让我放下书本去帮他们。

有一段时间二哥和我在土楼上睡，为了不打扰我的学习，他每天晚上在外面巷道或是在院子里等到我学习完了才上楼睡觉。父亲后来告诉我，那时候我经常在学习的过程中不知不觉睡着了，都是他和哥哥们夜里上来帮我盖上被子的。有一次我对自己的行为感到极度尴尬和羞愧。那天晚上由于天气太热，我坐在炕桌边学习的时候把衣服全部脱了。想着凉爽一点，学习效率可能会好一些。在这种状况下，我依然还是禁不住瞌睡的折磨靠在窗边睡着了。可是第二天我起床的时候发现我又睡得好好的。枕头也枕了，被子也盖了。我知道父亲又来过了。第二天放学回来见着父亲，他说："晚上要是累了就早点睡觉吧。不要太晚了！"我听得羞愧极了。

后来我算是没有辜负父母的期望考上了大学。离开了那间和我的读书学习永远联系在一起的小土楼。再后来小土楼的木材因为是我们当地产的白杨，这种木材极容易被虫吃。最终父亲决定，把土楼拆了。那几根很不牢靠的朽木一旦哪一天经不起风吹雨打而塌下来，会伤着人命的。没有了土楼，对家里其他人来说也许算不了什么，但是每次从学校放假回来的我，总觉得家里空落落的。

大学毕业的时候我最终还是想通了。随着接受教育年限的增加，我明白了一个道理：人类不就是在无数的这种对过去的眷恋和不舍中一步步进步和前行的吗？那座土楼也许就是我人生历程上的一个醒目的坐标。有了它的参照，我的漫漫人生路也许会走得更远。

四

我一直在考证我的父亲为什么重视我们几个孩子读书的原因。

我们家族四五代以内的历史上一直是没有读书人，包括我的父亲。我在阅读许多名人传记的时候，总结出这样一种社会发展现象：那种恶性循环的家族历史有时候会在一些开明家主的主政下发生一些革命性的理性变革。我们家就在奶奶主政的时候出现了这种现象。

据说，我的爷爷在放羊回来的路上被摔坏去世的时候，我的父亲尚不足九岁，叔叔就更小了。从那时起，家里的大小事务一下子全部压在了半路守寡的奶奶肩上。奶奶看着自己几个半大不小的儿女不可能过早担负起他们去世的父亲撂下的重担后，毅然扛起爷爷用了十几年的犁地杠子，套上那头农业社的大黑牛下地了。至于我的奶奶，不要说识字，她是一个连河州城都从来没去过的典型的家庭妇女。可是当她特别疼爱的小儿也就是我的叔叔到了十岁的时候，她跟谁都没有商量，果断决定要供我的叔叔读书。她说这个家族的命运也许通过读书可以有所改变。

终于到了春天开学的时候，她好不容易张罗着为叔叔准备了一套铺盖和够用一月的盘缠，然后她让她的大儿子——我的父亲从邻家借了一头毛驴把叔叔送到了远在四十里外的一所公立学校上学。据说送叔叔回来以后，父亲在奶奶面前咕囔了好长一段时间，意思是他也特别想上学读书。奶奶告诉父亲去上学也好，可是这满山满洼的四十亩山地谁来撒种收割？作为长子的父亲听了奶奶的话，再也只字未提过上学的事。

叔叔后来成了我们家乡妇孺皆知的小学老师。叔叔每次从学校回来，父亲拿上叔叔的课本求叔叔教他学习。虽然上学已经不可能了，但是父亲读书的强烈渴望丝毫未曾减弱。父亲就在当时那个艰难的岁月里，靠叔叔的帮助断断续续地认识了不少的汉字。这些半熟半生的汉字帮我的父亲在漫长的一生中为记账记事带来了很多的方便。

后来等我们出生长大，到了上学的年龄，父亲自然先后送我们进学校读书。这是我从我们家族从爷爷辈开始在短暂的发展变迁史的印痕中，努力探寻到的一条父亲之所以送我们上学的历史原因。他想把自己没有读书的重大的人生遗憾、渴望实现在孩子们身上。现在家族里已经有父亲的好几个孙子都接受了高等教育，他和奶奶的这些朴素的教育思想就像遗传一样让作为晚辈的我们继承了下来。我们的所有孩子都接受了良好的基础教育，有好几个还上了大学。后来，一直做教育工作的我，从我们老家的变迁和整个家族的发展轨迹中理智地看到，教育真正是改变一个人和一个家族命运的根本和关键。

现在想起来，父亲和奶奶的眼光多么地超前。

五

我一直有一个遗憾，总觉得在父母离世前没有好好地孝敬他们，没有让他们住在城市亮堂的楼房里好好享受一段幸福的时光。那时大哥买了一套楼房，把两个老人接到他的新楼房里住过一段时间。尽管这样，我一直有着深深的内疚。作为小儿子，在成长过程中父母为我付出了更多的心血，理应我对他们给予更多的孝敬和回报。可是等我的日子稍好一些的时候他们就匆匆走了。

今天我们过上了比他们健在时更好的生活。他们走过了悠长的艰难岁月，为了子女，他们几乎把一生牺牲在贫困之中。他们一辈子惆怅柴米油盐，一辈子惆怅为子女盖房娶妻。他们没有真正享受到哪怕是一天特别知足幸福的生活。等我们有能力买漂亮坚实的洋楼的时候，他们却离开了我们。

几年前我的女儿出嫁，等送亲的所有人送姑娘去婆家的时候，我禁不住流下了泪水。妻子问我心疼姑娘吗？我说不是。她说那又为什么？我说我想念母亲。她问我为什么偏偏今天想母亲了。我说孩子是母亲操心大的，今天她出嫁了，母亲却看不见了。要是她老人家今天能亲自送自己的孙女出嫁那该多好！我说完妻子也不言语了。

我的儿子是我的父母翘首盼来的。姑娘生下来后我们大家很高兴，但是母亲的担心开始了，她说农村人家没有一个儿子是不行的。于是全家人盼望第二胎是男孩。果然，安拉赐予我们一个儿子。他就是母亲生前最疼爱的孙子京涛。现在他大学毕业工作快两年了。我每次考虑到孩子的婚礼将不可能有爷爷奶奶的参加的时候，内心感到莫大的遗憾。是啊！世界本来就是不完美的，人间的不幸和遗憾千千万万。

作为芸芸众生中的我们这个普通小家怎么会总是一切如愿呢？我已经早早想好了，等我的京涛结婚的时候，我会一个人悄悄跑到父母的坟墓告诉他们，他们最心疼的孙子结婚了。

父母都不在了。每一年从春天到冬天，我和家人会无数次不由自主地想起他们。当我读着一篇描写亲人的精彩文章时我会想起他们，当我看着一部电视剧中关于父母的一些或悲或喜的片段时我会想起他们。有时生活中偶然遇见一个很普通的场景，我会莫名其妙地瞬间潸然泪下。这种突然的举动会让别人纳闷我可能犯了什么神经。

每次当我备受思念的折磨时，我会抬头仰望天空中那一朵又一朵的云彩。记得多年前母亲和父亲去世的时候，老家的天空也有好多同样的云彩。十几年的岁月更迭，让我们的城市和原来父母一起生活的老家发生了翻天覆地的变化。我们头顶的那些云彩早已不是原来的云彩。除了我们心底里那些不变的坚守和思念，一切都已时过境迁。

我又一次在年终岁末的一天站在了窗前，静静凝望那晚霞中的夕阳。也许今天的夕阳和十几年的夕阳是一样的灿烂，但我深深地懂得那无数个陪我父母在农田边、村头上等待远方孩子归来时送走的那许多个夕阳已经一去不复返了。当美丽的晚霞即将消失的时候，我对父母的思念如潮水般再次涌来。望着西天，我的眼泪又流了下来。

夕阳无限好，
思念谁知晓。
黄土埋亲骨，
魂灵常梦绕。

想念郑遐耀老师

往事不堪回首。

迈过了二〇一六年的门槛，我从母校陕西师大毕业已经整整三十年了。在漫长人生的数度沉思中，感悟最深的一点，也让我感到一生无悔的事情是我曾有幸从一个偏僻山村考上陕西师大，并在那所知名的大学度过了五年美好的时光。比大多数学生多读了一年，多上了一年少数民族预科班。一九八一年秋天入学，我们那一届学生是国家出台少数民族预科招生制度以后的第二批学生。陕西师大从西北地区开始招生民族班，我们是第一届学生。

那时候的我，高中毕业前除了我们那个不大的村镇，去过最远的地方是离家十几公里外的河州城。高中毕业突然被一个远在千里之外的大学录取，得到消息的当初感到特别茫然，丝毫没有感觉到特别高兴。父母担心我孤身去一个那么远的地方读书肯定吃不上回民的饭。全家人陷入重重焦虑。

后来大哥不知从哪里打听到的消息，说西安那地方回民很多，回民吃饭不会有问题的。父母在极度的担忧中最终算是勉强同意我去西安城上大学。事不凑巧，那年秋天，西北地区的部分地方连续下了几场百年不遇的大暴雨，冲断了陇海铁路，兰州西安之间的火车停运。眼看着到了我们去陕师大报到上学的时间，可是铁路依然不见修好通车。万般无奈，于是家里决定让我乘坐长途班车去西安。

从兰州汽车站出发，汽车经过一天的长途跋涉，最后翻过了六盘山后我和同行的几位同学住在了甘肃的平凉。第二天早早出发，于当天下午顺利到达西安。汽车最后把我们送到了火车站广场。我们刚刚下车，一群很热情的打着"欢迎新同学"的横幅的往届学生，帮我们把行李从车上取下来放在接新生的车上，很快地接到了学校。

来到学校，当我们几个新生置身在古树参天、环境优雅、蝉声四起的陕西师大美丽的校园中的时候，我们激动得跳了起来。我们一路的劳累顿时烟消云散了。在我们的眼里这所学校太漂亮了！

当我们被眼前美丽的校园风景深深吸引的时候，从旁边的报到注册处走来一位身体微胖、红光满面、慈眉善目的老师。

"同学们好！你们是民族班的学生吧？我是你们的指导员郑遐耀。"他说起话来快言快语，明显带着浓重的陕西方言。他让我们抓紧办完手续后去宿舍整顿各自的床铺，然后洗脸、吃饭。

"我们是回族。老师，有我们吃饭的地方吗？"我战战兢兢地问老师。

"有！有！有！我们早给你们准备好咧。回族的同学有专门的清真食堂。你们放心好咧。"听他这么一说，我们几个回族学生一颗悬着的心终于放下了。

这是我和郑遐耀老师的第一次见面。他是我来到大学后遇到的第一位大学老师。

开学后，郑遐耀老师给我们新生召开的第一次班会上从他的自我介绍中，我们算是对他有了较全面的认识。他告诉我们说，他是从部队转业到学校的。由于陕西师大是全国最早承担招生民族预科生试点工作的学校，据说学校很重视民族部领导的选拔工作。后来经过学校有关院系根据学校的文件精神大范围的推荐，最终决定由郑遐耀老师担任民族部的第一任主任。这个重大责任之所以落到郑遐耀老师的身上，据说是他曾在部队服役的地方刚好是一个民族地区，对少数民族的情况特别熟悉。这个很重要的经历让学校领导觉得他完全可以胜任民族部的工作。我们来到师大后便很荣幸地认识了郑遐耀老师。

我清楚地记得，郑老师对学生工作最大的特点就是热爱学生、关心学生。他平常随时会来我们的宿舍了解我们的困难和需求。每次来了，坐在我们的床上，深入了解我们每个同学的家庭情况、学习情况和生活情况。不到一个月的时间，郑老师已经把我们全班同学的情况都了解得八九不离十了。

那时候，陕西师大的学生宿舍冬天是没有任何暖气设备的。我们的大学生活就是在那样艰苦条件下读完的。每天上床睡觉的时候，有些同学在热水袋里灌上开水用以取暖。郑老师最牵挂的也是我们的过冬问题，他动员大家想办法每人买一个热水袋。

冬天，早上天气很冷。有一次早操铃响了以后，我们很不愿意从好不容易经过一夜焐热的被窝里起来。这时候郑老师推开宿舍门进来了。那天我的隔壁宿舍的好同学文秀正好来和我挤在我的被窝里睡觉。郑老师一看我们两人住在一起，他一边督促我们赶快起床上操，一边开始调侃我们："铺的厚盖得厚不如肉挨肉，沟子对沟子就像个火炉子。"说得全宿舍的同学哈哈大笑。他说两个人挤在一起就是热一些。说他在部队服役的时候，遇到特别冷的天气有时也偷偷和战友们挤在一起住。他还让我们两个把这种取暖经验悄悄给大家传一传。郑老师就是这样，他既有让学生又敬又怕的威严和果断，也有和学生始终有亲近感的幽默和风趣。就这一句话，我三十年都没有忘记。

对于郑老师关爱学生的好心肠，我们来自西北地区信仰伊斯兰教的学生更是难以忘怀。他在我们的吃饭问题上确实倾注了很多的心血。如果没有他那时的关心和支持，说不定我们当中有好多穆斯林学生是读不下去的。现在一想起来我们都感慨万端。

记得八一年秋天我们民族班学生报到以后，郑老师说我们回族学生吃饭的地方原来是一个在我们到来之前临时组建起来的一个很简陋的小食堂。地方在学校西门外，名曰清真食堂。但是几个厨师都不是回族，而且牛羊肉的来源我们第一天吃饭的时候就觉得不放心。看到这个情景我们的心一下子凉了起来。

第二天我们把情况及时反映给了民族部的郑老师。他一听就跑到了我们的宿舍。说请你们放心，我们给你们买来的绝对是正宗的牛羊肉，你们不吃大肉的风俗我们是很清楚的。同学们耐心地给郑老师说，我们吃的牛羊肉必须是我们穆斯林自己屠宰的。我们不能吃从市场上随便买来的非穆斯林宰杀的牛羊肉。郑老师一听，觉得这事绝非小事。他说既然你们的要求这么严格，是他之前真没有考虑到这么细的。他说他给学校领导汇报一下再说。

接下来我们几个学生就开始商量如果真要是学校不彻底解决这个大事，我们究竟怎么办。大家经过一阵热烈的讨论后一致认为，这事我们必须要给学校重要领导直接反映上去。把我们的饮食习惯不折不扣地汇报给领导。学校领导说不定还不太了解我们穆斯林的信仰和饮食习惯。我们的反映报告送给学校后一段时间了，但是学校就是不给答复。就在这个节骨眼上，我们部分学生的家长也陆续来到了学校。他们很关切我们的吃饭问题。这当中就有我的大哥。他在工作很忙、很难脱开身的情况下，好不容易请了假，从甘肃河州赶了过来。郑老师看到这些情况，很着急。最后郑老师说，既然同学们和你们的家长都一致坚持吃饭问题不彻底解决就回家不读书，那么他就带几个学生和家长代表直接去给学校主要领导汇报。

第二天郑老师通知已经选好的学生和家长代表统一去学校行政楼会议室开会。学校的李绵老校长要和大家见面。会议开得很短。老校长很客气很热情，没说多话，主要的几句话是由于学校对少数民族的生活习惯了解不多，食堂准备不充分、不完善，希望学生和家长谅解。下一步学校一定要尊重大家的习惯，生活上给大家服务好。他当场答应由我们学生和家长商量从我们家乡聘请穆斯林厨师来学校，专门在清真食堂给大家做放心的饭菜。同时他要求食堂有专门的有责任心的人员做蔬菜和肉食品的采购工作。我记得他最后一再强调了一定要让少数民族学生吃上放心的饭菜。在大家的热烈掌声中老校长离开了会场，还嘱咐我们一定要读好书。我们好几天以来的负担一下子消失了。

接下来，郑老师按照学校的要求，派我们班来自甘肃天水的米文贵同学返回家乡去请厨师。三天后，两位穆斯林厨师来到了学校。经过几天的准备，很快，我们吃上了非常放心的清真饭菜。

一场吃饭风波就这样过去了。

郑老师担任民族部主任的短短一年时间在我们忙碌的学习中过去了。离开民族部，我们大家都被分到了相关的院系，但是很长的一段时间我们还是忘不了郑老师。我们会时不时跑到民族部看望郑老师。几年后，我们毕业离开了西安，离开了母校，也离开了包括郑老师在内的许多先后关爱和教育过我们的恩师们。

参加工作后，我很少去过母校。我也曾经多方打听过郑老师的电话，但是一直没有联系到郑老师。直到二〇一二年秋天，我从一个在南方工作的民族班的同学那里知道了他的电话。正好那段时间过后不久，我去母校陕西师大招聘老师。我把工作办完后专程去拜见了他。郑老师住在老校区一幢普通的老式旧住宅楼上。房间不是很大，但收拾得很整洁。他比我想象中的要精神得多。身体很硬朗，比年轻时稍有发福微胖。我们近三十年没有见面了。

他一见我就很爽朗地说："听说你在当校长，我很高兴。我们师大毕业生当校长，这是最好的工作，最本真的工作。培养人才任务很重啊！尤其你们民族地区。"

我说谢谢老师的嘱托和教导，我会铭记在心的。他告诉我，退休后自己也没闲着。他一直在坚持翻阅、搜集、整理大量的文史资料，他在编写一部洋洋数万言的巨著《中国百家姓的历史》。七十多岁的郑老师告诉我，当今中国还没有一部这方面的论著。他说自己一定要抢在身体健康的时候把这部著作抓紧编写出来，了却自己多年的一桩心愿。他说话的神态是那样的安详和兴奋。他执著的精神，让我对一个高龄中国知识分子的风骨肃然产生了深深的敬意。

从他家告辞返回的时候，他执意送我到楼下，再三嘱咐我把教育事业做好。

走了好远，回头看郑老师还在楼下目送我。

我轻轻地挥手，祝愿我敬重的郑老师永远健康。

我与红园

　　红园是河州城里一座历史悠久的公园。我和这座公园之间产生联系确切地说始于少年时期。那时我在家乡小学读三年级，十二岁。

　　那年月，父亲常常去城里做生意或是给母亲买药。有一次父亲回来的时候，我缠着他追问河州城里到底有什么好玩的地方时，父亲说："城里啊，有一座很大很大的公园叫红园。里面什么都有，小船、动物、漂亮的房子等等。"就从那时起，我盼望将来有机会去红园好好看看。

　　不过，梦想毕竟是梦想。当时的生活条件根本不允许谁家的孩子无缘无故去那么远的地方游玩。那时是集体形式的农业社，我们家里除了父亲一人劳动挣工分外，一家都是吃闲饭。母亲长年有病，我们三个除大哥读书外，我和二哥年龄尚小，一年下来全靠父亲的奔波过活。岁末年关分得的谷粮，勉强够一家人果腹，大多数家庭的光景都出奇地惨淡。我在家乡喇嘛川读完了小学、初中和高中。

　　一九八一年，我顺利考入了自己梦想中的陕西师范大学。九月初，在大哥的陪同下，我们从河州城搭上了去兰州的班车。因当年陇海铁路被大雨冲断造成火车停运，被迫从兰州坐班车绕道平凉、六盘山再去西安报到。从老家来到河州乘车的那天，我一直有一个夙愿，想去看看向往了好多年的河州红园。可是车一到河州车站，发往兰州的班车容不得我过多逗留，弄得我对向往了十几年的河州这个陌生城市还没有看清楚，班车就出发了。我在极度的懊悔和无奈中错过了可以了却一桩多年心愿的绝好机会。

光阴如梭。四年的大学时光飞逝而过。一九八五年春，我被陕西师大派到河州的一所中学实习。从西安赶到河州实习的第一天，我迫不急待地跑到了渴望多年的河州红园。

正值初春，河州的气候依然很冷。红园里古树参天，游园的人熙熙攘攘。雕梁画栋的古典建筑赫然矗立，走廊迂回曲折，木质的回廊被油漆得晶莹剔透，古色古香的画廊内壁上一幅幅花鸟画栩栩如生。我缓缓行走在美丽如画的走廊间，虽然还看不到绿树和鲜花，但依旧心潮澎湃，心情久久不能平静。我用双手蒙住潮湿的双眼，口中不由自主地喃喃自语：红园，我终于看到你的真面目了！

实习期间，我几乎每天上完课，就要去一次红园。穿行在人流如织的人工湖、动物园、游乐场等地方，重复地游逛在红园的角角落落。有时坐在树木环绕的茶桌上吃一碗风味十足的酿皮或荞粉，惬意极了。

等实习结束离开河州的时候，我对这座心仪的公园算是已经非常地熟悉了。

一九八七年暮春，正是春暖花开、牡丹怒放的季节。为了开阔农村中学生的视野和拓展他们的综合能力，已经是家乡中学教师的我，选择了一个周末，领着我所带班级的学生来到了红园参观游览。孩子们来到红园，看到那满园姹紫嫣红的花木以及一幢幢古色古香的建筑展现在他们眼前时，那股高兴劲儿，几十年过去了，仍然历历在目。生活在农村的孩子们少有在城市逛公园的经历，映入他们眼帘的都是陌生和新奇。从那时起，我感悟到了一个道理：学生时代，不仅要注重读书，更要注重远行和观察。难怪直到今天，不少教育家竞相呼吁游学的重要，反复强调在孩子的教育上，读万卷书不如行万里路。

那一天，学生们在红园游玩了整整一天。到傍晚时分，大家才依依不舍地回家了。几天后，语文老师告诉我，我们班学生的写作水平有了提升。我想那是通过参观红园得到的成果，孩子们在写作中有了真情实感。

一九九四年夏天，我的好同学文秀带着他两岁多的宝贝女儿倩倩，邀约我来到了红园。那时候，红园里供孩子们游玩的游乐设施又增添了不少。倩倩坐在一列儿童小火车上，高兴地抓住扶手陶醉在自己的世界里。我们两个人在旁边的茶园倒上三炮台碗子开始慢慢喝茶。他兴奋地告诉我，他们几个朋友合伙开的装潢公司已经开始运转，效益乐观。他邀请我适当时候去参观他的公司。记得那天天气很好，我们两个人躺在休闲椅上，谈天说地，度过了一个美好的下午。

可是谁能料到，那次红园一起喝茶竟然是我和文秀的最后一次相见。那年秋末的一天，在东乡县那勒寺教书的我听到了一个噩耗：好朋友文秀突然离世了。在那个偏远山区的学校里，我在泪水中度过了一个漫长的不眠之夜。第二天，我在一位朋友的陪伴下来到了文秀的墓前。一垄簇新的黄土无情地将我们隔开在两个世界，我捧着颤抖的双手为挚友祈祷平安。跪在坟前，我的眼前不断闪现的是半年前，我俩在红园的那次饮茶和畅谈……

二十年后的二〇一四年夏天，我和妻子带着小孙子来到了红园散步。一眼望去，百花争艳，盆景满园，鸟鸣燕飞，一艘艘小船在湖面上荡漾，红园里一派生机。我们找了一个休憩的地方坐了下来，顺便要了两份小吃在树阴下享受。突然，一列小火车载着许多孩子开始跑了起来。孩子们的笑声一下子将我带回了二十年前，我仿佛看见火车

第一辑 黄土情

上有一个孩子就是倩倩——顿时，文秀那清秀的面容和高挑的身影再一次清晰地浮现在我的眼前。

近年来，随着城市建设的快速发展，鉴于红园的狭小，为了适应市民不断增长的文化需求，又投巨资建设了一座更加辉煌、宽敞的公园——东郊公园。于是，红园渐渐退出了人们的视线。很多人几乎忘却了这个早已失去热闹和辉煌的公园。但我还是经常要去的。

总是喜欢去这个即将废弃的故园，它承载着我少年时代的美好梦想以及青年、壮年时期的很多弥足珍贵的记忆。

在困难时期读书

　　一个人的出生时间和出生地方，显然是个人的意志无法选择的。不过，这个严肃命题的最终结果对于每一个人而言，确实至关重要。假如一个人幸运地生在了一个歌舞升平的年代和人杰地灵的地方，那这个人的一生相对而言，注定不会遇到太大的坎坷。相反，如果降生在一个灾难重重、兵荒马乱的年代和荒凉干旱的地方，面临的艰难和困顿的可能会陡然增大。

　　我的家乡那时经济状况很糟。父母称那个时候为饿劫，他们差一点都被饿死。那时候粮食供给本身就少得可怜。人们维持生命的都是土豆、玉米、黄豆，甚至磨面后剩余的麸子，就是这些难吃的食物也是很少很少的。村子周围的榆树皮子都被饿疯的人吃光了。

　　一九六二年是国家刚刚走出中国三年经济困难阴影备受困扰的一年。由于国内大面积的经济下滑，问题成堆。虽然走出了天下无粮的三年严重灾难困境，但是整个国家还没有真正意义上彻底解决全国人民的吃饭困难问题。从城市到农村，饥饿依然像瘟疫一样到处蔓延传播，饿殍遍地的现状让人们刻骨记住了粮食的弥足珍贵。

就在这一年的秋天，在滔滔黄河和大夏河水交汇地带，著名的刘家峡水电站大坝高高拦起的一片宽阔的水域蔓延到了我们村前。就在库区东岸一个极度贫困的村子里，十几家父母们在极度的忧郁和惆怅中出生了十几个孩子，包括我在内。这些孩子一落生，母亲们都断了奶。

过了几年，我们都到了上学的年龄，可是，最后上学的还是没有几个人，而且大多数都半途而废。

当时，饥饿仍然在大面积折磨着人们。我们家面临困境比别人家更大。母亲常年卧病在炕，两个哥哥年龄还小。生产队参加劳动的只有身单力薄的父亲一个人。本来就粮少人多的一个穷家，我的出生犹如雪上加霜，又给父母增加了新的负担。有一天母亲长长地叹了口气说："哎！要是我们家老三出生的时间再推迟十年就好了。"旁边父亲一听就开玩笑说："按你这么说，那干脆生在新疆或酒泉该多好。那些地方就比我们好多了，起码吃饱饭是没有问题的。"我们那时在新疆和酒泉都有亲戚，常常给我们带来食物以帮助我们渡过难关。

就在这样的节骨眼上，父亲决定让我跟上大哥去读书。父亲说，与其闲在家里，不如去学校读书。从长远看，识文断字的人总会有出息的。

一九七〇年春天开学，我因凑不足五毛钱的学费没能走进学校而延误了整整一年。我们村上和我同龄、一起长大的孩子中王老四、马祥、古柏、菊花、尕虎、马良他们家境比我好的几个都被家长送去了学校。到了第二年新学年开学的时候，家里用外奶奶资助的几个鸡蛋换来了五毛钱的学费，我才开始读书。去学校前的晚上，父亲叮嘱我，要好好学习，要跟上村子的几个好学生，还要超过他们。我心里暗暗记牢了父亲的话。

除了王老四他们家，那时我家算是最穷的了。

在小学读书期间，我是我们村子最守规矩的学生，是一个踏踏实实的孩子。在班上，我从来不和别的同学发生矛盾，自始至终得到了老师们的好感。我怕给父亲惹事，课余时间外班一些调皮的同学经常无理地从我头上抢走帽子的时候，我都不敢去追打他们。

那时，学校里真有几位好老师。有一个叫赵永霞的老师我至今非常难忘，也非常思念。她像慈母一样对我们学生特别好。在她的教育中，我从来没有遇到过打骂等惩罚。她总是和风细雨，她总是摸着我们的头，有时候蹲下来用她那充满磁性的声音教导我们要好好学习，长大为家乡、为国家作贡献。她总是喜欢表扬学生、鼓励学生。有好多次，在她的数学考试中我得了全班第一。她每次一上课就叫我的名字，说我是一个特别踏实的学生，每次的作业都做得清秀隽永，考试时候从不马虎。这样的孩子将来一定会有出息的，要求大家都向我学习。有一次，记得是冬天，那天不知为什么我穿得很少，也确实感到有点冷。被细心的赵老师看见了。下课后，她把我叫到了自己的房间。

一进门，她说："孩子你冷吧，我看你上课时在抖。来，把我的这件旧毛衣先披上。"说完就把一件咖啡色的毛衣裹在了我的肩上。

我小学毕业去乡镇初中上学的时候，赵老师被调到了别的学校。那时候我们还小，除了读书，别的事情了解得不多。赵老师究竟调到了哪里，我们最终还是不知道去向。再后来，我们听说她退休了。等我参加工作以后，我又多方打听，遗憾的是一直没有得到赵老师的任何消息。后来的读书中，我又遇到了很多好老师。现在回想起来，人的一生其实最幸运的事莫过于遇到几位好老师。

那时候，人们总觉得孩子读书与挣钱的距离很遥远。村里读了十几年书，然后找上工作的人没有几个。有文化的人和普通农民之间暂时还没有明显的区别。即使送去读书，如果没有家长的远见和督促，大多都坚持不了很长的时间，坚持读完高中的少之又少。

第一辑 黄土情

　　我们当年一起去村校读书的七个同龄人，随着年级的升高也逐渐由于各种原因辍学了，最后读到小学毕业的只剩下我、古柏和菊花三个人。王老四和我那时候一直是隔壁，我们天天几乎形影不离，真正是一起玩大的。那时候，他们家比我们还要穷。家里兄弟姐妹多，父母本身没有文化，也不知道送孩子去读书有什么好处。王老四读书期间，父母从来不闻不问。二年级没读完就停了下来，跟着父亲在生产队里放羊挣工分。孬虎是家里的宝贝蛋，是爷爷父亲两辈人的单传儿。一家人的掌上明珠。父亲疼完爷爷疼，爷爷疼完奶奶疼。那时候他们家境在全村最好。据说他爷爷是实行食堂化的时候在食堂里当管理员，加之祖上家底殷实，在全村吃不饱肚子的时候，孬虎他们家的烟囱里还在顿顿冒烟。他们家就在那样的困境里还有粮食。难怪，孬虎上学时书包里天天装有白面的饼子，馋得比他大好几岁的马良在去学校的半路上吃过不少。家境殷实的家庭最终还是没能支撑下去，孬虎小学没毕业就辍学了。他父亲好说歹说，他就是不上学。后来，爷爷每次耕地时，他常常在地里牵牛或坐在磨子上磨地。

　　马良和马祥那时候年龄比我们大，身体强壮，学习上不用功，总是喜欢与学校附近的外村学生打架。不到小学毕业，被学校劝退了。古柏勉强读完了小学，勉强达到了农村人所谓的识文断字的程度。在父母的催促下草草结了婚，从此一心和新婚的妻子侍奉自己的父母。我听大人们说过，菊花的父亲早年当过兵，受过军队教育。这个老人向来重视子女的读书，不但主张男孩子读书，而且主张女孩子也要读书。菊花作为全村唯一的女生读完了高中。

　　我和菊花一样，在父母的支持下坚持读完了高中。一九八一年高中毕业我顺利考上了邻省一所古老的师范大学，毕业后分配回来在家乡高中当了一名数学老师。两个孩子凭着我对教育的深刻认识，坚持读完了大学。用今天时髦的话说，我们一家除了我年老的父母和小学毕业的妻子，我和孩子们早早普及了大学教育。毕业三年后家里稍有了一点积蓄，于是，我和父亲张罗着把家里一排已有二十几年历史的土房子改造成了砖瓦房。

遗憾的是菊花第一年考试，成绩没有上线而榜上无名。第二年、第三年菊花一直坚持复习考试，可是，每一次的考试对于菊花这个有着非凡毅力的农村女孩子却门口紧锁，不易打开。终于，菊花年龄也渐渐大了，她忍受不了村子里人们的闲话，最终失去了耐心放弃了考学，嫁给了一个父母包办的丈夫，过起了自己的小日子。直到今天，作为菊花的同龄人，我一直为菊花最终没有考上大学找到工作而遗憾。

时光荏苒，岁月沧桑。

几十年的岁月飞驰而过。今天，我们都已经是五十多岁的人了。回头去看我童年的小伙伴，每个人的境况在岁月的剥蚀中越走越远。每一个人都被岁月锻造成了一个个完全不同的人生剧演出角色。

就说老家隔壁的王老四吧，现在早已是四个孩子的父亲，膝下可以说儿孙满堂，后代里没有一个读书的。几十年下来，他只会一样生意，骑一辆自行车在各川道贩鸡、贩羊皮。兰托和电动车出现后，他自然相继换成了这些先进的交通工具。两个孩子常年在别人的拉面馆打工不回家。他也懒得盖房子，一直住在一院面积很小的院落里。房子也很窄小，很黑。每次回家我们两个少不了总要凑在一起，聊聊过去，聊聊家常，他倒是对目前的日子很满意。

古柏后来通过自学当了一名山区学校代课教师，用十几年的工龄最终等来了一次转正的好运。目前在一所偏远的小学任教，日子过得倒殷实，国家月月按时供给的几千元收入在本村来说还算小康。三个孩子中一个读书成功当了一名基层公务员，两个早早结婚生子。他女儿为了盼生个男孩，竟然一连生了四胎。

马祥半路辍学。农业社参加劳动间隙，还在家偷养几只瘦羊，几年后也结婚生子，后来半路出家当起了泥瓦匠养家糊口。不料时来运转，碰上好年月，挣了一大笔钱，竟然在原有的老土房旁边盖起了一幢砖木小洋楼。被下乡领导发现，美其名曰带头致富典型，在全县树起了榜样。后来不知谁举荐，匆匆入了党，干起了村支部书记。文化虽然不高，书记倒当得很自在，村民为其举大拇指者众多。子女中多有读书成才者。

同学马良，时运算最不济。早早辍学在家跟上父母干农活，十几年下来，祖上留下的几间茅屋东倒西歪、行将垮塌，然无力修缮更新。眼看村里外出闯荡的一个个小青年盖起了楼瓦房，他越发坐不住了。一个偶然机会，被砖厂邀去为人拖砖坯，以勉强养家糊口。可恨日子还是紧巴。后外人动员其贷款养鸡，便从之。孰料，遭遇了一场鸡瘟，一夜工夫，养鸡场鸡飞蛋打，精神受到严重刺激。从此变得少言寡语，子女都没有读书。

故乡的土地本身就很贫瘠，但是黄土能容纳所有的种子。只要这颗种子是有生命的，只要我们在春天的时候，把种子撒播到黄土那湿润的深深的皱褶间，给它湿度，给它水分，给它耕耘，那么，这颗希望的种子总有开花结果的日子。

活人半辈子，我还是认准一个理：种瓜得瓜，种豆得豆。

这话说得一点没错。

怀念世相

一

我的好同学世相离开这个世界已经好几年了。

记得他的葬礼那天，当他的遗体在兰州五星坪一个沟道的边缘斜坡上挖出的墓坑里缓缓放下去的时候，我的眼睛一下子控制不住湿润了。从那个瞬间开始，世相将永远和他的妻子、父母、孩子以及所有爱他的人和他爱的人永不相见。随着那层薄薄的黄土上野草的生长，人们会自然渐渐地忘却他那善良睿智的容颜。

当所有送葬的人纷纷离去的时候，我看见他的两个懂事的孩子在埋葬父亲的新隆起的黄土堆前默默伫立，久久不肯离去。我的心几乎要碎了，走过去，把两个孩子紧紧地抱在一起，安慰他们要坚强，并动员他们早点回家，陪伴母亲。

在冬去春来间，好几年时间匆匆过去了。这个芸芸众生的世界又发生了很多很多变化多端的事情，但是世相的音容笑貌始终不曾从我的眼前消失过。我一直想写一些文字去追忆我们三十年前在古都西安陕西师范大学一起度过的那些快乐时光，可是一提起笔，我总是不知

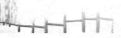

究竟应该从哪里写起。我们除了一起同窗共读五年大学外，毕业回到甘肃后我们一直长期保持比较亲密的联系。在岁月的流逝中，我们之间建立起来的友谊是长久和牢固的。不是兄弟，胜似兄弟。

不知什么原因，最近我连续好几天晚上梦见世相。在梦里，他动员我一起去西安的母校转转，看看母校的变化，一起寻觅我们曾读书时的痕迹和影子。昨晚，当我从梦中醒来时，正是万籁俱寂的深夜，我还在恍惚寻找世相的影子，最后终于明白这又是一段梦幻。接下来的时间，我躺在床上，辗转反侧，难以入眠。我干脆站起来，拉开窗帘，遥望浩渺的星空。一幕幕我和世相曾经一起度过的往事，像演电影般一幕一幕从眼前滑过。

二

一九八一年九月中旬的一天，我和几个同学坐长途汽车从兰州来到了西安。那年秋季陇海铁路被雨水冲断，火车停运。眼看开学的时间逼近，我们只好选择坐长途班车去学校报到。来到陕西师范大学巍峨气魄的古典式校门的时候，从五湖四海来报到的新生们提着包包，背着行李，熙熙攘攘地往里面走着。他们一个个用新奇的目光注视着这所古老名校的马路、草坪和一幢幢古典式的红顶教学楼。我提着沉重的行李即将进入校门的时候，一位非常精干、个子适中、脸盘圆润的同学带着另外几个学生来到我们面前。

"你们是民族部的同学吧？来！我们帮你们拿好吗？"他的热情顿时感染了我们。几分钟后，当我们开始在报到台前办理入学手续的时候，知道了他的名字是世相。他比我们先到一天。他一报到就开始热诚为大家服务的精神给我留下了深刻的第一印象。开学后，我们两个恰好被安排到了同一间宿舍，我们彼此在学习生活中有了很多交流的时间和机会。

　　他是一个热情活泼的人，和舍友、班上的同学关系都很融洽和谐。他喜欢打篮球，喜欢运动，对专业课学习也很刻苦。开学不久就被班主任老师选为文体委员，组织同学们开展各种喜闻乐见的文体活动。

　　在记忆里，让我对他真正开始肃然起敬的是我向他第一次借钱，帮助我渡过了一段青黄不接的经济难关。我上大学的时候，家里正是困难的时期。那时母亲长年累月看病吃药，很费钱。家里的收入除了大哥的那点少得可怜的代课教师工资外，几乎没有别的来源。那时学校食堂每月的生活费总是吃不饱，家里省吃俭用地每月给我寄十元钱的生活补助。有一段时间，错过了快两个月，家里的钱一直没有寄来。于是，我向世相开口借钱。我说了自己的困难，他毫不迟疑，很痛快地借给了我十五元。他还嘱咐我，不必急着还，可以慢慢还，他手头不紧张。就这样，我寅吃卯粮，一直缓不过自己的困难赤字，直到第二年才还上了他的借款。

　　后来，我们宿舍的人发现，世相的家庭经济状况很殷实。他的父亲那时一直在广州等南方大地方做生意，每次路过学校总是来探望他，每次来总要给他钱。我们那时戏称世相是我们宿舍的大富翁。我们每次这样开玩笑的时候他总是笑而不语，他似乎是在默认我们对他的称呼。

　　那时候，由于困难，我们很少在学校外面吃饭。他发现我们几个舍友对外面的老孙家羊肉泡一直津津乐道、垂涎三尺，一个周末，他把我们几个人叫到大雁塔脚下一个清真泡馍馆，我们美美地一人吃了一碗地地道道的西安羊肉泡馍。在我的印象里，大学那几年，他请我们吃饭的次数还有不少。三十年后的今天，我对西安羊肉泡的青睐从未退减。每次出差去西安，我什么都不吃，就吃一样，那就是羊肉泡馍。

　　民族部的一年结束后，我们两个进入了数学系学习。他在三班，

第一辑　黄土情

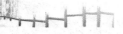

我在一班。我们还是在同一个宿舍，吃饭、睡觉、图书馆上自习、教室上课我们还是在一起。

我们的指导员是陈方明老师。陈老师非常欣赏世相，常常把他叫去征求意见，了解班级的动态。虽然我们那时年龄一样，但是他明显比我们成熟老练，已经和老师们建立了良好的师生关系。由于他本人的努力以及优秀的学习成绩，上三年级的时候他光荣地加入了党员队伍，为他以后的分配打下了良好的基础。

八百里秦川是一片广袤的历史文化非常璀璨的土地，这里有许多历史遗迹和帝王古墓。那时，每到周末，世相总是带我们全宿舍的同学参观这些历史遗迹。在那种氛围下，对历史知识严重缺乏的我对历史和人文有了前所未有的兴趣。在我们大家的心中，位居世界七大奇迹的西安临潼兵马俑碾过历史云烟的悠远，华清池边唐玄宗和杨贵妃缠绵的情缘，乾陵古墓下那长长的阴森恐怖的墓室中一件件价值连城的陪葬品的无法形容，高耸入云的华山顶峰上那狭窄陡峭的栈道上的恐惧和心颤……所有这些和我们愉快的大学生活交织在一起，永久地珍藏在了我们的记忆深处。

世相的亲和力始终把我们全宿舍的同学团结在一起。我们用大家凑钱买下的一部傻瓜相机记录下了无数美好的瞬间。直到今天，在大雪弥漫的一天我和世相在校园里打雪仗的照片，在延安杨家岭当年毛主席办公的窑洞前的合影，全部都保存在我大年毕业时的纪念册里。

三

五年的时间转眼过去了。在我们似乎还没有过足甜蜜快乐的大学时光的时候，毕业的季节到来了。这是一个残酷的时节，它的到来意味着我们将一个个互相紧密拥抱后各奔东西，挥手告别。世相作为优秀的年级学生干部，分配到了兰州的一所大学。我只能按照父亲别无选择回老家的通牒，在学校的征求意见表上乖乖地填上了回老家的意愿。毕业后，我在临夏，世相在兰州。从此，我和世相见面的机会一下子少了起来。有时一年半载也见不上一面，只有通过电话和信笺一直保持联系。

毕业第二年，他在兰州结婚的时候，邀请我参加了他的婚礼。那时，将来有一天住到城里，对我来说永远是空想。因为那得需要一笔天文数字的钱才能实现。看到他宽敞漂亮的新楼房，我羡慕极了。我对他由衷地说："你真是太幸福了。"他抓住我的双肩安慰我说："你别急，将来面包会有的，一切都会有的，要是你真有困难了就给我说。"

婚后第二年开始，他的妻子为他相继生下了两个胖小子。初次为父的他难以掩饰发自内心的高兴，给我来电话说，当父亲的感觉真好。他邀请我有机会去兰州和他见面坐坐。那时候我在老家既帮父母干农活，又要天天去学校上班，很忙碌。专门跑到兰州去看他的时间基本上抽不出来。这以后我们几年没有见面。

一九九九年的时候，我有次出差去兰州，办完事后跑到了他家看他，刚好他又新搬了家。楼层很高，装潢别致新颖。两个孩子都十多岁了，长得白胖结实。那时，电影《泰坦尼克号》刚刚问世。兰州等大城市已经放映了好一阵子，反响非常强烈。我们农村还听都没有听说。他热情地帮我把电影光盘放在电脑上给我看。他先入为主地告诉我，这部电影必须要看，一定要看，太精彩了。于是我在他的客厅里花了两个多小时看完了这部后来获得奥斯卡大奖的影片。看完后，正像他所说的，对我也很震撼。我坐在他的沙发上久久走不出电影中那一个个惊心动魄、动人心弦的镜头。

然而就在世相家庭幸福、工作顺利的时候，一个不好的消息传到了我的耳朵。

　　二〇〇六年，突然听别的同学说，世相可能患了病，据说是肺上不好。几天后我从别的渠道证实了这个消息。第二天，我请假去兰州看望几乎一年时间没有见面的世相。那时，他已经住了一段时间医院回到了家。一直在不间断化疗，头发掉了好多，他干脆剃光了。他见到我时，一下子紧紧地抱住了我，眼睛里闪出了泪花。他说，两个月前突然发现体力不够，上楼梯的时候疲倦无力。跑到医院检查发现肺上有了病，医生要求马上住院治疗。说话的时候我看出他明显的疲乏。他还告诉我，现在比一个月前好了许多。我陪了半天，他一再劝我多呆一会儿。下午，我告辞回家了。之后我通过电话了解到，他的病奇迹般地慢慢好了起来。他还欣喜地在电话中说，自己想去麦加朝觐。

　　第二年十月，他和妻子果然双双实现了朝觐的夙愿，从麦加顺利回到了兰州。我和几个同学吆喝在一起跑去看他的时候，他的精神非常好，看不出一点有病的迹象。他陪我们吃完饭后，还给我们每人赠送了一件珍贵的来自麦加的礼物。我们临走的时候世相还一直恋恋不舍地把我们送到了楼下。可是，我哪里料到，这次见面就是世相和我的最后一次见面。过了近一年，我接到了一个噩耗，世相走了。

　　第二天，我和几个同学一起匆匆来到小西湖柏树巷一个新建成的世相的住宅时，他去世的时间已经整整过去了十几个小时。他父亲告诉我们，是昨天晚上闭上眼睛的。世相静静地躺在水床上，身上盖着一条纯白的单子。他的父亲轻轻将盖着头部的单子拿起时，我们看到了他安然的脸庞。眼睛紧闭着，从神色上看好像睡着了一样。等他把单子重新盖上世相脸庞后，我们迈着沉重的脚步，走出了他安眠的房间。

　　生命如此脆弱，一生如此短暂。恍惚间，岁月又流走了好多，要不是我亲身参加了世相的葬礼，我会怀疑他竟然离开了这个世界。

母与子

　　他是弟兄三个中的老大。正是长兄为父，两个弟弟一直把他当做家里的主心骨，什么都听他的。

　　父亲的过早去世让母亲和他们兄弟几个痛不欲生，几近崩溃。看着母亲一夜间早生的华发，三个人悄悄商量好了，一定要让受了一辈子苦的母亲度过一个幸福的晚年。如果可能的话，他们绝不让母亲再经历太大的悲伤和惊吓。看着三个孩子过早失去父亲后的那种孤独和悲伤，母亲也在心底里悄悄希望自己多活几年，多陪陪孩子们。

　　日子像他们渴望的那样，母亲和孩子们在安详和平静中度过了好些年幸福的时光。母亲和他们也终于走出了失去父亲的阴影。虽然失去了父亲，可是，至少还有母亲健在的日子依然弥足珍贵。只要有母亲在，作为儿子，不管年龄多大，永远都是一个乖顺的孩子，虽然各自都已成了孩子们的爸爸。

　　天有不测风云。平静的日子还是出现了阴霾。在一次体检中，他被诊断出患有肺癌，还没有进入晚期，医生说必须尽快手术。他眼前的世界突然开始旋转起来。他晕倒了。当他苏醒过来后，他的第一反应是不管自己的病怎么样，但绝不让母亲知道自己的病情。他最害怕的就是让母亲再次受惊。后来经过商量，以到西安出差为由在家人的陪伴下来到了第四军医大学住院治疗。

正是祸不单行。就在他外出治病后没过几天，母亲因糖尿病综合症和心脏病而住进了当地的医院。这个时间正是他在西安接受手术治疗的关键时候。妻子没有让他知道母亲住院的消息，免得产生额外的心理负担，有碍病情的恢复。母亲在病床上总是念叨他为何迟迟不归。一周后，做完肺部重大手术后，身体还很虚弱的他挣扎着给母亲打电话：

"妈妈，你好吗？"

"我好，儿子，你还不回来吗？"母亲不想让外出的儿子们对自己挂心。

"妈妈，真不凑巧。这次会议比较长，你再等几天，事情一完我会马上回来陪你。好吗？"

"好的，你注意身体，按时吃药。"

母亲住了一个月的医院，做了一次心脏小手术。他住了一个月的医院，做了一次肺部局部切除大手术。期间两个人还有几次通话，但是各自的病情，双方都不知道。一月后母子先后出院回到了家。他发现母亲的双腿比以前僵硬了很多，母亲发现他的身体憔悴了不少。

半年后，母亲突然走了。直到生命的最后，她一丝都不曾知道他的病情。他稍稍聊以安慰的是，直到去世，没有让母亲因自己的病而再受惊吓。

又过了一年多，他也在病魔的折磨下走了。

他是我的好同学陈波。他被葬在了自己母亲的脚下。

远去的日子

上个世纪七十年代初期，我老家那一带农村川山地区的生活光景依然非常艰难。整个农村地区继续以生产队为基本生产单位的传统农业生产模式如枷锁般禁锢着人们的劳动生产力和劳动热情。在那种落后、单一、毫无效率的集体生产机制的严重束缚下，家家户户每年从农业社分得的那点捉襟见肘的粮食，远远解决不了一家人一年三百六十五天的温饱。那时候，分田单干的好政策还远远没有到来，饥饿像一股瘟疫弥漫着整个农村地区。很少见到像今天这么多肥胖的孩子和大人，所有的孩子都干瘦、黧黑、无精打采。

那时候要是谁家劳力少、孩子多，一年的日子真的不好过。劳力少的家庭一年下来，参加集体劳动挣的工分少，分得的粮食自然少。我们家那时候是一个典型的劳力少、吃饭人口多的家庭。一家五口人，家里的劳力只有父亲一人。大哥那时在村小学当代课教师，每月的工资是十元。一年下来，他那极度有限的所谓的工资收入实在解决不了家里的困难。

二哥年龄还达不到生产队里一起劳动的要求，多少次央求父亲去给队长说情，让他早点开始参加劳动，以帮助家里挣工分。可是队长好几次来我们家看见二哥那单薄的身体后，屡次拒绝了父亲的请求。队长说，等翻过年尕娃体格健壮些了再说吧，你看他现在这瘦弱的样子能拉架子车吗？无奈，自动放弃读书的二哥就只好在家伺候常年卧病在床的母亲。那时候，母亲的病是我们一家人最大的心事。父亲常常抽时间带她去城里找大夫看病。每次去看病，父亲总要向别人家里借钱。我们那时实在拿不出给母亲看病的药费，这成了父亲一桩最大的难行事。那时候话说透了，一年下来，我们家指望最大的一笔收入就是大哥那少得可怜的工资和院子里三棵老冬果树上摘下来的几百斤果子的收入。

母亲的病时好时坏，不见完好的迹象。母亲参加不了生产队的集体劳动，但是她却坚持经常拖着病恹恹的身体给一家人做饭洗衣扫地喂狗。这些做不完的家务活，累得她常常在半夜里腰腿病复发后疼得悄悄打滚。她怕劳累了一天的父亲休息不好，咬着牙，始终不吭一声。这些被二哥知道后，他硬着头皮，背着父母再次跑到生产队长跟前求情，让自己开始下地劳动，早一点为家里挣点工分，为父母分担家务。二哥说："我们家里分到的粮食太少了。母亲的病又需要花不少钱。"队长看着这个孩子恳求的目光，考虑到我母亲的病情，就破例同意当时还不到十五岁的二哥在队里参加劳动。队长同时明确表态只能给二哥记大人一半的工分。二哥说："怎么都成。只要让我劳动，再少给也成。"

二哥被允许在队里劳动的消息，在那几乎毫无收入的绝望环境里让我们全家高兴了好几天。因为添了半个劳力，一年下来我们家自然就可以多分到一些粮食，给家里减轻了很大的口粮负担。就这样，我们在信仰般的渴望中梦想着好日子的到来。但是一年下来，那人不敷出的收入总是让我们很难从父亲那瘦高的面容上看到太多的笑容。

有一年临近春节的一天，父亲让大哥抽空去城里把家里放了一个冬天的那些果子卖掉，说他想用这些钱去给母亲看病。父亲说年年都是自己去卖，从今年开始，这些事他想交给大哥去完成。

大哥爽快地接受了父亲的安排。到了星期六下午，他张罗着找了两个用竹子编成的背篓，我们帮他首先用旧报纸把两个背篓的内壁衬好以防把果子划伤，然后把果子一个个严严实实地装满，把报纸盖在背篓的口上，用绳子包扎好，再把两个背篓用绳子链接在一起分别挂在我们家那辆旧自行车的后架上，最后把车子推到大门道里停好。为了防止果子夜里受冻，他把自己的那件破大衣和一条不再使用的旧毡盖在了上面。

第二天早上，头鸡叫鸣的时候，大哥早早起来，匆忙吃上点馍馍，推上车子，借着微弱的月光向临夏城出发了。那时候，我们家到临夏城的路还是崎岖不平坑坑洼洼的石子土路。不要说步行，就是骑自行车也要用一两个小时。大哥的身体那时也很单薄。自行车载有近两百斤的果子，骑着走是绝不可能的，一路必须缓慢推着前行。走一阵子后，必须得在路旁休息一会才行。大约行走三个小时后，天快亮时，就来到了临夏城东门。

那时候，改革开放的好政策也还没有到来，城市里没有一个像样的市场。八坊一代的果子贩子们都很机灵，他们也是早早来到这些农村人一般会把自己家果子拉来出售的地方等候。他们知道农村来的人都很忙，一般没有时间在城市里胆战心惊地花时间三斤两斤地零售，大多数都急于转手卖给了城里人。在早市上一卖，骑上车马不停蹄地回家了，争取得上生产队半天的劳动。

大哥的第一次进城售果行动还算顺利。当天晚上吃完晚饭后，大哥把所得收入一分不差地交给了父亲。父亲轻轻说了一句，老大有出息了。父亲的眼里似乎滑过一汪泪水。可是，父亲哪里想到，这一次大哥进城售果不但实现了我们家一项重大任务的历史性辈际转移，更让他老人家吃惊的是自己的孩子竟然通过这次买卖，发现了一条给家里增加收入的新途径。

大哥说，他把我们自家的果子卖完后，好像一下子产生了一股贩卖果子的瘾。他告诉父亲，他想利用周末的时间去从别人家买一些果子到城里去贩卖。父亲担心地说："这不好吧。人家会说我们是倒卖分子怎么办？"

大哥说："这你就别管了。我就说是帮助亲戚卖果子。更何况都是在大半夜里出售，谁还那么早来管你？"父亲算是默许了。

紧接着，大哥开始盘算后面几个星期天的生意计划。每天放学回来，匆匆吃点东西，就骑着自行车跑到我们村子周边几个村庄去寻找储存果子的农家。他已经进了一次城，有了一次卖果子的经验，什么价格行情都知道了好多，什么样的果子卖什么样的价，他已经心里有数。只要看上谁家的果子好，哪怕只有一分钱的利润他也愿意买人家的果子。经过讨价还价，最后谈好价钱，付了定金后，等待星期六的到来。

星期六下午，他一回家，就到已说好的农家里装果子。果子全都装好，过秤，给对方付完现金，把自行车推到家里时，已快到半夜了。大哥这才吃饭，休息。第二天，他又早早出发去临夏城出售。在我的记忆中，每一个星期天的晚饭时间，大哥总是喜滋滋地给父亲汇报当天贩卖果子的收入。

"今天运气真好。我刚到东门就被一个八坊人连货都不看买走了。果子钱刚拿到手，就来了一群气势汹汹的市管会干部，说要没收果贩子的果子。一看来者不善，我掉头骑上车子跑了！给！这是今天的纯利润五元三毛！"

"这么多！"父亲简直不相信自己的耳朵。用颤抖的双手从大哥手里接过了那沉甸甸的五元多人民币。父亲说："我们一家人一年下来，为了卖钱，三棵树上的果子一个都舍不得吃。可是，那三棵冬果树的果子最多也只能卖四十元钱啊！你跑一趟临夏，贩果子就能挣五元。这样好的生意谁能想得到？还是老大有办法。好！就这样多贩卖几次，我们家的穷光景我不信好不起来。我们再也不愁给你母亲看病了。"父亲的声音突然坚定起来，他那消瘦的脸庞上罕见地出现了一连串笑容。一生一世，我永远忘不了父亲在一九七五年冬天那晚一家人围坐在炕上时给我们露出的那个久违的笑容。

我们那地方，可能是水土的原因，最适合栽植冬果梨。冬果与别的水果最大的区别在于像土豆一样能储存很长时间。秋天摘下来马上出售，一般卖不上好价格。农民摘了后，都喜欢放在能防冻的地窖里，等待春节的到来。春节前后是一年当中出售冬果的黄金时段，一到这时，甘南、兰州、定西甚至更远的果贩子会簇拥着来临夏购买个大、味甜、容易装运的冬果梨。

经过一个冬天数十次跑临夏贩卖冬果，大哥的经验越来越多了，把握也越来越大。他嫌用自行车贩卖果子每次的运输量太小。每次的利润最多也就是六七元，挣钱太慢。于是他思谋着找一个更大一点的运载工具。

有一天，他告诉父亲，他想用咱家的架子车装一车冬果梨去卖。父亲说："架子车那么重，你怎么才能拉到城里去啊？"大哥说他有办法，他说他要去借一头生产队里犁地的那头黑白花牛，给队里交点钱，他说队长会同意的。听了他的话，父亲半信半疑。到了下午，大哥果然借来了生产队里的那头大黑白花牛。他说队长同意了，说好一天的费用是五元。

大哥风风火火带上放学回来的我，牵上牛，拉上架子车，朝一个叫韩家沟的邻村跑去。我们的车子一进第一个农户的家门，好几个农户的主人一前一后匆匆跑来了。他们是大哥之前约好的藏有果子出售的家主们。大哥在他们的帮助下把两个很大很结实的背篼口子朝里平放在架子车的一前一后。前面的背篼下面担上一块木板，后面的背篼后面穿上绳子结实地捆绑在车板上。然后把每家每户的冬果，经过一家一家的详细称量全部装在了架子车上。最后一算总共装了一千三百斤。大哥把各个农户的果子钱付清。我们把牛套在架子车的前面。我在前面牵着牛，大哥右肩膀上套了拉绳，双手扶着架子车的栏杆，我们便开始回家了。

睡觉前大哥说："明天你就别睡懒觉了，咱哥俩一起去城里卖果子。只要卖了好价钱，哥给你买一碗香死你的打卤面。"听到打卤面的诱惑，躺在土炕上，在微弱的煤油灯的光影里，我眨巴着眼睛，望着用旧报纸糊起来的屋顶。不知怎么，突然那报纸上的一大块图案瞬间变成了一碗大哥说的打卤面，还冒着热气呢！正在胡思乱想之际，大哥叫我快起来，说出发的时间到了。我们从后院牵出牛，把牛套在车辕前面，我们两个人踩着灰暗的月色，沿着那条蜿蜒的村道离开了家门。

坑坑洼洼的约二十公里的路，我们的牛拉车整整在月色下走了三个半小时。当城乡结合部所有的建筑和田野里尚未融化的皑皑积雪都逐渐看清的时候，我们的牛车终于停在了临夏城的东门。就在我们正准备和几个水果贩谈价钱的时候，几个市管会的人胳膊上带着红袖章，鬼鬼祟祟来到了我们的车子边上。

"这卖的什么？是不是冬果梨？全没收了。走！拉到市管会。"一个可能是头头的干部很凶的样子，口吐白沫指着大哥说。

大哥的脸一下子变得苍白起来。他不知道说什么才好。终于他鼓起勇气开始和他们交涉起来。我只记住了他说的一句话："这些都是自己家里产的果子，我们没有投机倒把啊！"好像说了好几个来回的样子。

到了最后，他们说，既然是自己的产品，不再没收。但是一定要交一点罚款。终于，我们哥俩在百般无奈的情况下，他们等我们把全部冬果梨成交完以后，从大哥手里硬是要去了五元罚款。

大哥说："今天的市场不好，我们赚到的差价就只有一分八厘钱。最后赚了二十四元三毛。被他们罚去五元后，现在只剩了十九元三毛。这样吧，咱俩各吃一碗一毛五的米饭好吗？那打卤面也太贵了，一碗都七毛钱呢！这剩下的十九元咱们就交给父亲好了。因为给生产队还要交五元的用牛费。最后不就只剩下十四元吗？"

我一听渴望了好长时间的打卤面再也吃不上了，感到无限的遗憾。但是我还是很理解地告诉大哥，吃什么都可以。

一碗热腾腾的大米甜饭我们俩狼吞虎咽般地下肚后，两个人几乎冻僵了的身子这才仿佛还上了元气，一下子来了精神。回来的路上，大哥干脆把卖完果子的空车套在牛背上，他自己吊腿坐在架子车的前面，俨然像一个车夫，顺手拾起半截草绳捧打着牛背。我坐在后面，就这样悠哉悠哉地在晌午之前回到了家。

这笔大买卖做成后的第二天，父亲开天辟地再没有去别人家借钱，用大哥在冬季利用周末靠贩卖冬果梨挣得的血汗钱，带着母亲去城里给她看病。由此，我们这个近乎赤贫的农家正像父亲说的那样终于看见了一丝希望的曙光。

几十年的时间一晃就过去了。我们幸运地迎来了今天这个国富民强的时代。这个飞速发展的黄金时代和四十年前的社会经济状况相比，一切都是天壤之别。我们确实过上了幸福安康的生活。有时候，一想起早已离开这个世界的两位双亲，还有我英年早逝的二哥，泪水禁不住溢满眼眶。他们在那个一切都短缺的年代里经受了太多的苦难。

哦！大哥的牛拉车，我的父母亲！

什么最重要

　　二○一七年初，患高血压多年的我突然开始莫名其妙地失眠。常常半夜里突然醒来，眨巴着眼睛再也睡不着，就这样直至天亮。第二天，摆脱不了疲倦和困乏的折磨，跑到医院检查，也检查不出什么明显的原因。医生也最终下不了什么准确的结论。

　　一天天过去，睡眠越来越少，饭量也随着不断减少，体重缓慢下降了好多，精神状态愈加恍惚，工作积极性冷却了不少。就这样在倍加煎熬中过了大约一月，心理上又变本加厉地出现了一种莫名的焦虑和不安，睡眠愈加不好。

　　常常半夜起来，在客厅走动。透过窗户望去，漫漫夜色笼罩着一幢幢高低不一的楼群，白天熙熙攘攘的街道彻底平静了下来，小城在静谧的夜色里安详地熟睡了。万籁俱寂的夜色里除了或明或暗的一些匾牌灯光，没有一个人和车的影子。有好多个夜晚，我孤独地在窗户边一直等到黎明的到来。我对万籁俱寂的黑夜和辽阔的宇宙做了几十天细微的观察：七颗北斗星的位置，流星划过的弧线，月亮从一个月牙逐渐变圆的过程……我平生有了许多最新的认识。

不知什么原因，患病后，最愿意做的事情就是足不出户。没有食欲，明知道肚子饿了后肠胃在咕噜咕噜响，可就是不想吃饭。明知道出门走路锻炼一下身体对自己有百好无害，但就是不愿出去。我最怕妻子给我把饭端到面前。说实在的，那种肚子不需要的情况下把食物一口一口吃下去也是一件极其痛苦的事情。

眼看病情不见好转，我们在一个朋友的介绍下来到省城一家医院开始住院。找我的主治医生跟前看病的人很多，据说在焦虑失眠这种疾病的治疗中，他是甘肃乃至西北地区的权威级人物。他问了一些我的情况后，安排我们住院，安慰我说我的病问题不大，住十天左右就会好的。听了他的话我的心里安然了好多。

我开始死心塌地住院治疗，以期早日康复。可是真正的住院的日子开始后，我发现这个嘈杂吵闹的所谓住院部并不是治疗我这种心理疾病的理想环境。每天除了输一瓶液体、吃三次药外，几乎没有别的治疗手段。偌大一个省级医院在找不到一间房间的情况下，在楼道边狭窄的地方临时搁置了一架脑部磁疗治疗仪。病人们你抢我夺地在那里做几乎没有任何效果的治疗。那必须要响够二十分钟的叮叮当当的声音让人几乎发疯。我恨不得从窗户里跳下去一死了之。

八九天时间过去了，我的病还是没有好转。失眠和厌食犹如一只凶猛的野兽一刻不停地死死纠缠着我，吞噬着我的心理世界，仿佛不把我吞没就不罢休。十天的住院时间过去了，但病情还是没有明显好转。我的主治医生却说比入院的时候好了许多，这种互相矛盾的说法永远找不到一个统一的结论。医院里永远是吵闹。到了最后，我实在忍受不了那个狭窄的楼道里白天晚上人来人往的嘈杂。经和家人商量，出院回家了。

睡在家里的高楼上，楼底下所有的声音都一清二楚。街道的菜摊上叫卖声此起彼伏，洒水车和垃圾车一天好几次要从我家楼下的街道穿过。那每日每月每年重复的同一个音乐不时传来的时候，烦到极点的我总是捂住耳朵，盼望那车辆快点快开过我家的楼下。那本来是一首好听的音乐在经历了千百次播放后，在我一个有心理疾病的人的耳朵中早已彻底变成了一种彻头彻尾的噪音。更严重的是，旁边一座小楼正在修建之中，他们在里里外外所有的墙面上贴瓷砖。那种切割瓷砖的声音从早到晚响个不停。夜晚一直不能入睡的我，好不容易在白天稍稍难得睡着一会儿的时候，那震耳欲聋的仿佛是世界末日来临般的声音几乎把我吵疯。有时候我真想奋不顾身冲下去，砸死那些干活的工匠。

在与疾病的抗争中迎来了五一节。老家河州的气温很快回升起来，早春的各种花卉一天天次第竞相开放，特别是享誉省内外的十里牡丹长廊游人如织，川流不息。牡丹节的举办把河州的春天推向了世人的面前。据说临夏（古称河州）的景点也进入了央视的视线，引起了大范围的轰动。在这个过程中，河州家门前的人也坐不住了，跟着外来的游客凑起了热闹，纷纷倾巢而出，去享受千姿百态、雍容华贵的牡丹散发出的阵阵清香。

我整天一个人蜷缩在家里，几乎变成了一个真正意义上的宅男。孩子们动员我去看牡丹，我没有心情跟着他们去逛。最后实在推却不了，也来到牡丹长廊随便走走看看。鲜花确实美丽，花香阵阵沁人心脾。但是，我的关注并没有长久地留在那一簇簇的牡丹上。我以平时少有的细心和眼光去观察来往在花丛中的一个个健康快乐的游客。他们中有年轻人、中年人，有少年儿童，也有白发老人，还有坐在轮椅上不便行走的残疾人。他们都有一个共同的特点：个个精神饱满，面色红润，眼睛发光。他们合影，拍照，说说笑笑，从眉宇间流露出对生活的无限热爱和享受。仿佛他们是世界上最快乐的人，他们的身上没有任何疾病，他们永远那么健康。

可是，面对着这些美好的画面和瞬间，我抑郁的心情怎么也得不到一点点好转。头是昏的，心情是烦躁的，身体是虚弱的疲倦的。虽然置身在花海之中，我的眼睛里看到的一切却不能提起我内心的兴趣。我总是用无助的眼神打量着这个冷漠的世界。每当这个时候，我总是十次、百次、一万次地幻想我什么时候可以和眼前的他们一样快乐地去观察和享受这个世界的美丽呢？在我未来的人生道路上还有这么温馨的日子吗？究竟什么时候，我有和他们一样的心情，我有和他们一样的健康，我有和他们一样的梦想？很显然，眼下的我对于这些美好的渴望只能是空想。

时时刻刻，恐怖的焦虑和让人痛苦不堪的失眠犹如瘟疫一样对我紧追不舍。它们的阴影让我的内心世界总是阴云密布、暗无天日。即使在一个阳光明媚的日子里行走在一块宽敞的田野中，我也看不到蓝天上飘动的白云和脚下生机勃勃的花草树木。我深深懂得了健康的弥足珍贵和来之不易。

我时不时不由自主回忆起我患病前健康时的生活状况。我曾无数次地追问自己，为什么这个病会不偏不倚地落到我的头上？茫茫人海，为什么那么多人都是那样地幸福和快乐，而我却如此艰难？时时渴望着早点康复的我，甚至曾做过这样大胆的假设：只要谁能够还给我一个健康的身体，哪怕他索要我一生辛劳得来的所有积累，我都会心甘情愿满足他的要求。

这一场持久的劫难让我彻底醒悟：人的健康是无价的。一个长时间被病魔折磨得死去活来的人对健康的无限渴望，一个健康的人永远是想象不到的。在那些艰难的日子里，妻子一直陪伴着我，在很多个漫漫长夜里陪我直至天亮，甚至在陪我治病的过程中她自己也出现了失眠等症状。可是她一再说她的病不要紧，只要我好，她会好起来的。

第一辑 黄土情

她安慰我说，我们家的天要是塌下来她去顶住。

疾病像是一头凶猛的野兽，在我们猝不及防的时候，会冷不防突然袭击我们，让我们美好的生活秩序一下子发生颠覆性的变化。我在人生的走向还算平稳的时候，经受了一次重大的疾病考验。我几乎对未来失去了信心。我挣扎着，我坚持着和我的亲人、朋友们积极配合治疗。常言道"病来如山倒，病去如抽丝。"我知道病退的缓慢和艰难。在无数的艰难和困苦中我等待着康复的那一天。

凝重的岁月中，我拖着病恹恹的脚步迎来朝阳，送走晚霞。很多个夜晚我一个人伫立在窗前陪星星说话，直至天亮。

一天，我从书架上翻出史铁生的文集，我把以前读过的他的文章开始重新阅读。他的代表作《我与地坛》站在哲学的视角对生命进行了深度的论述。一个从十九岁起下肢瘫痪的人在长达半个世纪的深度思考和艰辛创作中对活着的意义和生命的价值做出了深刻的阐释。进入壮年以后，他的生活起居越来越艰难，但是他始终用坚强的意志和信念将自己全部的生命投入到了文学创作中，用文字对生命做了最好的诠释。

读着这些文章，我孤独凄然的心开始逐渐复苏。我开始和史铁生的人生比较，开始研判和思考一个下肢瘫痪做轮椅的人在中国的文坛上克服困难创造的一条血迹斑斑的成功之路。和他相比，我的身体除了有一些焦虑、失眠和厌食，我的双手、双脚都是健全的。我可以行走，不需要做轮椅不需要别人的帮助。难道这些不是我的优势吗？

后来我又从网上看到澳大利亚的残疾青年约翰·库奇斯，他从小没有双腿，一生下来医生就判定他活不了一个月，但是他平安地活过了四十二年。他还在世界上创造了一个神话般的奇迹。他虽然没有双腿，但是他却罕见地完成了到世界上一千座城市里给青年朋友做励志报告的宏伟目标。还有一个没有双脚、没有双手的尼克·胡哲，他能跳水、游泳，他能唱歌、打架子鼓、踢足球，三十岁的他几乎无所不能。这些人在严重的困难甚至残疾面前，最终没有选择与生命的妥协，也没有退缩，而是勇敢地面对风雨未来，创造出了连健康的人都无法达到的巨大成就。

　　只要活着，平安健康地活着，这个世界上就没有趟不去的河、翻不过的山。有人说：健康是"1"，别的如爱情、财富、别墅、子女、汽车、旅游、事业都是"1"后面的"0"。如果有"1"，后面的"0"越多越好。一旦没有了"1"，没有了健康，一切都是毫无意义的。相比史铁生、约翰·库奇斯、尼克·胡哲他们的严重残疾，我确实还很幸运。毕竟，我没有残疾、只不过面临了一种小病的考验。我大胆猜想，假如我明天将失去一只胳膊或一条腿，我会是什么样子呢？这样一想，我突然有了无穷的力量和活着的勇气。

　　接下来的日子里，我坚信，只要我有信心，病一定会好起来的。那怕只有百分之一的希望，我一定要付出百分之百的努力。我对于健康的渴望超出世界上任何昂贵的东西。只要有了健康，这个世界上我就是最幸福的人。进入七月，天气逐渐进入高温阶段，我遵照医生的指导与家里人一起避开炎热的市区，每天开车来到环境优雅、凉风习习的农家小院，一边喝茶，一边下棋。孙子们在院子里跑来跑去，真是惬意极了。一星期下来，突然发现心理焦躁的现象消失了好多。

　　自己的思绪不知不觉和大家融合在了一起。感觉时间过得很快，饭量开始增加，情绪陡然变好，睡眠也神奇般的越来越好，半夜醒来的次数逐渐减少了。十几天乐观的心态和农家小院里可心的家常美食把我的焦虑和失眠赶得无影无踪了。我的身体一天天恢复了健康、体重开始猛增、原来削瘦的脸庞很快鼓了起来。

　　健康回来了，我高兴得流出了眼泪。感谢我的家人，感谢在患病期间帮助我鼓励我的人们。你们不离不弃的陪伴是我真正的靠山，是

我的精神支柱。

　　和健康相比，这个世界上什么都是假的。健康，唯有健康，才是我们时刻必须呵护的，珍惜的。不管怎样，只要平安地活着，不管你富裕还是贫穷，你永远是胜利者。

河州姑娘在上海

听到创办并推广普及"美迪英语"教育流派青年英语教育专家熊志娟女士的专著《你和孩子醒了吗》即将付梓的消息后，作为小熊老师在甘肃临夏的乡亲和同行我真为她高兴。小熊老师是我们甘肃临夏人，但是在这个茫茫大世界里，我们的认识却非常的偶然，主要还是得益于小熊老师事业有成后她那一片牵挂家乡的回报诚意促成了我们的见面和交往。那是二〇一二年秋天的时候，兰州的一位朋友给我说，一个曾走出临夏、目前在国内英语教育领域知名的教育演讲家熊志娟想来家乡的学校无偿为弟弟妹妹们帮助做一次英语高效学习的演讲活动。我听了非常高兴。因为英语确实是孩子们普遍头疼的一门学科，难得有专家来给学生们指点迷津，传经送宝。不日后，熊老师和她的团队来到临夏回民中学给三千名学生和老师做了一次规模空前效果极佳的报告会。那天小熊老师身穿一袭白裙子，像天女般走入全校学生中间。当她用流畅的英语一边介绍自己一边走上讲台的时候，家乡的孩子们为她这个走出临夏的优秀女儿报以了最热烈的掌声。

二〇一五年夏天，我再次邀请小熊老师来到临夏回民中学宽敞漂亮的新校区再次给部分学生做了一次旨在帮助学生点燃梦想的励志演讲。小熊老师在演讲前和几十名孩子做了一次深度交流，她被一群学生围在一起站在美丽的校园中间。几十个学生的目光静静地注视着熊老师讲话的表情，他们都渴望从小熊老师的身上攫取她那种对生命的无限自信和走向成功的神奇力量。演讲结束后，有一个酷爱播音主持的叫马艾科的高三学生带着好几个学生来到小熊老师的身边，他说他们有一个愿望就是想和小熊老师合影。小熊老师爽快地和他们一一合影，还答应对一个来自偏远农村的女孩子提供全免费的去南方参加一次为期十天的青少年领袖训练营，所有费用都由她全部报销。演讲结束后，所有孩子在恋恋不舍中送别了小熊老师。

在和熊老师的接触中，最让我感受颇深的是，她是一个特别有教育梦想的人。她始终思考和忧虑着当前中国青少年教育界存在的诸多令人堪忧的问题。她曾铿锵有力地告诉我，我们今天的教育之所以从青少年阶段过早出现很多问题，根本的原因是我们教育者自身对教育本质规律的认识还远远不够所造成的。每当谈起这些有分量的话题，她总是会如数家珍般给我讲好多她亲手培养和教育的孩子的故事。她说她的青少年领袖训练营就是为了把更多青少年培养成未来的领袖级人物而精心打造的教育尝试项目。一个没有领袖梦想的青少年和拥有领袖梦想的青少年是决然不同的两个待教育和开发的个体，训练营的训练培养目的非常清晰，就是要把领袖的基因和风范早早种植在孩子们年轻的胸膛之中，正像人们说的"成功总是留给那些有准备的人"一样。小熊老师青少年教育培养的所有教育理念无不有效继承了几千年中华文明所传承的丰富的教育思想之精髓。

第一次听她对教育的真知灼见后，我立马对她刮目相看了。第二次听她的报告后，更是对她肃然起敬了。

熊老师更是一个有教育激情和非凡教育感染力的人。在青少年学生中间，每当聆听她演讲的时候，不要说是学生，就是我们这些过了知天命年龄阶段的人也都会激情澎湃，热血沸腾。由于她的执著和拼搏，她用了不到十年的时间把自己的"美迪英语"的牌子传播到了十几个省市的几十个大中城市。专著的出版将会使她通过十年多的演讲、思考和奔波后，她的一系列教育思考和创新实践做法可以通过一本书的形式面向社会，让更多的家长和孩子们受惠了。我作为一个长时间从事中小学教育的教育人，对熊老师在青少年教育方面的创新发展一直十分关注。作为她的乡亲，为她所取得的每一步跨越和每一份成绩都感到非常骄傲和自豪。从我们短暂的交往和她对我在教育工作中产生的影响力而言，在熊志娟老师新书出版之际，我确实有话要说。因为我深深地懂得，一个从中国传媒大学毕业的高材生如果不出意外，未来的人生一定是前途无量的。因为升起在央视舞台上的那一个个棱角分明的大腕级明星绝大多都是从中国传媒大学的校园里走出的。可是熊老师一毕业就果断放弃了自己的专业而开始潜心研究和主攻青少年教育培养这片新的天地，她之所以做出这个决定绝不是当初她一时的感情冲动，肯定是经过深思熟虑而做出的重大决定。我们从熊志娟老师自主创办的美迪英语品牌这些年席卷大江南北、快速占领英语教育培训市场的强大走势看，她当初的判断和选择无疑是正确的。

　　结合熊老师骄人的教育业绩，回头一看，我在长时间的教育实践中几乎带着信仰般的虔诚仰慕、追随过好多杰出的教育家。我苦苦暗恋过那些在学校管理中始终走在时代前列的有教育思想、有教育激情、有教育情怀的名校长。因为在几十年的教育思考中，我深深懂得并痴迷般地坚信：教育，只有教育才是这个世界上高尚而最重要的事业之一。从哲学的角度讲，我认为当今世界上出现的所有社会问题都可以直接或间接地归结为教育的问题。难怪英国杰出的教育家洛克说"我敢说

069

第一辑　黄土情

我们日常所见的人中，他们之所以或好或坏，或有用或无用，十分之九都是他们的教育所决定的。人类之所以千差万别，便是由于教育之故。"虽然洛克由于在自己的教育思想中有过这样一些对教育的过高论述而被后来的人冠之于"教育万能论"的帽子，我觉得洛克的话是有道理的。就在我像当初哥伦布发现新大陆般读到这些教育名言的时候，一种坚持把教育做到底的强大的力量从内心深处喷涌而出。相比之下我之前的一段较长时间的教育工作是那么的苍白。

认识熊志娟老师之后，我突然联想起了三百多年前的英国教育家洛克。小熊老师的观点在教育的功效上和教育家洛克还真有很多的相似之处。他们都在人才培养方面高度肯定了教育对人的成长具有的巨大的塑造功效和培养潜力。

熊老师的激情给了我很大的启迪。从她的身上我认定了一个铁一样的道理：人的成长一定要伴随特定阶段下的偶像引领。偶像就是方向，偶像就是动力。回顾我的半辈子教育人生，也有过不少的偶像引领，比如苏霍姆林斯基、斯宾塞、加德纳、蔡元培、张伯苓等。但是自从担任校长职务以后真正给我的教育思想形成起到最大帮助作用的是教育家李希贵校长。他现在是北京十一学校的校长。现在他以自己前沿的教育思想，经过多年的精心设计和策划，把北京十一学校打造成了北京地区甚至令全国教育界关注和青睐的一所现代化示范化高级中学。他和他的团队潜心打造的十一学校特色办学之路已经是一种高中课程改革大背景下的办学样板模式，独领全国高中教育改革之风骚。大约是十几年前，李希贵校长还在山东高密一中，高密教育局长，山东潍坊教育局局长位上的时候，我就开始学习和关注李希贵校长在学校管理方面的创新经验。同时，我先后认真拜读了他撰写的《我的自由呼吸的教育》《学生第二》等三本专著。由于他出色的管理水平，他从高密县教育局长任上直接提升为潍坊地区教育局局长。后来我也开始在我的家乡东乡县做教育局长的时候，不断地通过各种途径模仿和学习李希贵校长的管理经验，应该说效果还是十分明显。从那时起，我把他当成了我工作上的偶像。十几年过去了，李希贵的管理思想依然是我管理学校的一盏明灯。他是第一个真正打动我心灵、给我很多教育管理智慧和思想的教育偶像。

还有一个人，她顽强的意志坚韧不拔的精神带给我极大的震撼力量。几年前，我在郑州开会时无意之中遇见了一个对我触动很大的有志残疾青年，她叫李智华。她的家在内蒙古一个偏远的牧区小镇。她在那次教育论坛上精彩的演讲彻底征服了我。她说她在生下来不到三个月的时候，有一次父母不在家，她一个人躺在炕上，家里发生了一次火灾，差一点失去了生命。后来经过父亲执著的救治，她的命算是最后保住了，但是她的两条胳膊却永远地失去了。就是这样的一个孩子长大后，凭着自己坚强的毅力读完了中小学，考上并读完了大学。最后又坚持读完了研究生，最后成为了一名大学心理咨询师。也找到了她的如意郎君，有了自己稳定的一份体面职业。她还凭着坚忍不拔的毅力练就了用脚写字、做饭。她的人生信条就是：虽然自己失去了双手，但是自己的生活绝不依赖别人的帮助。健康人做到的，她就是再困难也要通过持久的锻炼一定做到。

今天的中小学教育，我感到最缺乏最苍白的教育薄弱领域就是德育教育、励志教育和挫折教育。我真不知道一个连自己的未来要去做什么都不知道，也就是说没有一个起码的人生追求目标的学生，你对他不断地、毫无动力地、强行去灌输各种复杂深奥的学科知识，他能心甘情愿去学习吗？

据说，李智华老师已经在全国为中小学生巡回演讲达五百场次。那次在郑州碰见李智华老师后，我就立马做出决定，请李老师来我们学校给孩子们做一次励志报告。我想一个连双手都没有的三十岁青年，有如此乐观的生活态度，克服常人难以想象的困难，创造出那么多惊人的成绩，她是最合适的当今中小学生反思自己的人生去向、自觉增加教育动力的最好榜样。果然李老师的到来，又一次沸腾了整个校园。李老师在舞台上用自己的双脚给学生们书写了一幅书法作品：自强不息。看着这幕感人的情景，我突然发现，五千名学生全都泣不成声。后来好多学生跑来给我说："谢谢校长，你让我们通过李老师的演讲让自己的心灵接受了一次深入灵魂的教育，我们终于懂得任何困难都是我们可以克服的。看了李老师的困难，我们更加醒悟到，我们原本是没有什么困难的。我们一定会努力的，请校长放心。"就这样李老师理所当然变成了我和我的好多学生们的又一个偶像。

认识熊志娟老师的一开始，我就感到她身上那股对学生火山爆发一样熊熊燃烧的偶像力量。不久前，熊老师告诉我，她要对自己近几年的美迪英语和青少年教育的现状要来一次彻底的反思和蜕变。她要站在世界的制高点重新审视自己曾耕耘过的那一段坎坷的教育里程。她有次在美国访问期间偶然拜读了美国电视女皇脱口秀奥普拉温佛瑞的书《我坚信》后，她站在离华盛顿不远的新泽西州一片空旷的土地上，眼望星空，为自己做出了一个新的庄严承诺：一定要创办一个旨在培养和引领全球未来领袖人物的教育平台，这就是"觉之岛"诞生的由来。

从熊老师非凡的创业梦想和激情中，从她对当前我国青少年教育的深深忧虑中，我终于懂得了什么才是真正的社会责任担当，什么才是燃烧的人生、不甘平庸的人生。现在熊志娟老师又要乘风破浪马不停蹄地组建从青少年阶段开始全力孵化未来领袖级人才培养的"觉之岛"。我觉得意义重大，前程似锦！

祝愿未来的"觉之岛"成为智慧之岛，领袖级人物诞生之岛，中国青少年教育的希望之岛。

拜谒巴金故居

上海市徐汇区武康路 113 号，是巴金先生在上海的住宅，也是千万读者心目中的文学圣地。这个住所是巴金后半生居住时间长达四十多年的地方，据说这是他在上海定居住得最长久的地方。一九五五年九月，巴金迁居武康路寓所，开始了以《真话集》为代表的一系列重要作品的后期文学创作。在这幢花园洋房里，交织着巴金后半生的悲欢。在这里，他写成了被海内外文学界公认为"说真话的大书"《随想录》以及《团圆》《创作回忆录》《往事与随想》等散文、小说和译作。

从读高中开始，我便接触了巴金先生的小说《家》《春》《秋》。这三部杰出的著作曾唤醒了无数迷茫中的中国青年。特别是书中以觉新、觉民和觉慧为代表的几十位人物的成功塑造对五四前后灰暗的旧中国徘徊不前的封建思想给予了有力的控诉和鞭笞。毫无疑问，这部在中国现代文坛上被称为激流三部曲的文学名著是一个时代的缩影，他用史诗般的巨幅画卷演绎了那个特有的历史阶段。从它诞生的那天起，历经七十多年的风雨岁月，一代一代的读者爱不释手，同时也激励了无数处于迷茫中的中国青年。觉慧等人物的觉悟和觉醒引领启迪了数以万计的青年自觉走向了教育救国、文化救国的漫漫征程。作品自诞生以来，它几乎成为了每个时代所有文学家和文学爱好者的必读作品。巴金先生在很多国家也有无数的读者。巴金先生健在的时候，他不仅是一位杰出的文学巨匠，更是一位热心、积极、有使命感、有责任心的中外文化的交流者。他翻译的作品举不胜举。

上大学时，紧张的功课完成之后，巴金的作品成了我的最爱，我如饥似渴地阅读他的作品。读着读着，我常常被他书中人物的思想和情绪所感动，有时候自己的思想和书中的人物交织在一起，悲他们的悲，喜他们的喜。就是因为《家》这部长篇小说的感染和影响，我原本是一个理科生竟然不知不觉开始爱上了文学，而且多少年来初心不改，孜孜以求地阅读和写作。虽没有写出过什么有影响力的作品，但是就是这眼文学的甘泉用它几十年流淌不止的琼浆滋养了我长达三十年半辈子的人生。

今年年初，我借上海看病的机会萌生了去看看巴金故居的念头。就在街头的梧桐还是绿叶满枝的一个暖和的下午，我从手机上搜索到巴金的故居具体的地址，来到了这所神圣的殿堂。两扇黑色的铁门紧闭着，中间开了一个小门。这朴素的铁门太普通了，门口也没有多少人出入。推开小铁门进入了院落，小楼矗立在院子的中央，周围是一块块精心设计的花圃和草坪。一株株名目不同的花卉光艳夺目，异彩纷呈，一股淡淡的清香扑面而来。小楼西边的草坪上一株高大挺拔的玉兰树昂然屹立，那宽阔的树冠几乎将那一块花圃遮盖了起来。树下是一张雕刻特别精致的石桌和几个石凳。工作人员介绍说，巴金先生健在的时候常常在写作的间隙下楼来在这个凳子上休憩或在庭院里散步乘凉。

进入一楼的客厅，迎面的墙上挂着巴金先生的照片，他那慈祥和蔼的面孔仿佛在迎接每一位来客。这里是巴老接待记者、亲戚朋友等宾客的地方。站在窗户前，几乎可以触摸到腊梅树伸展的枝叶。二楼是客厅和书房。书房里摆放着一长排暗黑色玻璃照面的书架，书架上摆满了密密麻麻的藏书。沙发上洁白的沙发巾铺得整整齐齐，办公桌上凌乱地搁置着稿纸、笔、衣服、眼镜和一摞厚厚的书本。就是在这张桌子上，巴金写出了《随想录》等一系列著名作品。沙发旁的茶几上，一盆郁金香正开得灿烂，那润嫩的花朵如小姑娘的脸庞好像在提醒游客，巴金和他的夫人萧珊还在这里生活，只不过这阵子他俩去买菜了，只要你们稍等片刻，他们会回来的。

转过身，来到了巴金的卧室，一副古朴典雅的双人床静静地躺在屋子里。床上用品一应俱全。床头柜上摆放着他随时翻阅的书籍，一架旧时的台灯在床头柜上站立着。只要谁一按开关，它会亮起来。迎门进去的地方是一个半人高的花架，上面是一张巴老夫人萧珊的照片。照片上的萧珊还很年轻，脸上洋溢着掩饰不住的微笑。看着这张照片，导游告诉我们，巴金生前一直把这张照片摆在这里。在失去萧珊的多少个孤独的日子里，巴金拿着这张照片常常在卧室或书房里沉思。嘴里念叨着萧珊的名字。他们在革命战争年代结下的友谊情深似海。巴金为缅怀在文化革命中惨遭红卫兵多次身心迫害而过早染病离世的夫人萧珊而写的著名散文《怀念萧珊》让人肝肠寸断，催人泪下。巴金饱蘸笔墨，用一种人性和道德的思辨力描写了他和萧珊的相遇过程和革命的浪漫主义爱情，更多地描写了夫妻长时间遭遇的种种蹂躏和不幸。在谈到早年他初次见到萧珊时，写道：

第一辑 黄土情

她是我的一个读者。一九三六年我在上海第一次同她见面，一九三八年和一九四一年我们两次在桂林像朋友似地住在一起。一九四四年我们在贵阳结婚。我认识她的时候，她还不到二十，对她的成长我应当负很大的责任。她读了我的小说，后来见到了我，对我

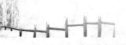

发生了感情。她在中学念书。看见我之前，因为参加学生运动被学校开除，回到家乡住了一个短时期，又出来进另一所学校。倘使不是为了我，她三七、三八年可能去了延安。她同我谈了八年的恋爱，后来到贵阳旅行结婚，只印发了一个通知，没有摆过一桌酒席。从贵阳我们先后到重庆，住在民国路文化生活出版社门市部楼梯下七八个平方米的小屋里。她托人买了四只玻璃杯开始组织我们的小家庭。她陪着我经历了各种艰苦生活。在抗日战争紧张的时期，我们一起在日军进城以前十多个小时逃离广州，我们从广东到广西，从昆明到桂林，从金华到温州，我们分散了，又重见，相见后又别离。

从这段文字的叙述中我们不难看出，巴金先生当年和夫人萧珊的爱情充满了无尽的传奇色彩。据资料记载，萧珊在陪伴巴金先生的几十年岁月中，受巴金的影响在文学创作上也有很大的提升。她翻译的俄罗斯作家屠格涅夫等名家的小说艺术水准之高连巴金都连连称赞。渐渐的，她在当时的文学界也写出了不少有影响的作品。

从二楼回到院子，沿着用碎石铺成的小径开始踱步。绕着楼房走了一小圈，看着楼房外墙壁上密密麻麻的爬山虎，看着草坪上一片片金黄的落叶，看着一只小猫咪蜷缩在窗台上可爱的样子，顿时，我仿佛依稀看见巴金先生在院子中一个人踽踽独行有点佝偻的背影。可是，这个院子里曾经住了整整四十年的主人早已不在这个他生前极度热爱的世界都快三十年了。巴金虽然离开了这个世界，但是，被国家授予"人民作家"称号的巴金先生以他一生蜚声中外的文学成就和晚年敢于写真话而备受亿万读者敬爱的伟大形象永远铭刻在我们心中，永远是我们心中高高飘扬的一面旗帜。

不觉间，两个小时过去了。夕阳中，我依依不舍地离开了这个神圣的地方。

我敬重的陈坤先生

我和陈坤认识的时间也快十年了。他是一个有人格魅力的人。他的书法，他的谈吐，他的气质，他的修养都无不彰显着他的超凡脱俗的魅力。他的身上有着一种满满的正能量。

几年前，我曾写过一篇文章，主要畅谈了我和他的认识过程和他的阿语书法杰出成就。转眼间，又是几年过去了，我对他的认识又有了新的内容。好长一段时间以来，我想再写一点关于他和书法艺术的文字，以表达我对他的敬佩。灵感一旦产生，便如鲠在喉，不吐不快。

我和陈坤是乡亲，都是东乡县人。他住在兰州，上班也在兰州。我却在临夏工作。没有特殊情况他一般不来临夏。我也一样，去兰州的次数还是很少。我们见面的次数一年也没有几次，倒是电话或微信联系相对多一些。毕竟，科技的发达，让这个星球变得那样的狭小，以至于不要说我和陈坤，就是两个相距千里、万里的人，在这个便捷高效的网络时代，时刻犹如近在咫尺。我们手机通话的时间还是较多，偶尔也有视频聊天什么的。虽然见面不多，但是以思想和艺术等话题

为主要谈资的交流密集不断。

我和陈坤有很多共同语言，每次见面时讨论激烈。他谈起书法总是滔滔不绝，他不但研究阿语书法，对我们中华文化的瑰宝——汉语书法艺术也是情有独钟，有着自己独到的见解和深邃精湛的探索思考。由于我长期从事教育，对教育也有很多不成熟的思考和实践观点。我们的话题虽然不尽相同，但是有着很融洽的互补性，因教育和书法同属文化的范畴。我有一个习惯，不知道是好还是坏，就是在向别人阐述自己的观点的时候，总是很投入很激动，每谈起自己的观点总是指手画脚，附带有一系列表演的动作，不容别人插手。陈坤有时候也被我的激情所感染，我们每次见面，我俩总有一次这种全身心的交流。

我有机会去兰州，办完事后立马打道回府，很少给他打电话。我知道，他成名后应酬的事很多。向他求字要画者众，尤其最近几年，他的作品在国内、中东、东南亚以及土耳其等国家频频获奖后，一度在国内外书法界名声鹊起，知名度飙升，陈坤的名字开始家喻户晓。短短几年的工夫，忽如一夜春风来，千树万树梨花开，陈坤的阿语书法作品走进了千家万户的客厅，占据了最显赫的位置。一些穆斯林家庭因有幸在厅堂挂上一幅他的字画而感到分外自豪。

与陈坤高超的阿语书法艺术成果相比，我更敬重陈坤的艺术修养和朴实无华的操守和品德。在他的作品的价值在字画市场上迅速看好的时候，他是很冷静的。他从来不沾沾自喜，也从不傲慢冷淡。对所有冲他而来索字的书法爱好者，哪怕是一位出身卑微的贫困的农民兄弟，他都爽快答应，尽量满足。陈坤一年的时间一大部分都是在外面奔波，不是在北京举办画展，就是在埃及、马来西亚等国参加世界文化交流艺术节什么的。尽管这样忙，他曾告诉我，学校的课程一节都从来没有耽误。他总是想办法给学生上完学校规定的所有课程。他说，阿语书法目前在我们国家面临的现状是后继无人，从事这项工作的人寥寥无几，所以他觉得自己责无旁贷，打算要尽自己所能，把这项艺术传授给更多的人，深感责任重大。目前核心工作主要有两大领域，那就是提升自己的书法艺术造诣，培养阿语书法后继人才。

　　陈坤毕业于兰州经学院。他的阿语水平非常棒。他当初之所以爱上阿语书法原因就在于此。发现阿语书法之美是他进入经学院的最初，那时他还不知道阿语书法这个概念。在一次偶然的阿语资料翻阅中他发现阿语书法竟然那么的刚劲和飘逸。于是他便在心里萌发了一个真诚的夙愿，自己下决心要学习阿语书法艺术。后来他就开始苦练这门艺术本领，到处拜师傅，求老师，购资料，凡是能收集到的阿语书法资料都收集到自己的家里。在练习阿语书法的那些日子里，他常常练习到深夜，不知度过了多少个不眠之夜。他几乎把所有零碎时间都用在了书法练习上了。他常说人们总是夸赞他获得的名声和威望，可是谁能知道在这些花环的背后陈坤曾付出了多少痛苦和代价。

　　我们俩不见面的时间长了，我就会打电话问他的情况。我知道他是有一些老病的，时不时就会住院。十几年前他在一次严重的车祸中留下的后遗症也常常发作，我一直很为他担心。有时当他得知我来兰州了，总是诚心挽留，他非得让我去他的工作室听一次我久违的感慨和手舞足蹈的演讲。好久不见，陈坤对我格外盛情，少不了请我美美吃一顿兰州的东乡手抓外，还要亲自按照当前流行的茶道手艺为我煮一杯上好的龙井。躺在他那优雅舒适的藤椅上，品尝着沁人心脾的龙井茶，你一段我一阵畅谈教育的伟大和书法魅力，真是别有一番滋味在心头。只有在那种环境下，两个志趣相投的人的思想会尽情飘逸碰撞，产生强烈的智慧火花，盈满整个房间。真乃人生得一知己足矣。

　　陈坤在学校上课的同时，继续持之以恒地追求阿语书法艺术的真谛。他像一个勤劳的农夫，在这块鲜有人涉猎的阿语书法文化的草地上虔诚地静静地耕耘着，耕耘着。他常常练习得忘记了白天和黑夜的交替，竟然忘记了四季的变换。古人言，只要工夫到，铁棒磨成针，十几年的苦苦磨练，陈坤的阿语书法开始在行内越来越被看好，被报纸杂志抢着刊载，各种奖项纷纷飘然而至，降落陈坤身上。他一发不可收地给来自省内外甚至国内外的书法爱好者写字。就这样，他的书法水平的节节攀升引起了更多人的关注和赞扬。几年间，他先后出版了《阿语书法艺术论》《陈坤书法作品选》等专著。他自成一体，流畅婉转，挥洒自如，苍劲酣畅的阿语书法作品传遍大江南北。由于他卓越的阿语书法作品在行里的影响力，他被选为甘肃省首届阿语书法协会的会长，在甘肃省图书馆数次举办他个人的作品专场展览，省政协副主席黄选平、马文云先后多次对陈坤的书法给予很高的评价。

陈坤的阿语书法成就，在阿语书法界堪称典范。但是令你不得不敬佩的是，他的汉语书法水平也是非常难得。所以大家对他刮目相看的另一个重要原因是他对两种书法都驾轻就熟，浑然一体。在书法的圈子里，写书法的人虽然很多，但是这种文武兼备的人却少之又少。几年前，陈坤接受了文化部的一个书法课题，就要求他用阿语书法的形式把流传千年的国学经典《论语》以书法长卷的形式写成书法，作品计划在一个国际大型展览上展出。该项目要求，在用阿语书法写作的同时，要以汉语书法把《论语》的内容同步标写出来。据陈坤说，就是这个作品的高质量完成，让管理这个项目的国家文化部、省文化厅的领导非常满意，他们都对他给予了很好的评价。后来他详细给我说，主要是他们认为陈坤在长卷作品的完成中把汉语书法和阿语书法的美感都表现得淋漓尽致，用他的双手让中阿文化遥相辉映、珠联璧合。他以自己独特的视角和对两种文化的高度理解让中阿文化找到了最佳的契合点。因为，在他开始练习阿语书法的时候，在老师的指点下，他没有放弃国语的书法练习。他常说我是中国人，要练习书法，得首先练好本国的书法，然后再练习外国的书法。

随着陈坤阿语书法艺术的不断拓展，他对各种国际上流行的阿语书法的写作方法开始全面尝试和突破。他善于博采众长，吸纳百家之长。他潜心于对每一种方法的研究和探索练习。由于各种流派的尝试练习，他的书法越发娴熟，越发老练。他被邀请到国内好多地方进行文化交流和书法展览。许多国际阿语书法写作协会和团体频频发来邀请函，希望他出席这些书法展览活动。他忙得团团转。有一些他喜欢的活动尽量参加一些，但是大多数全部放弃了。几年下来，他走遍了中东所有国家，也走遍了东南亚好多国家。他给好多国家元首现场写字献艺，比如伊朗前精神领袖霍梅尼，现任精神领袖哈梅内因，马来西亚的前总理马哈蒂尔等。

　　陈坤是一个非常注重情感的人。我们之间交往的时间虽然很长了，但是真正坐在一起谈话交流的时间还是不多，每次也都是匆匆忙忙。也许是与高人交流胜似读书的缘故吧，我到底还是喜欢和他深度交流。他对哈迪斯几乎倒背如流，在和大家说话间他应用自如，俯拾即是。他特别喜欢擅长把哈迪斯和我们的生活联系起来。可能我是学理科出身的人的缘故吧，我在文、史、哲等方面感觉明显有欠账，所以我平常喜欢和侧重于文史哲、当然包括文化艺术的人一起交朋友聊天。陈坤恰好就是这样的人。每一次和他见面，我都会有一次满满的收获，会受到一次很大的人生启迪。可谓高人一席话，胜读几年书。

　　陈坤是一位非常善良的人，也是一位特别愿意帮助别人的人。他的家在东乡达板的一个山沟里，从小失去父母的他据说被舅舅养大。童年的时间几乎是在家乡的山头上放羊中度过的，因为困难，没有及时接受良好的基础教育。等后来情况稍微有所好转后，都已经到了十几岁了。但是陈坤没有觉得太晚，他苦口婆心取得舅舅舅母的同意后，带着对读书的无限渴望进入学校读书。他是全班年龄和个子最大的学生，当然也是学习最刻苦、成绩最好的学生。他废寝忘食，大量阅读中外书籍，书籍给了他太多的人生道理。他从读书中悟出一个深刻的哲理：读书改变命运。读书是穷人从根本上改变现状的唯一便利途径。因此，他比别的孩子平时付出了更多的代价，宿舍里每天起床最早的就是他。工夫不负有心人，高中毕业后，他终于顺利考上了自己心仪已久的兰州经学院，从此陈坤的人生翻开了一页新的画卷。

一个穷乡村的孩子，离开家乡，第一次来到这所宽敞明亮的大学后，一条铺满金色的大道展现在自己的面前。陈坤在这所环境优雅、氛围规整的学校如饥似渴地开始学习，他觉得眼前的一切都是那样的美好。对自己要求严格的陈坤，诵读、口语、书写等课程始终在班上名列前茅。毕业后，他以优异的成绩留校任教，后来他又被学校派往巴基斯坦这所文明古国公费留学深造。四年后，他以良好的成绩学成归来。

后来我们偶然地相遇在一次联谊会上，于是我们熟悉了起来，于再也离不开了。

二〇一七年三月初，我突然患了一种怪病，睡觉不好，吃饭不行。用了好多的办法进行了治疗，在兰州又住了好几次医院，但是效果都一直不见好转。就在那段时间，疾病把我折磨得对一切失去了信心。全家人急得要命，身体每况愈下，精神越来越不振，整天有气无力地躺在床上。这时候，妻子建议让我打电话叫一个最好的朋友来陪我说说话以帮助我改善心情。我思来想去，虽然也有好多朋友，但是把他们叫来陪我，我最终还是选不出一个，原因是大家都很忙，哪有时间来我的旁边陪我从早上到天黑，又从黑夜陪到天亮？这绝不可能。哪怕再怎么样难受，我也不能打扰他们。可是在这个过程中，有一个名字进入我的脑海中久久不能离去，这个人就是陈坤。打心眼里说，我真的有些想他了。我好长时间没有听他讲话了。他那一脸的络腮胡黑得发亮，微胖的身材微微前倾，两个眼睛炯炯有神。阿语"苏热提"三个字的含义我是第一次从陈坤的身上真切体会到的。

几天后，我终于禁不住拨通了他的电话，我的目的只有一个，想和他说几句话。电话接通的第一时刻，他给我道色兰，并问我身体可好？家里可好？我回答，身体微恙，家里都好，谢谢牵挂。他以震惊的口气问我什么病？我告诉了我的情况。他没有多说，挂断了电话，只留给我一句话，明天去看你。我想这下糟糕了。让他又要跑那么远的路来临夏看我，实在不好意思。

第二天，上午，他专程来我家探望我。看见我消瘦的样子，他的脸上顿时浮现出少有的忧伤。我告诉他，都四五个月了，还是不见好转。别人介绍了好多医院，我都没有信心去看了，就这样整天躺在床上吃一些毫无用处的药。突然，他从沙发上站起来，紧靠我坐下，抓住我的双手说："老哥，我给你介绍一个医院。不，严格说不是医院，只是一个门诊而已，在兰州。几年前，我和你患了同样的病，就是这个大夫把我的病彻底治好了。你要知道，小医院也能治大病的。"他说这些的时候言辞极其恳切。我说，我没有信心，好多大医院都跑完了都不见好转，小医院能有多大能耐。听完我的话，陈坤一下子严肃起来了，说我是他的老哥，这次他的建议无论如何我必须要听。他不由分说，口气强硬地告诉我和我的家人，让我们第二天早一点来兰州，他把看病的号给我们挂好，然后带我们去找那个中医大夫。在他铿锵有力的决定面前我们面面相觑，拿不出丝毫退却的言辞，只好默然同意。

第二天，我们早早来到了兰州说好的地方，陈坤早早到了那个地方。门诊在一个家属区里面，很不好找。因为有他的引领我们很快找到了大夫和他的门诊。他和大夫好像已经很熟的样子，说话特别随便。大夫姓刘，说是陈坤带来的病人，他就给予了提前看病的先例。三几分钟的把脉后，大夫快人快语，简明扼要地说，问题不大，和陈坤老师几年前的病是完全类似，只要连续服药两个月，不要间断自然就好，让我不要担心。口气之决断似乎有百分之百的把握。

第一辑 黄土情

　　回到家里，我把别的口服药一律停了下来。专心致志开始服用这个大夫的中药。七付中药完了，效果不是很明显。我又跑到兰州抓药，就这样连续服了两个月。在这期间，我一边服药，一边坚持锻炼身体，每天坚持跑步走路，不知不觉间，有一天我突然发现，我的饭量明显有了改善，瞌睡也比以前好了许多。最重要的是精神和心理有了大幅度的愉悦，我开始心情舒畅了，我开始大笑了。

　　服药的那段时间，陈坤隔三差五打来电话问我的病情。有一段时间我因为烦躁关了手机。他联系不到我，就从别人口中打听了我亲戚的电话，询问我的病情恢复情况，问中药有没有效果。我听了，一股道不尽言不清的酸楚从内心突然奔流而出。我终于明白，一个在文化和艺术上有着非凡造诣的人，同样也具有博大的爱心。陈坤就是这样的一个人。写到这里，我突然想起了臧天朔唱的那首叫《朋友》的歌：

　　　　　　　朋友啊朋友
　　　　　　　你可曾想起了我
　　　　　　　如果你正享受幸福
　　　　　　　请你忘记我
　　　　　　　朋友啊朋友
　　　　　　　你可曾想起了我
　　　　　　　如果你正承受不幸
　　　　　　　请你告诉我

　　陈坤的人格魅力表现在很多方面，需要在长时间的交往中慢慢品味，慢慢感悟。希望陈坤先生在书法艺术的道路上走得更远，也希望他在人生旅途上健康平安。

祝福汶川

一

一场灾难
转瞬间降临四川
美丽的家园顿时化作一片黑暗
无数的生命闭上了渴望亲人的双眼
多少生灵顷刻间变得无家可归
我的亲娘
你归来吧，你在哪里
我的爱女
快归来吧，你还好吗

活着，我还没有把你爱够
死前，我还想再摸摸你温暖的肩头
如果真的再也见不到你
多么希望我们有幸相逢在去往天堂的路上

二

一种爱心，开始快速传递
在二十四小时的每一个时辰
在九百六十万平方公里的每一片热土
全世界的目光盯着汶川、盯着北川
沉重的瓦砾下
一个个孱弱的生命被抬回了病床
满目的废墟边
总理的身影已经疲惫、声音开始嘶哑
我们可爱的陌生兄弟啊
你们抢救灾民的壮举将永刻巴蜀大地
我们的温总理啊
面对痛苦不堪的灾民，你流下的泪水
将被每一个国民万世铭记

让我们携手去抚慰那一颗颗受伤的心
让十三亿颗爱心相连
让那些失去父母的孤儿都不再孤单
我们祝福
灾区的父老早日重建家园
我们祝愿
灾区的山尽快变绿，水尽快变蓝
愿所有受难的同胞都有属于自己的家园

第二辑　　教育梦

杨冬冬的军令状

杨冬冬说他写了一本书，我很震惊。

杨冬冬从陇东学院给我打来电话，说他在大学期间陆陆续续写了一些文章，主要是散文和小说，算作是自己从中学开始痴迷文学以来的第一本处女文集吧。他让我给他的书写一篇序，他准备在庆阳那边出版。随后时间不长，我收到了他用快件寄来的长达十五万字的打印稿。

我用了整整一天的时间把他的文集读完了。掩卷良久，很长时间我的情绪难以平静。我真的为他高兴。在我的脑海之中，杨冬冬是一个非常不容易的人，也是一个学习非常刻苦的人。他的眼睛一直很不好，视力一直维持在仅有零点零零一以下，读书写字非常困难。他读书和写作业的时候眼睛几乎和书本挨在一起，距离之近实属罕见。真的士别三日当刮目相看。万万没有预料到，几年前在临夏回中读书的那位非常普通的杨冬冬同学要出版文集。我真不相信在学习非常紧张的大学他是怎么抽时间写出那么多洋洋洒洒十五万文字的。他的每一篇文章都能从一个涉世未深的青年人的角度带给我们一定的收获和思考。

他的一篇篇文章在我看来，都散发着泥土的气息和芳香。文章中那些朴实、直白、简洁的文字叙述，都好像是他的母亲早晨从地处他的老家——临夏大北塬家门前那一块块精心呵护的菜地当中割来的一筐筐新鲜蔬菜，鲜嫩清香，很多蔬菜上还滚动着晶莹的露珠。是的，他的文字确实很清秀。读着他的文章，我想每一个来自农村的读者可能会情不自禁地回想起自己老家的院落、菜地、柴门、母亲和小狗。这可能就是文学的魅力。

文章从字里行间告诉我们，他虽然患有严重的视力障碍，为读书学习和正常的生活带来了诸多的不便，但是他却很乐观很自信。他觉得自己的未来依然阳光灿烂。他始终看到的是一片属于自己的光明。读到这些，我想起的是澳大利亚高位截瘫的杰出励志演讲青年约翰·库奇思，我还想到的是云南丽江的纳西族无臂书法家和志刚。每读到这些坚强的文字时，我从心底里为这个不幸的孩子而难过，更为他能够长期克服视力上的困难而对生活始终充满希望感到无比的高兴。

杨冬冬虽然是不幸的，但是他更是一个十分幸运的孩子。在他即将进入高中阶段学习且父母为他的学费发愁的时候，他遇到了来自宝岛台湾的一些贵人的帮助。他有幸被招到了临夏回中珍珠班。这个班的六十位学生都很幸运，他们高中三年的费用由台湾新华基金会全额资助。资助者据说主要是台湾的爱心企业家们，每年给他们发两千五百元生活费，其余费用学校全免。杨冬冬就是这个班的一名学生。

杨冬冬在没有任何经济负担的情况下愉快地读完了三年高中生活。在他读书期间，来检查工作的基金会的老师发现，他的视力每况愈下，估计这样下去眼睛会对冬冬的人生带来严重影响。他们决定给他出资治病。他们让学校派老师带杨冬冬先后去兰州和上海两地为他专门治疗眼睛。基金会和学校确实对他尽了责，但是由于他的眼疾病因复杂，患病时间太久，最终还是没有达到我们预期的治疗效果。

杨冬冬和他的同学们在紧张的复习中迎来了人生的第一次高考。可是，命运总是捉弄那些不幸的孩子，出乎预料的又一个不幸无情地降临到了杨冬冬的头上。他的考试非常失败，二本线还差一大截子。面对不理想的成绩，这个坚强的孩子经过冷静思考，最后做出决定复读。理想的大学就是他梦寐以求的梦想，不达目的誓不罢休。

有一天他来找我。

"校长，明年复读，基金会不再资助。学校可以减免一些我的补习费吗？要不我真的凑不齐补习费。"他愁容满面地给我说。

"学校不收一分钱，给你全免。条件是明年高考总成绩提高一百分。"这是我的话。

"一言为定。"他毫不犹豫地回答。他肯定的语气有壮士断腕背水一战的悲壮和豪迈。

就这样，他开始了第二年的高中补习生活。期间，有老师给我说过好几次关于他发愤拼搏学习的话题。有次在校园里见到他，我问他最近怎么样？他说效果很好。再一次语气很干脆地告诉我，要是这一次考不好，他真的无脸见江东父老，更见不了校长的面。

我说：好！我还说了一句话：男子汉就要这样。

来年的高考，杨冬冬终于如愿以偿。他虽然没有增加一百分，但他达到了二本分数线，他被陇东学院中文系录取。我发自内心地为他高兴。毕竟，他和普通学生不一样，他的困难远远大于别的健康学生。为了不失诺言，在漫长的三百六十五个日日夜夜中，他近距离死盯着书本和试卷付出了多少辛劳的汗水！

作为一个有严重视力障碍的学生，能考上普通二本院校，他付出了常人难以想象的代价，也下了不一般的工夫。他是一个有决心、有恒心的人。他真正像临夏回中校歌《我们不做一般的人》的歌名一样，通过坚定不移的努力，成了一个不一般的优秀毕业生。

读着他的文集，回忆着他在临夏回中一幕幕读书的情景，他的成功带给我长时间的欣慰。在他的处女作即将付梓印刷之际，向他表示深深的祝贺。也许饱受了长时间坎坷和艰难的杨冬冬就此彻底告别了所有的不幸，愿一个明媚的阳光灿烂的属于他的美好明天真正到来。

冬冬，我和你的所有老师为你高兴！

明日陇上文学佼佼者的行列中有一个名字叫杨冬冬！

阅读与梦想

有人说，身为教师不知道苏霍姆林斯基，无异于学音乐不知道贝多芬。苏霍姆林斯基是一位具有三十多年教育实践经验的教育理论家。他用平实的语言将其教育教学中的实例，在《给教师的一百条建议》中娓娓道来，朴实的语言和真实的故事中渗透着大师以人为本的教育理念。

著名中学教育家、名校长，北京十一学校校长李希贵先生在他的著作《为了自由呼吸的教育》一书中谈到：在他最初参加工作的时候，有好几年的时间，他始终没有彻底弄明白教育的核心和本质。虽然自己每堂课上绞尽脑汁、全力以赴地为学生讲解，但很多学生感到茫然不解的时候，自己恨不得钻进学生们的脑海之中帮助他们尽快听懂所讲的内容。与此同时，他也把大量的时间花在了多少个不眠之夜的备课之中，但是，教育的质的飞跃一直迟迟没有出现。课堂上的学生还是没有被他精心准备的内容和精妙的设计所感染所吸引。这究竟是为什么呢？他常常这样反问自己。

后来，在一次偶然的机会他有幸读到了苏霍姆林斯基先生的著作《给教师的一百条建议》。在拜读了开篇最初的几段神奇的论述文字后，他被苏霍姆林斯基先生深刻而精准的教育观点深深打动了。他就像是一个经受了长时间饥饿之苦的人遇到了一盘可口的佳肴一样，不由分说狼吞虎咽了起来。当天用了一个晚上的时间，他便如饥似渴读完了这部相见恨晚的教育专著。也就从读到《给教师的一百条建议》专著的那天开始，他便觉得自己一夜间完全变成了另外一个人。很久以来，诸如：怎么样做最好的教师？学生喜欢的课堂究竟是什么样的？老师和学生之间的关系怎样相处才对？学生的成才关键是老师吗？教育的本质就在于教师要进入学生的心灵深处吗？优生和差生是怎么出现的？教师对成绩一直上不去的学生可否放弃？教育的目的是成绩还是成人？……困扰了很久的问题一下子在脑海中变得清晰起来。

在接下来的日子里他便一发不可收，把苏霍姆林斯基先生的所有著作都找来后花了一段时间进行了一次彻底的阅读。进而不断拓展阅读领域，不断调整阅读视野，他开始系统地广泛阅读古今中外许多教育家的著作，学习了大量鲜活深刻的教育精髓。不久后，在山东的潍坊诞生了一个著名的中学校长，他就是李希贵先生。因其对教育的深刻创新的理解和对教育的精致管理，被国内业内很多人所很快熟知。由于他杰出的管理成效，他从高密县教育局长直接被提拔为潍坊市教育局长，这在国内可能鲜见。后来李希贵先生陆续出版了三本专著《为了自由呼吸的教育》《学生第二》《我的三十六天美国教育之旅》。

分析和研究李希贵先生的成长历程，一个很重要的启示示：我们每一个做教育的人，在贯穿我们教育生命的每一个阶段都不能丝毫放松对教育大师们关于教育的许多精彩著作的阅读甚至精读。只有用一条条奔流不息的阅读的小河不断去滋润我们每个校长或老师教育理念的大江，我们的教育将永远是有生命力的，我们培养出来的孩子们才是有个性、有思想、有生命力的。

有一位语文教育专家，也是一位著名的中学校长，叫高万祥。为了让自己学校的老师们一个不落真正领会苏霍姆林斯基先生《给教师的一百条建议》这本书的精髓内容，他专门给每个教师购置了一本。读完此书后，据说他的一位青年教师跑到他的办公室责备他："校长你为什么不早给我们买这本书？它里面说到的每一句话、每一段文字都说到了我们的心坎上。"虽然书中谈到的一些案例都是早年间在俄罗斯的情况，但是教育的道理不论中外都应该是一样的。这本书非常适合青年教师了。

教师要在自己有限的教育生命中尽快找到教育的真谛和教育的幸福，有一个捷径是一定要大量拜读教育名家的著作。多年来，我一直注重对教育名家著作的拜读，同时尽可能抽时间走出校门参加一些名家论坛之类的活动，以充实自己的教育思想和教育理念。在学习过程中，思考最多的是我们州的教育现状和别的地区教育成就之间的异同点。我发现一位有思想的校长，一位有创新教育管理理念的校长，一位把学校管理得非常有特色的校长几乎无一不是一个善思考、善阅读、善写作的校长。就这样，在我的教育生命的一个个站口，每当遇到一些关于学校教育的新的发现和新的触动，我都会毫不懒惰地快速写出来。人在有些时刻的一些创新思考会稍纵即逝，大脑中偶然思考到的一些创新火花不一定会是你自己独有的东西，只有把这些所思所想变成文字的东西后，才变成了你自己的专利。带着这样的良好的习惯，在无数个目送学生离校的背影中我收获了许多弥足珍贵的教育感悟。在无数个珍贵的晨钟和暮鼓中，关于学校特色发展产生过许多金色的梦想。在无数个校园的喧闹变得寂静后的夜晚，趴在办公桌上的我凑成了自己对从事教育管理多年的一些粗浅的文字。

愿我们大家都养成一种阅读教育名家著作的良好习惯。因为阅读可以缩短我们的成功之路，可以成就我们的教育梦想。让我们用教师的梦想为学生编织五彩斑斓的梦想人生。

爱是阳光

今天上午，我和一位老年朋友去参观一所幼儿园。幼儿园建在个离市区较远的郊区。周围环境优美，空气清爽。前面是一片宽阔的树木和刚刚吐绿的禾苗，背靠一座岩石林立的小山，一个天然的育人环境。我被当初选址者的眼光折服了！

幼儿园不是很大，不到三百名幼儿，分了六个班。除了园长和个别工勤人员，其余都是年轻的女教师。据说孩子们来到幼儿园后一学期不得回家，家长只能在规定时间来看望自己的孩子，和孩子在一起的时间也不得过多。只有到了放寒暑假的时候，可以回家和他们亲爱的父母团聚。了解到这些规定的当初，作为教育者的我为幼小的孩子们感动，他们真的很不容易！

他们来到世界上不久，还没有享受够父母给予的天伦之乐，就来到这远离父母和家乡的陌生之地接受教育。难以想象他们那幼小的心灵里究竟是怎么想的。可是听了园长的介绍后，我很快放下了为孩子们过多的担忧。幼儿园考虑之周到和环境的人性化程度之高完全排除了我的顾虑。在这里的每一个孩子，除了没有享受到来自父母的亲情外，其他方面的生活和需求都完全达到了他们的父母可能给予他们的一切。园长短暂的介绍后，我开始不由得崇敬起园长的远见和前瞻思想。真是难得的一位好园长！

参观完毕后，我们在他的特别尊重下坐在了全园所有老师和孩子们面前。孩子们用他们纯真、优美、天籁般的童声为我们演唱了幼儿园的园歌，同时他们还同声为我们朗诵了已经学会的部分课文章节。在欣赏孩子们起劲、欢快的朗诵过程中，我被站在我眼前的一个可能还不足四岁的小姑娘可爱的表情深深感动了。我的眼圈突然湿润起来。我怕别人看见，急忙擦去了闪出的一滴泪水。

孩子们的演出结束后，我蹲下来抱住了这个可爱的小姑娘。她好像也遇到了自己久别的父母，没有一丝陌生感，紧紧地搂住我的脖颈不放开。这时候，我突然发现周围许多孩子也来到了我的跟前。他们充满期待的眼神告诉我，他们也多么希望我俯下身子来抱抱他们。于是，我开始一个一个地去拥抱他们。很长时间，孩子们依依不舍地在老师的带领下去吃午饭的时候，我从他们那一排排回头望我的背影中第一次发觉，幼儿时期的孩子多么渴望老师和父母的拥抱啊！如果和父母离别的时间久了，他们对来到他们身边的我们这些陌生人同样也表现出想投入温暖怀抱的渴望。我首次懂得了幼小的孩子们心理的需求和奥妙！

孩子们走了，我的思绪却飘向了很远很远。我想起了一位教育家告诉我的一句话。他说，做好教育需要有两个重要条件：一是激情，一是爱心。他说如果没有激情，就做不好教育；没有爱心，就无法走进孩子的心灵；没有爱心，就没有足够的耐心去呵护一颗颗稚嫩的童真世界！他说得真是太好了！

我虽然不是在做幼儿教育，但是对于爱的需要，中学阶段的学生何尝不是一样？哪一个学生不需要校长和老师给予他们的爱？何况我的学校绝大多数的学生都来自偏远的农村，家庭也都很困难。他们一个人只身远离父母来到这陌生的城市学校，困难和迷茫肯定不少，他们极度渴望我们的关爱。作为校长我也从不少学生的来信中早有发觉，曾多次在内心悄悄决定，只要我做教育，就是要倡导和带领所有的老师去始终如一地关爱每一位需要我们关爱和帮助的学生，急他们所急，想他们所想。只要我们的学生有需求，我们一定要努力去帮助他们，直至得到他们的满意。让学生深感天底下总是好人多！老师是他们成长路上最好的引导者！

愿我们每一个教育者有一颗爱心，因为孩子们对爱心的需求就像需求阳光一样！

舍不得你走

一月十日，这是一年当中几乎最寒冷的一天。就在这一天，一个极其悲伤的消息让我从上午九点开始，精神彻底地垮了下来。听到消息的当初，我两腿发软，差一点瘫在了地上。这个噩耗就是我校高一年级一位年仅十六岁的小姑娘在自己家的卧室煤气中毒身亡。请读者原谅，在这里我们不想说出她的名字。班主任告诉我，早上到校的学生一听到这个不幸的消息，不约而同走出教室，擦着眼泪跑到了去世同学的家。晚上，当我拖着疲惫的身体回到家里，坐在电脑前时，思绪凌乱极了。我想写一点文字给我这位可爱的孩子，可是手放在键盘上好长时间，也没敲出一个字来。直到凌晨，我才以几段小诗，来表达我对她的怀念：

三千五百名学生
三千五百只自由翱翔的美丽蝴蝶
春夏秋冬

你们在校园里翩翩飞舞

从早到晚

你们在知识的殿堂中寻觅幸福

每一个名字都充满着对未来的梦想

每一个名字都预示着你们的未来将必定是五彩斑斓

你们可曾知道

在我心中

每一个名字都有相应的位置

我知道在音乐班

有一只人见人爱的可心蝴蝶

你的歌声银铃般甜美

你的热情让每个同学分外温暖

你是一只迷失方向后离群的蝴蝶

不小心飞到了一个很远的地方

从此

再也没有回来

你悄悄地离开了你曾迷恋的校园

没有做任何形式的告别

也不曾给我们留下一丝声息

就去了那个很远很远的地方

可是你知道吗

可爱的孩子

自你独自离开我们的那刻起

校园中熟悉你的同学无不在深深思念着你

老师们也在想念着你
校园的芳草地上有你浅浅的足迹
那棵大松树上的小鸟还在等着和你一起练声

孩子，我怎么能舍得你
你原来的那个蓝色的座位
依然还在那个角落静静地伫立
请你告诉我
我们究竟把它转留给谁
虽然教室里少了你一个
但是教室却在你的同学心中
彻底空落了
从此以后
校园中再也见不到你美丽的身影

你飞了
悄悄地飞了
可是你却把无尽的悲伤留给了你的同学、你的老师
我要深深地呼唤你的名字
亲爱的孩子
请你告诉我
我怎么会舍得你走
你知道吗
飞翔在我们校园中的蝴蝶
因为你的飞走从此将会变成三千九百九十九只

我的心在流泪

——汶川地震祭

废墟间、砖缝里、楼板下
横躺着许多已经停止呼吸的孩子们
我的心在流泪
眼睛已没有了泪水
我的心开始流血了

羸弱的我们说不出什么理由
可是孩子们都没有错
孩子们绝不相信
世界上会有如此凶猛的灾难
甚至还会吞噬人的生命

亲爱的孩子们

你们憧憬的事情很多

你们渴望唱歌

你们喜爱跳舞

在快要到来的"六一"之前

在你们的催促和幻想中

妈妈为你们准备好了漂亮的衣服

好多次在梦中

你们已经完全陶醉在节日之中

在妈妈甜蜜的臂弯里露出了最甜蜜的笑容

亲爱的孩子们

我和你们相隔万水千山

但从五月十二日十四时二十八分开始

我的心和你们已经完全相连

我知道你们都希望那天放学后

看见妈妈在校门口等你

但是那个时刻被一场突如其来的灾难完全剥夺

你们都没有来得及和妈妈爸爸、爷爷奶奶告别

在瞬间降临的天塌地陷中停止了呼吸

直接踏上了去往天堂的旅程

我已无泪可流

我只能默默地为你们默哀

走好吧

可爱的孩子们

活着的人们

都在为你们祝福

你们都没有罪过

你们纯洁得像刚刚盛开的花朵

你们都会被饶恕的

请相信我们美好的祝愿

世间留下的所有遗憾

在天堂里你们都能找到

孩子们

你们走好

也许你们亲爱的妈妈爸爸在那边等着你们

校歌的魅力

回顾过去，在做教育工作的几十年间，无论是当初当老师、当班主任，还是后来当校长、当行政管理的局长，始终非常注重和强调校园文化在学生成长中的重要作用。

前苏联杰出教育家苏霍姆林斯基先生的名言"校长对学校的领导，首先是教育思想的领导然后才是行政的领导"影响了我大半辈子的教育人生。他本人在长达四十年的教育中一直非常注重校园文化，文化育人在他的教育思想中有着很重要的位置。受他的影响，我一直强调文化育人，在校园中必须营造一种积极向上的、浓厚的、高雅的育人文化氛围。我们常说的让校园中的一草一木都说话，一墙一瓦都育人，意思虽然也是这个，但我觉得这种说法还是过于浅薄了，没有透彻地表达出文化育人的潜力和功能。从严格上说，完备的校园文化既包括显性的校园文化还包括隐性的校园文化。显性的校园文化一般来说，就是校训、校徽、育人理念，办学宗旨，学校发展特色，校园大楼和校园其他建筑的个性化命名，名人名言的悬挂和张贴，书香校园的创建，艺术节的展演，课本剧的学生自编自导，国学经典的传承和弘扬等等都是显性校园文化重要的有效载体；而隐性校园文化是指一整套人文化的管理制度和管理机制。当一所学校中所有的老师在校长的带领下，为了一个确定的宏大目标步调一致、自发自愿地奋发图强时，学校的隐性校园文化的核动力才得到了最大限度的迸发。这种校长就是那种事业型的校长、学习型的校长、敢于创新管理的校长，也是有着无限教育情怀的校长。这种校长有自己的育人思想，有自己不断的教育创新。

校园文化还有一个载体——校歌，在所有组成校园文化的综合体中有着举足轻重的作用。当我们把教育的历史稍稍往前推几十年甚至上百年，不难发现，有很多历史影响力的学校无不都有一首经典的校歌。那些校歌歌词极富时代特征，既代表国家的利益，又代表青年学生的时代梦想和追求。

国有国歌，军有军歌……校有校歌。校歌是反映学校精神风貌的重要标志，它集中体现了学校的教育理念、办学特色、优良传统，是学校校风、教风和学风的高度概括，是引领学校发展方向的精神宣言。它在激励学生成长、凝聚学校精神等方面发挥着重要作用。校歌犹如学校的精神图腾，与校徽、校训等相得益彰。我国自近代新式学校出现以后，就有创作校歌的传统。校歌对丰富校园思想文化、发扬我国优良文化传统是很有益的贡献。

一首好的校歌，一般都具有鲜明的特色，同时反映着时代精神和历史印记。是个性与共性的统一、历史与现实的统一、思想内容与艺术形式的统一，起着明责、励志、抒情、奋进的教育鼓舞作用。这种作用甚至让人一生都铭记在心。

我们来浏览一下一些大学和中学的校歌。

北京大学的校歌《燕园情》的部分歌词：

我们来自江南塞北，情系着城镇乡野；

我们走向海角天涯，指点着三山五岳。

我们今天东风桃李，用青春完成作业；

我们明天巨木成林，让中华震惊世界。

燕园情，千千结，问少年心事，

眼底未名水，胸中黄河月。

据说这首校歌诞生于一九五二年。一代代的北大人高唱着这首荡气回肠、气宇轩昂的校歌一届届走出北大，走向世界。四年的大学生活中这首歌陪伴每一位北大人度过四年愉快的大学时光。歌词就像血液一样渗透到了他们的血脉，甚至渗透到了他们的生命之中。在他们的一生之中，都不会忘记校歌那激昂的歌词和悠扬的旋律。

每一个时代的校歌都免不了赋予当时历史背景下的时代最强音。当一首歌和个人命运、国家命运联系起来的时候，这首歌会把沉默迷茫中的学生唤醒，会让他们在排山倒海的大合唱中认清自己身上背负的重担和使命。为了中华民族的崛起和振兴他们会做出远大的理想选择。

西南联大在中国大地上艰难的办学历史和辉煌的办学成就在中国教育史上写下了浓墨重彩的一笔。它的校歌从一九三八年日本入侵中国传唱至一九四六年抗战胜利，激励了国难之下的一代学子。"千秋耻，终当雪；中兴业，须人杰。"西南联大之精神深深浸入了校歌之中。校歌歌词精炼、典雅，始叹南迁流离之苦辛，中颂师生不屈之壮志，终寄最后胜利之期望，集中反映了联大精神，并表达了对中国抗日战争必胜的信念。

西南联大回迁后，于其原址设立国立昆明师范学院，演变为今之云南师范大学，仍沿用西南联大校歌为校歌。杨振宁、李政道曾荣获诺贝尔科学奖的两位科学家就是当年从西南联大毕业的学生。西南联大培养的杰出毕业生还有很多很多。可见这首校歌在当年国破人亡的历史关头，唤醒和振奋了西南联大千百学子的革命斗志和报效祖国的强烈愿望。他们发奋苦读，立志投身挽救灾难深重的祖国母亲。

让我们把视线拉回到省城兰州，看看兰州一中的校歌：

滔滔黄河，源远流长
兰州一中，百年流芳
弘毅精神，永志不忘
求实作风，光大发扬
莘莘学子，健康成长
兰州一中，百年流芳
理想远大，意志坚强
科学春风，校园荡漾
啊！兰山巍巍啊！陇原荡荡
师生携手共进
永创辉煌
啊！兰山巍巍啊！陇原荡荡
面向美好的明天
播种阳光

从字里行间，我们还是不难发现，歌词的磅礴气势、豪迈斗志跃然纸上。它写出了学校悠久的历史，写出了一中人的时代追求和梦想，更写出了一中人自学校创建以来与祖国同呼吸共命运的漫漫发展历史。

二〇〇九年十月，我有幸在临夏回中担任校长。经过一段时间的管理实践，我和同志们一起把校园文化的显性部分算是搭起了一个初步的架子。后来发现学校一直没有校歌，我在班子会上明确提出并决定在校内外广泛征集校歌。通知发出去好长时间，一直没有人给我们供稿。音乐老师告诉我，这个工作太难了。包括他们自己也没有办法去完成，创作歌曲既要写词又要谱曲真的太难了，他们实在难以胜任。看着他们无奈的脸色，我突然萌动了自己试一下的念头。

经过一段时间的酝酿，在一个夜晚我花了两个小时终于写出了初步的歌词。经过多次修改后，我又在教师中征求了意见。定稿以后，五音不全的一个音乐门外汉居然开始斗胆给歌词谱曲，这个人就是我。由于我不识谱，也不会任何乐器，谱曲对我来说难上加难。不管怎样，自己首先依照歌词反复哼唱。一周过去了，半月过去了，第二十天的时候，终于把整个歌词完整地唱出来了。我用手机录下了自己试唱的过程，第二天，让音乐老师把歌谱照录音写了出来。一首校歌就这样诞生了。受北京十一学校李希贵校长的一篇文章的启示我把歌名定为《我们不做一般的人》：

　　　　我们不做一般的人
　　　　我们要做新时代的中学生
　　　　大夏河灵之源
　　　　太子山祥云悬
　　　　临夏回中英才摇篮
　　　　选你做母校我们永自豪
　　　　……

一共写了三段，经过音乐老师的试唱和学生的合唱，效果果然非常好。从此我们开始在每年国庆节前夕雷打不动地坚持组织当年新的

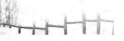

高一全体学生打乱原有班级组成五个合唱方队在体育馆举办校歌大比拼。每次比赛前，经过充分的排练准备，方队之间展开激烈的创意竞争。他们会聚集大家的智慧，想出各种绝招争取在大比拼中获胜。学生们高度自觉地密切配合老师们的组织，用他们最嘹亮的歌声让自己方队大合唱效果达到了最完美的程度。

每一届比赛总会令全体高一学生激动好长一段时间。他们觉得这种大合唱不仅是一种普通的比赛，而且是一种最好的人生激励教育过程。他们走在校园中，总是哼唱着这首铿锵有力的校歌。校歌的旋律好像都已经渗透到了他们的心灵。为了引起他们的共鸣，更为了在校园掀起每一个方队学生放声高歌的浪潮，作为词曲作者，每次比赛前我站在台上，先给大家引吭高歌一遍。这时总会有雷鸣般的掌声。他们发现，原来校长和他们一样也喜欢唱这首歌。当学生看到校长、老师和他们在校园内做同一件有意义事情的时候，他们的内心会爆发出对校长、老师罕见的敬重和认可。

写到这里，夜已经深了。可是我的嗓子开始痒起来了。我不禁唱起了第三段的最后两句：

无论到哪里
我是回中人

马英全

　　马英全是我的一个学生，汉族，家住在学校附近的一个叫马家村的庄子里。他很敦厚老实本分，长相黧黑，很有礼貌，见了老师长辈总是躬身问话。学习也刻苦，就是基础差，数理化学习有些吃力。平常的时候，他总是默默无闻，不善发言，只有一个爱好，喜欢哼两句地方花儿。家里只有父亲和他两人。母亲早早在他还很小的时候就去世了。真是穷人孩子早当家，父亲不在家时，家里吃喝拉撒全归他管，这还不算，还要早出晚归上学读书。

　　这年头时兴打工，他的父亲抛下家里仅有的两亩薄田，常年漂泊在外打工挣钱，用以养家糊口。马英全一个人留在家里。他们家是一个宽大的院落，一排瓦房显得低矮破旧，供他们父子住宿还是宽宽有余。父亲不在的很多日子里，他一个人在家，显得空旷和寂寥。不过他已经习惯了一个人在家的生活。上学的时候，他基本在学校吃饭，晚饭一般在家吃，自己做。有时下午放学时间迟一些的时候，他也懒得在家做饭，就泡一包方便面凑合一下。我得知这些情况后，很为他

111

第一辑　教育梦

的孤独担忧。有一次班主任告诉我，这个学生在家孤独的时候常常一个人低声唱花儿。他的花儿很不错。那也难怪孩子，如果没有一个爱好，那么多一个人在家的日子可真怎么打发得了呀？

马英全考到临夏回中的时间是二〇一〇年秋天，成绩很不好。初中毕业考试他只考了三百七十分，算是勉强达到了我们学校的录取分数线。根据成绩，最后被学校分配到了一个普通的班级学习。刚好从那年开始，我们学校提倡"不求人人优秀，但求个个成功"的人人成功办学理念，要求老师们都行动起来，通过和学生的广泛接触，全面了解学生的特长和他们的梦想。特别是特长，我们大力提倡对学生进行扬长教育，力避补短教育。

所有进入新高一的普通班学生我们总要来一次大规模选拔动员和甄别。把有特长而且愿意学特长的学生一一遴选出来，重新编班，分别分成国际班、音乐班、舞蹈班、美术班、体育班、编导班、新闻播持班等，努力形成规模化的特长教育特色。我们发现，教育绝不能只用一个模子去衡量学生成才的标准，这好像我们走进公园时愿意看见千姿百态的各种鲜花一样。假如我们只看见牡丹一种花在那里怒放，那么这个花园显得多么单调啊。我们的教育一定凸显更多的标准和尺子去培养学生。教育的别名是：发现特长，唤醒个性。然后像保护小鸟一样加以呵护，加以引导培养，直至成才。

在成立音乐班时，马英全第一个报名参加。我有次在检查早练的时候，在音乐班看见马英全唱花儿的情景。站在讲台前，他唱的是《上去高山望平川》，声音很悠长、很洪亮，胆子也大。在唱的过程中，还不时有些许自然的手势。一曲终了，大家报以热烈鼓掌。马英全鞠了一个躬，然后大方地回到了自己的座位上。我当场夸奖了马英全。我说："一个学生能唱到这个水平，我看还是很厉害。你将来做一个花儿演唱和研究的专家真不成问题。关键是要从现在开始抓紧练习，不断提升自己。"我发现，我的话说完后，马英全的脸上露出了少有的自豪和自信。全班同学都在看马英全。得到校长表扬的马英全一下子成了大家目光聚焦的中心。

可能是那一次我在教室夸奖他的原因，以后在校园遇见他，他总是规规矩矩向我问话。我就少不了也鼓励他几句话。

过了一学期，有一次我到马英全他们班参加班会。班会的议程完了以后，班主任马小海老师随便叫了几个学生，让大家展示才艺。马英全第一个站起来，他说他自己编了一段词来唱给大家。一阵掌声后，他开始唱，唱的是一个喝酒的故事。我忘记了他唱的词，反正很感人。大家都被他的歌声感染了。我再次把他表扬了一番。我说临夏花儿传承后继无人，照这个水平我们的马英全将来担负这个责任，可能性很大。关键要看马英全在接下来的一年能不能来一个大提升，希望再下一把苦工夫。马英全高兴得点点头。

二〇一三年七月，全省录取工作刚刚开始没几天，第一批艺术类院校的录取通知书已经发出。我校特长生开始陆续收到了录取通知书。有一天，我在校园遇到了气喘吁吁的马英全，他好像特别高兴和激动，半天说不出话来。手里拿着一张白纸。过了一阵，他才缓过神来说："校长我考上了。"然后把那张纸递给我。我一看是湘南学院音乐系，是一所二本大学，上面的抬头写了马英全的名字。我高兴地握住他的手说："祝贺你马英全，你太厉害了。你选对了方向，要是当初不学音乐，考文化课的大学，今天可能没有这样好的结果。"马英全说："是的校长。都是你的功劳。没有你的音乐班，哪有我的大学梦。"他把我手上的大学通知书翻到了背面说："校长，我怕找不到你，写了一首花儿，表达我对你的感激，写得不好。"

雷打三声雨来了

龙王爷显了个灵了

马校长的教育下成功了

尕花儿拉考了个学了

后来，他到大学报到后，时不时给我来信息，报告他在学校的学习情况。次次总是免不了对我说一些感谢之类的话。最后，他感慨到：通过系统的音乐专业深造，进步很大。说自己当初选学音乐真是一条明智的选择。他说将来一定要做一个临夏花儿的传承者。

这个孩子以很低的成绩竟然考上了普通二本大学。我想我们的教育者，要深刻思考：什么样的教育才是成功教育？

教育漫谈

　　《教育漫谈》是英国教育家洛克的杰作。三百多年来，在教育研究领域几乎是一部神话，他从微观上把教育的本质和根本几乎说透了。一个偶然的机会，我在旧书摊上买到了《教育漫谈》，如获至宝般地读完了此书。从此，我把这本书皮都掉了的薄书一直带在身边，一有时间反复阅读思考，这对我长时间的教育创新受益匪浅。

　　二〇〇九年春季，我在北京国家教育行政学院学习，每天聆听许多学者、专家精彩的教育学术报告，感慨颇多、收获颇丰。当时北京天气寒冷，约二十天，我几乎足不出户，待在温暖的校长大厦研读教育管理名家如李希贵等的著作。读书之余偶有所得，模仿导师洛克，便动笔记之。以下片段便是那段时间的心得，也算是此次北京之行没有虚度。

　　1.在培养学生的过程中，许多老师甚至校长都对那些成绩好的学生特别关注和呵护，面对那些成绩比较一般的学生总是不抱大的希望，觉得那些人的人生一般是不会有什么喜剧性变化的。其实我们的教育就正好在这种单以成绩论英雄的做法上走入了歧途。学生的人生难道真的就是完全由在其基础教育阶段的学业成绩决定的吗？我们可以在很大程度上说，不是的。

2. 教育家朱永新说过，我们培养一个人，就是培养他的自信；我们摧毁一个人，也就是摧毁他的自信。目前的教育，无论是学校教育还是家庭教育，有时就是不断摧毁学生自信的过程。很多家长在不知不觉地扮演着"刽子手"的角色，好心办坏事，好心办错事，用温柔的心做了非常残酷的事。有一句批评不正之风的话说得很精辟："说你行，你就行，不行也行。说你不行你就不行，行也不行"，这话用在教育上很发人深省。皮格马利翁效应告诉我们，学生在教师的心目中能成为什么样的人就会成为什么样的人。我提倡我们的教育工作者，一定要在任何时候特别呵护学生的自信心，让他们始终觉得未来的自己一定会有所作为，让他们始终坚信天生我材必有用。

3. 我要呼吁的是，但愿我们所有的老师都用一颗爱心去呵护和教育我们的学生。在教育学生的时候请你不要忘了，你的眼前的这个弱不禁风、个头极小的学生，虽然很腼腆，也不怎么惹你喜欢，看上去也不怎么可爱，学习成绩也不是很出众，但是在将来，他完全有可能变成一个很有出息的学生。他说不定将来可以成为一位大学教授，也许成为一位知名的工程师和企业家等。在他幼小的时候，如果我们对他不给予耐心细致的教育，特别是自信心方面的周到教育，而是在他学习表现不好的时候，我们讽刺他挖苦他，一旦挫伤了他的自尊心，那么，他将会因为那次老师的错误批评，他的一生就此开始彻底完了，也因此而背上书包永远地离开学校。他的一生不是葬送在了你的那次错误的教育之中了吗？

4. 老百姓衡量地方教育的好坏，最关键的是他们在关注每年的高考结果用高考上线的多少和当年考生的平均分数来排定学校的位置。

其实从教育的目的来看，这种衡量的标准确实有很大的不科学性。难道教育的责任都要由高中学校的校长和老师来完全承担吗？义务教育阶段学校的任务又是什么呢？我一直在想，造成我们教育质量上不去或不理想的真正原因在哪里呢？应该说小学和初中阶段有很大的责任，俗话说，基础不牢地动山摇。有教育研究者称，只要初中升学考试成绩在五百分以上的学生，高中三年毕业后可以基本顺利考人本科以上的大学。从教育的规律来看，各个年级或者说各个年龄段的学习对学生将来的成才都是很重要的。我们要办出让人民满意的教育，高中毕业后考上更多的学生，必须在小学、初中和高中各个阶段都要对学生负责，何况国家的义务教育检测体系也是很完备的，它对每一个学年阶段的成就都有明确的要求和规定。

目前我们的小学教育和初中教育是很有问题的，主要表现在师资水平方面。有许多教育家都说有了好老师，才有好质量，可见好老师是办好教育的重要方面。目前我们的教育队伍特别是在很多农村学校的教师队伍中，有不少的教师，教学观念陈旧、教学方法死板、教学手段落后单调，教师本人缺乏足够的教学技能等，由此导致课堂教学水平上不去。在好多学校深入课堂的时候，我和许多教师做了交流，同时也当堂考查了学生的学习效果。这些实事求是的做法确实验证了上面说的那种情况，教师的教法真的很陈旧、很落后。所以我们要高度重视教师培训和专业提升。

5. 在教师培训上我们要狠下工夫。教师的素质一定要提高。只有教师的整体素质提高了，我们义务教育阶段学生的学习成绩才有可能得到大面积的提高，我们才可以实现从小学、初中到高中的良性循环的教育局面。只有形成这样的共识，坚持狠抓几年，我敢保证，我们的高考上线比例与今天相比会有大幅度的提高。我要呼吁所有学校的校长和老师们：关注教育质量，才是对学生最大的关爱，才是以实际

117

第二辑 教育梦

行动迈出了实现教育资源均衡的最大的步伐！

6. 教育家朱永新说，教育家和教书匠的一个最大区别，就是教育家有一种追求卓越的精神和创新精神。我们的家长在为孩子选择老师的时候，喜欢选年纪大点的老师，觉得这样的老师比年轻教师富有经验。这种方法真的就那么灵吗？答案是：非也。其实优秀的教师是不分年龄的。

在信息化环境下，我们有好多教学技能非常棒的年轻老师。近几年全国的好多知名的教育家都很年轻。一个教师不在于他教了多少年书，而是在教书的时候他用心教了多少年。一些人，他教一年，然后重复五年乃至十年或一辈子；有些人，他教了五年，但却用实实在在不断创新的方法教了五年。一个实实在在教了五年的人与一个教了一年却重复了一辈子的人，他们教育学生的成就和效果，不管从哪方面讲，绝对是不相同的。

7. 一个优秀的教育家，应该是一个不断探索、不断创新的人，应该是一个育人的有心人。一个人之所以能够成功，在很大程度上他是一个有心人的原因。有心就能成功，无心就不能成功。不久前我在一所据说很有名气的学校调研时，偶然发现教导主任在"认真"地写教案，我察觉到，她是在把二〇〇六年的教案很"认真"地往今年的教案本上誊写。一所学校的领导都这样，其他老师的做法可想而知。在发现我的一刹那，她显然有些不好意思。你说她的这种做法和前面说的"教育重复"的故事有大的区别吗？难道说你今年面对的学生和前年的学生没有两样吗？要知道，他们可是活生生的有个性的学生啊！

世界上本没有两片相同的树叶，那么我们教育学生的方法乃至每年每学期所用的教案应该是不相同的才对呀。甚至不同的班级就应该用不同的教案。从教育学和心理学的角度讲，一个班有多少个学生，我们就应该从个性教育的原则出发，对不同的学生采取不同的教育策略和方法。我们的每一位第一线的老师在课堂教学中要不要与时俱进的科学教态？答案应该是肯定的，毫不含糊的。

8.本来那天我很想和那位主任交流一下写教案的感想，怕她不好意思，就没有直接和她多说，当然我在临走的时候通过别的方式告诉学校的校长，这种教案重复的做法和他的学校的"名气"绝对是很不相符的。一所学校要在真正意义上达到名学校的地位，可能要做的事情还很多很多。教书育人的工作绝对不是企业那样生产标准、规格、尺寸都一样的商品。我们在做着一项神圣的伟大的创新型工作，培育未来的英才。你可以成就学生的未来，也可以葬送他本来应该得到的美好前程！

9.我们对教师的备课要求还远远没有达到让每一位教师自觉从内心写教案的最重要的目的。如果我们的教师不从内心自觉撰写教案，继续停留在被动地应付学校和上级检查的层面，那么我们的教育就永远摆脱不了重复教育的情况，而重复和机械的教育不可能使具有聪慧天资的学生走向成功。

10.现代教育对学生的阅读能力十分重视，我对此特别赞成。发现好多语文老师对学生作文写作常常怨声载道。他们都说，老师不管怎么引导提示和训练，学生的作文写作水平总是提高不了。老师们说，今天的学生们虽然生活在一个五彩缤纷的世界里，可是他们的眼睛就像蒙了一层布一样，对生活几乎没有任何细致观察和思考。写出来的作文几乎大同小异，极度肤浅。没有什么新的特别的东西，表达不清楚自己想要表达的意思。老师们的写前指导虽然不少，但是结果总是事与愿违，让老师们特别头疼。不过老师们都坦率地说学生们除了阅读书本上的课文，很少阅读别的课外书籍。看得出，对于课外阅读的重要性，不但学生没有发现，老师们也普遍没有引起足够的重视。

11.有教育家说，在小学和初中甚至高中阶段，阅读教学应该占有

第一辑　教育梦

很大的教学分量才对。有专家甚至说，一个学校如果不重视学生的阅读教学，要想提高语文学习的质量几乎是不可能的。教育家魏书生语文教学的一个很大特点就是让学生大量阅读。他说，小学生、初中生、高中生都必须在各个阶段读完一百本书，语文教学没有别的捷径可走。他的学生在大量阅读的基础上高度重视写作练习，他的学生每人每天必须要写五百字以上的日记，这是每天的必修课。这样几年坚持下来，几乎所有学生的写作水平都有突飞猛进的大幅度提高。由此看来，学校一定要对学生的阅读教学重视起来。要知道，作文教学还是没有什么好的捷径可走的。从这个科学道理来审视我们当前的基础教育，显然，我们在语文教学中还是没有把阅读教学放到应有的位置。

前苏联著名教育家苏霍姆林斯基在《对教师的建议》一书中说："如果一个人没有在童年时期体验过面对书籍进行深思的激动人心的欢乐，那就很难设想有完满的教育。"阅读之所以成为一种强大的教育力量，是因为人在欣赏英雄人物的道德美并努力模仿的时候就会联想到自己，用一定的道德尺度来评价自己的行为和自己的为人。阅读和面对书籍的思考，应该成为学生的一种智力需要。我在好多场合说过，像苏氏那样早已离开我们的教育大师，他们虽然离开了这个世界，但是，他们留给我们的许多优秀的教育思想永远是指导我们在新世纪开创教育工作与时俱进新局面的财富和源泉，宝贵的教育思想就是我们教育工作者前进的灯塔。

我要向所有教育领域的同仁们大声呼吁：重视学生的阅读。中华文化的瑰宝博大精深，浩如烟海，如果我们培养的学生没有养成一个喜欢阅读的良好习惯，就等于我们虽然有幸走过了姹紫嫣红的百花园，但是那些名贵花草的芬芳和甘甜，我们没有得到丝毫的领略和品尝。

人生为一大事而来

转眼，我来回中五年了。五年间，和大家一起已经送走了五届毕业生。特别值得高兴的是，通过老师们的打拼和努力，这五届毕业生中有不少的学生不负众望，最终实现了自己的美好梦想，考上了理想的大学。他们先后开始在一所所环境优雅、青春勃发、学术氛围浓郁的大学里接受本科或研究生阶段的学习教育。这些学生如果不遇到什么特殊的困难，学成以后他们的人生将按照他们当初设计的那样灿烂辉煌地依次展开，一个极其美好的锦绣前程将迎接他们。他们将前途无量，他们将因接受了扎实的初等和高等教育而会让自己的一生更加异彩纷呈，教育的营养带给他们的芬芳和甘甜会让他们一生受用。

但是，在高兴之余，有一个必须面对的现实让我一直很揪心，也很茫然。不少学生，通过三年的高中学习，当他们走出校门的时候，他们是不可能考进自己心仪的大学的。虽然他们对大学的学习生活充满了无限的渴望，但是大学的大门并没有在他们的努力中最终为他们缓缓打开。当看着这些同样有着美好梦想的学生因考不上大学而走向异常复杂的社会的时候，我们会问心无愧地说，我们完成了国家和社会交给我们学校的神圣使命了吗？每当想到这些的时候，我惋惜，我汗颜，我自责。作为一位有良知的校长，我觉得自己的力量是那样的渺小，自己的作为是那样的有限。在我看来，如果一所学校不顾学生的实际，盲目地把让所有的学生考上大学作为学校至高无上的培养目标，至少站在国家对今天高中教育所赋予的办学使命来看是不完备的。我们一定要承认一个事实，让所有的学生都考上自己心仪的大学，这几乎是不可能的。大学的招生限额毕竟是有限的，更何况每个人成才的途径各异。我们高中学校一定要找准自己的办学定位，始终站在为学生的一生负责这一高瞻远瞩的教育使命来确定自己的办学理念。

带着以上矛盾和困惑，我无数次地和学校班子成员、一线的骨干教师、优秀班主任一直在研究和思考一些重大的问题：我们今天的高中学校的办学理念究竟应该是什么？我们培养的学生除了考大学，还应该培养他们什么样的至关重要的生活素质和创新创造技能？培养教育学生考上大学就是我们办学目标的全部吗？在不断的研讨和思考中，我们最终从迷茫的教育思绪中理出了一个比较一致的培养思路：高中学校的办学核心和根本点在于创办特色化多样化学校，最大限度地为所有学生的自由成长、特色成才创设最宽松、最全面、最具个性化、最具人文性的学校教育环境。我们全校上下反复研究，最后确定了"不求人人优秀，但求人人成功"的办学理念。这个理念从教育的本质规律上告诉我们，一所学校不一定能让所有学生优秀，因为优秀是部分，但是可以让每一个学生成功。通过三年的打拼和努力，让每一个学生找准自己的人生定位，制定并实施最具有自己个性化特点的人生发展规划，进而坚持不懈努力走到底，每一个学生走向成功都是可能的。

为了从教育理论上映证我们的这些教育思考和设计，我先后拜读了英国教育家斯宾塞·洛克，美国教育家加德纳·罗森塔尔，前苏联教育家苏霍姆林斯基，国内教育家陶行知、蔡元培、李希贵、魏书生、李镇西、朱永新等关于基础教育的理论学说，汲取他们的研究实践成果，这些为坚定我做好教育梦想的意志和决心提供了坚实的理论依靠和强大支撑。

　　斯宾塞说，对于孩子的教育，所有的老师和家长一定要牢记一条准则：那就是只要我们对每个孩子从适合的年龄阶段开始，进行科学地教育引导，那么只要确保每一个环节都不出差错，完成相应的教育目标，这个孩子的未来一定是健康的成功的。在这里，斯宾塞给我们特别强调的一点，就是给孩子的教育一定是他们喜欢的，教育的方式是愉快的。后来有一个牧师看到斯宾塞后就毫不客气地指责他的教育言论是荒谬的。牧师说，他看到少年劳教所有很多未成年人，虽然他们也接受了良好的教育，为什么后来却走上了犯罪的道路？这个现实不是和斯宾塞的话有矛盾吗？据说，听到这个牧师的话后斯宾塞哭了。牧师诧异地问他哭什么？斯宾塞说，他的话是没有错的。根本的原因是经过他的实地逐个调查，那些孩子们所接受的教育都是残缺的。他们之所以走到那种地步，原因在于没有受到良好的基础教育。牧师听了斯宾塞的话也掉下了眼泪。

　　以上的案例真切地告诉我们，一个人的诞生只意味着一个生命的降生，但是要真正成为一个有思想、有品德、有学识、有抱负的人，就完全取决于他后天接受教育的好坏。洛克是一个纯粹的唯教育论者，他把一个人来到世上后的所有作为都归结于其接受的教育程度。他说，一个大夫看错了病耽误的可能仅仅是一个人的健康。而一个老师教错了一个班的孩子，灌输给他们一种错误的知识和思想，这种结果可能会影响孩子的一生，是终身无法弥补的。

　　基于以上的深刻认识，从二〇〇九年开始，我们学校千方百计为所有的学生搭建成功的平台。让"人人成才，人尽其才，各具特长，各显神通，条条大路通罗马"的成才思想深入到我们每一个老师和学生的心灵之中。我们面对全校特长学生规模小的现状，广泛动员喜爱艺术、体育的学生重新选择自己的发展方向；我们帮助所有的学生提前开始对自己的一生做好准确的人生规划；我们与很多学习上暂时有困难的学生探讨如何在短期内扬长避短，找准自己最有希望的成功之路。"不求人人优秀，但求个个成功"的办学理念就是在这样的思考和实践大背景下产生的。在我的观念里，教育的方式、教育的载体、教育的激情一定要永远是鲜活的，即使我们运用的是几十年乃至几百年前国内外教育家的教育研究成果，我们也必须要和现时的教育实际情况完美、有机地结合起来，一定要走出一条符合学校、符合学生、符合当地实际的教育创新之路。

后来，我们为了把这些零碎的教育实践智慧变成指导我们改变学生命运的可操作的实践抓手，我们总结了四句话：人必须要有远大的追求目标和志向；人必须要有坚强的毅力和不断战胜困难的斗志；人必须要有健康的品德和健全的人格；人一定要掌握足够的知识和技能。学生在学校期间，我们必须着力培养他们的这四种素养和能力，当他们毕业的时候，每个人不一定都能考上大学，但是在漫长的人生道路上，只要他们具备了这四种素养和能力，他们总会有走向成功和辉煌的一天。

亲爱的同学们，古人说，人生为一大事而来。一个人来到这个世界上，决不能白活一生，必须要有一些大的作为，必须要走出自己抓铁有痕的人生轨迹。流星滑过天幕的时候，给我们留下了无限耀眼的光亮。人类的繁衍生息和科技的日新月异，社会的繁荣快速发展就是因为有无数的人用他们不平凡的业绩和发明创造不断推动历史的车轮滚滚向前。

同学们，临夏回民中学就是你们实现人生价值的起航站，也是你们实现梦想和抱负的大舞台。希望用你们的激情、你们的舞姿、你们的畅想、你们的知识尽情展现你们的风采，装点你们瑰丽的人生。我们坚信，你们必将是这个精彩世界未来的弄潮儿。

请你们时刻铭记：

铭记父母嘱托，遵照师导严做
读书改变命运，苦学就是法宝
时如白驹过隙，三年转瞬即逝
坚持天天收获，一生幸福我说
人生没有拼搏，等于世上白活

人生能有几回搏

　　同学们！今天，我们在这里集会，为今年即将毕业的高三年级全体同学举行誓师动员大会。刚才，高三年级一千〇三十六名同学们激昂、严肃、悲壮的宣誓声响彻了整个校园。这些振聋发聩的声音告诉我们，你们高中三年短暂的寒窗苦读即将结束。九十四天后，你们将迎来一个可以决定一生的很重要的历史性日子——高考。

　　当高三的同学们回首三年来的学习生活的时候，可能有一样东西会觉得太宝贵了！那是什么呢？那就是时间。三年的时间都已经过去了，九十四天也很快会过去的。每一个高三的同学，现在考虑得最多的可能就是在接下来的九十四天中究竟怎样科学安排好属于自己的时间，强化复习！每一个同学肯定都会觉得，时间过去得怎么就那么快？其实我要告诉大家，人的一生都在我们的不经意中过去的。

　　清华大学附中的一位高级教师曾在激励学生的时候为他们写过一首《今日歌》，在这里我来读给大家：今日去今日，今日何其少。百年三万日，弹指便终了。他的诗深刻地揭示了时间的飞逝之快和稍纵即逝。在一次对学生的讲话中他要求学生，一定要像珍惜自己的生命一样珍惜属于自己的时间。他说人的一生中属于你自己拼搏和奋斗的时间其实特别的短暂和有限。有次他给学生讲了一个令人骇然听闻的经历：他去一个公墓的时候，在入口处他看见一句话：昨天我们和你们一样。出来的时候他又看见一句话：明天你们和我们一样。自此开始，他对生命意义和活着的价值有了一次全新的认识。从此开始，他总是告诫他的学生，一定要倍加珍惜自己的青春年华和读书时光。

　　高三的同学，你们勤奋苦读的时光只有九十四天了，在这个重要的时刻，我要说的是：

　　　　人生能有几回搏，
　　　　现在不搏何时搏？
　　　　紧搏慢搏三年去，
　　　　年华不再空叹息。

　　有时候，每当我从教学楼道里走过，看见不少学生埋头苦读的身影，你们那么专注，那么认真。外面的一切似乎都和你们无关。你们只是静静地苦读钻研。你们那种苦读的情景在我校长看来，是世界上最美丽的画卷。是的，你们都很清楚，要想实现心中的梦想和远大的志向，就一定要在别人享乐安逸的时候要耐得住寂寞，更要付出巨大的精力和耐力。我们更应该知道，那些在科技界呼风唤雨、叱诧风云的杰出人物，那些赫赫有名的文艺、体育界无数的成功者，他们成功的历史后面都写满了许多鲜为人知的艰苦卓绝的奋斗和拼搏。没有巨大的个人付出，哪有轻手可得的花环？同学们，你们一定要记住这个道理啊！

　　最后，我想把一个最近走上国际奥林匹克领奖台上的冠军获得者对记者的一句话送给高三年级的全体同学，也送给参加宣誓大会的其

他同学。她是谁呢？她就是温哥华冬奥会上获得一千五百米速滑项目比赛冠军的十八岁中国辽宁小姑娘周洋。当记者问她最想说的一句话是什么时，她不假思索地说：这个奖牌可以让我的父母生活得更好一些。原教育部的新闻发言人王旭明对此给予了极高的评价，他说周洋说得太实在了，太好了。

同学们，奥运冠军在走上国际赛事的领奖台上的时候都没有忘记培育自己的父母。每个人都有自己亲爱的父母，就为了我们含辛茹苦地供我们上学的父母将来生活得更好些，我们没有任何的理由去辜负我们的父母望子成龙的那双渴望的眼神！

同学们，为着父母的期望，为着学校对你们的期望！今天，我们是你们的铺路石，明天，你们是回中的佼佼者！

有个女孩叫祁蕊

从初中开始，我很看好祁蕊。她的魄力和落落大方的气质比她的学习成绩要优秀得多。那时，学习成绩好的学生很多，但有祁蕊那种近乎霸道的干练和气场的学生实在很少。

在我的记忆里，祁蕊独有的潜质表现最酣畅的一次是学校校歌大比赛的时候。我们学校有一个硬规，每年国庆前组织全校学生进行校歌大比拼，把四五个班级编成一个方队，每个年级有五个大方队，一天完成一个年级的比赛。从初中开始到高中轮流比赛，每一学期的校歌周可热闹了。组成新的比赛方队的几个班主任组成联合舰队，想方设法，拿出各自的高招，争取获得靠前的名次。

每个方队的领队都是清一色男生，唯有初三年级祁蕊所在的那个方队的领队是她。大家都对一名女生当领队感到好奇。令大家没有想到的是，祁蕊带出来的方队那洪亮的口令和巍峨的气势一下子征服了在场的所有师生。她挺胸抬头，步伐矫健，飒爽英姿。祁蕊的方队十拿九稳地获取了本年级的第一名。从此，我看出，这个女孩真不一般。

第二辑 教育梦

这之后，学校为了让喜欢广播电视节目主持和剪辑编导的学生有一个展示、体验的舞台，我们成立了学校电视台，从学生中我们公开招募各类角色，把摄像、录音、主持、采访、剪辑、合成、播放等所有环节全部交给了学生，专门装潢设计了一个漂亮高档的电视演播室。我们猛然发现，喜欢广播电视专业的学生还真不少。但是，其他角色都选好了，唯有播音主持的女同学始终找不到一个满意的人。正当大家左右为难的时候，又是祁蕊，她突然站出来说要播音。学生会的干部带她去播音室试了一下镜头，意想不到的顺利。说祁蕊的普通话好，播音风格也很大方，很上镜头。她就这样成了学校电视台成立后的第一个女主持人。

通过两次的展示，祁蕊在学校里成了小小的名人。全校四千多师生每天下午大课间的时候通过学校食堂墙上的大屏幕可以看到祁蕊落落大方的新闻播报。她那柔软中带有一丝临夏味的普通话一段时间成了全校学生模仿的标准。后来，在我的鼓励下，学校电视台的记者在校园随时采访老师和学生，听取大家对学校的建议和希望。祁蕊是冲在最前面的一个记者。又一次，她在校园中遇到我，她说："校长，你不是鼓励我们多采访老师们吗？那我们先采访你吧。你给大家带一个好头好吗？"在她犀利的言辞下，我根本找不到退路了。我爽快地接受了她们的采访。

我记得很清楚，当时巴基斯坦17岁姑娘马拉拉刚刚获得了诺贝尔奖，联合国秘书长潘基文给她颁奖的镜头给我留下了深刻的印象。我把这个勇敢姑娘的非凡的经历结合我们的学校的实际，通过学校电视台，号召大家向马拉拉学习。这期节目做得非常成功。紧接着，有一件事情让我对祁蕊的播音潜质有了一次不可动摇的认识。

有一次，我的好朋友，全国卓越校长峰会的创办者，中原基础教育研究院的院长陈绍军先生专程从郑州来我们学校讲学。那天的演讲会开了整整两个小时。陈院长激情澎湃的励志演讲把四千名学生感染得如潮水般涌动呼唤，近半数学生在陈院长的演讲中一会儿泣不成声，一会儿发誓一定要梦想成真。会后，祁蕊和几个记者抢抓机遇，采访了陈院长。我和陈院长去吃饭时，他问我，刚才采访他的记者是哪里的？是我们州的记者吗？我说，不是，是我们学校的电视台记者。听完我的回答，陈院长大吃一惊。他说，这个学生太厉害了。他还没见过一所学校的记者竟然这么厉害。这个学生环环相扣几个问题，几乎把他问得无路可退、无法回答。

初中毕业升入高一的时候，祁蕊因成绩差十分没有进入重点班。开学军训的时候，她和她的妈妈来办公室找我。她妈妈说祁蕊死活不去普通班，希望我照顾一下让她去重点班。我说不行，这个口子我可开不了。但是祁蕊就是不肯，那天看她妈妈在校长面前对她的诉求无回天之力，她开始苦苦哀求我："校长，你就给我这个机会吧，我保证不会给你丢人。"还说初中时，电视台的工作影响了她的学习。

我看这个孩子誓不罢休不依不饶的执著样子，就说："那这样，你给我表个态，这学期期末考试你必须进入班级中等行列内，否则你要退回普通班。"她说没问题。就这样，最后还是以我的让步满足了祁蕊的凤愿。作为校长，我从内心里确实钦佩祁蕊一样执著的学生。这样的学生至少有目标，有梦想。

她还是最终实现了自己的保证。以实际行动告诉我们大家，她绝不是一个弱者，是一个说话算数的人。期中考试成绩顺利进入了她们班级中等行列。

高一的时候，祁蕊还是没有离开电视台，继续担任主播。她的主持比以前更洒脱、更大方，能随机应变、天衣无缝地处理好播报过程中的一些突发事件。她上高二时，从高一上来的新的播音员代替了祁蕊她们。这也是我们的学校的惯例，高二以后要退出社团，开始全力冲刺学习迎接高考。一次全州举办的中学生演讲比赛，学校选派了祁蕊参加。结果她以激情似火的演讲和非凡的表现荣获了第一名，为学校争得了荣誉。

有一天，我在校园遇到了她。我说，校长有个希望，不知她愿不愿努力。我希望她豁出去考中国传媒大学，我觉得她的才能最适合这所大学了。据了解我们学校还从来没有学生考上过中国传媒大学，我希望她一定要大胆尝试一下，努力成为回中第一个考上中国传媒的大学生。只有这所大学，才可以把她的潜质得到最大化的挖掘。祁蕊说，她也非常喜欢，不知道能不能考上。我鼓励她要有自信。她说行，她努力。

那年年底，当年艺术类特长专业考试开始前一个月，我建议祁蕊去兰州由省电视台办的一所专业学校集训一段时间，保证专业考试顺利通过。祁蕊去了，半月后班主任给我来信息说，专业训练效果很大，估计专业考试问题不大。十二月中旬，班主任又告诉我，祁蕊的专业考试很顺利，通过了全省统考线。专业课考试通过后，意味着祁蕊已经把一只脚迈进了大学的校门。

从兰州回来的祁蕊开始夜以继日地扑在文化课的复习之中了。不到五个月的时间，略胖的她消瘦了好多。她母亲说祁蕊一天只休息六个小时，常常学习到夜里十二点……整整五个月，除了学习还是学习。她几乎成了一个哑巴，不和家人交流了。

二〇〇四年八月的一天，我接到了一个陌生的电话。刚接上电话，一个小姑娘的声音几乎要震破我的耳膜："马校长，我被中国传媒大学录取了。我怎么这么幸运啊？"她简直高兴地快要发疯了。

祁蕊的梦想实现了。秋天的时候，她去北京报到。临走的时候她来母校和我们告辞。她给我说，没有在校园电视台的体验实习和我的建议，不要说考上中国传媒大学，自己连知道都不知道在中国的北京，竟然还有这么一所驰名大学。

祁蕊的成功带给我深深的思考。

缅怀效融先生

　　马效融先生是一位富有创新思想的优秀校长。虽然他已离任二十多年了，但是，他在担任临夏回中校长期间为学校发展所作出的突出贡献，特别是他超前、深刻的教育思想，作为宝贵的精神财富永远留在了他的同事、学生心中，滋润着临夏回中这片沃土。我们学习和继承老先生的教育思想，激励师生奋发努力，快速提升临夏回民中学教育质量，培养一大批富有个性、思想和远大人生目标的优秀毕业生。

　　马效融先生生于一九二二年，是一位民革党员，民主人士，一九四八年毕业于兰州大学法学院政治经济学专业。新中国成立后，他积极响应党的号召参加工作，先后在临夏中学、临夏师范等学校从事教育教学工作。他教过语文、英语、历史、哲学、政治经济学等多门学科，充分显示了一位老牌大学生雄厚的知识素养。一九八〇年十月，他年近花甲，在百废待兴的关键时期，受命挑起了临夏回民中学校长的重担。一九八六年夏天，这位六十五岁的老人从校长的岗位退了下来，离开了他为之付出了极大心血的临夏回民中学。之后，他又先后担任州政府教育督学、市民革主委、州政协副主席等职务。离开学校直到二〇〇三年去世，他一直锲而不舍地为他所热爱的教育事业奔波，时刻关注着回中的发展，继续奉献着光和热。

一

一九八〇年，刚刚恢复工作的马效融先生临危受命，从一个遭受"文革"迫害的普通教师，破例走上了极为重要的校长岗位。他以忘我的精神，全身心地投入到学校工作中，并和他的团队成员赵俊达、孟礼、马德安、马纯孝以及全体教职员工一起不辱使命、励精图治、团结协作，克服了种种困难，为教学秩序的恢复、校园环境的改变，做出了不懈努力。经过短短几年时间，极大地改变了临夏回中的面貌和形象。面对压力和困难他知难而进，使一个对学校教育重视不够的民族逐渐认识到了文化教育的重要。

临夏回民中学地处八坊地带，当时，这里居民中文盲占到了百分之五十五以上，新生录取分数线很低，"文革"前几乎没有学生考上大学。在他的带领下，经过全校师生的全力打拼，到一九八五年高考，五百七十七名考生中，有三十四名考上了重点大学，一百二十名考上了普通本科和专科，一百八十二名考上了中专，录取率达到了百分之五十八，比一九八一年年净增两倍。教育质量有了历史性突破，临夏回民中学成为临夏地区一所很有影响的学校。他始终坚持原则，使一支数量不足、良莠不齐的教师队伍很快得到了改变。

他顶着压力，直面是非，将部分不合格的教师调出学校或调离了教学岗位。与此同时，在人才极为缺乏的情况下，他想尽一切办法从各个方面做深入细致、苦口婆心的工作，遴选优秀教师前来回中任教，全力培养，优化结构，提高质量，以适应教育教学需要。他总是希望教师都能够热爱教书育人这个职业，把教书育人当成一件很愉快的事。他曾感慨地写过一首诗："杏坛耕耘几十年，桃李芬芳青胜蓝，壮志未酬黄昏近，皓首犹作新春蚕。"

他还极尽关心、关爱之力，千方百计解决教师的困难，激发教师的积极性，焕发教师的青春活力，使学校终于有了一支热爱事业、完全能够胜任工作的实力较强的教师队伍，甚至于可以说具有一流水平、比较突出的优秀教师队伍。面对千头万绪的薄弱环节，他整章建制，使一个制度缺失、管理乏力、教育滞后的学校走上了规范、健康的发展道路。

针对各种不良现象，他及时地提出了"团结、勤奋、求实、认真"的办学方针；针对多民族学生结构，他强调把团结放在第一位；针对师生们的浮躁情绪他提出了三个"五认真"：即学校领导要认真学习、认真为范、认真深入、认真研究、认真抓点；广大教师要认真备课、认真讲课、认真批改作业、认真检查教学效果、认真总结经验；学生要认真学习、认真听讲、认真作业、认真复习、认真总结。

他特别强调民族团结、党群团结、同志团结、教师团结、同学团结的重大意义，要求大家务必做到严以律己，身体力行，表里一致。面对教师的困难和需求，他想方设法提供无微不至的关心和帮助，给他们以春天般的温暖。

为了解决教师的后顾之忧，他力排众议筹办了几个门市部以安置教师家属就业，还把一部分收入用于教师福利。他千方百计办起了回中幼儿园，解决了教师孩子入园难的问题。他想方设法给教师建住房，在分房过程中坚持先教师后领导，先人后己；他积极奔走平反冤假错案，使受到不公正待遇的教师得以重新走上了工作岗位。他的这种一切为教师着想、公而忘私的精神，无不深深地感动着广大教师。

可是他对自己的要求却总是那么的严格甚至苛刻。他始终告诫自己，只要是为了神圣的教育事业，多大的事情难不倒，再苦的活儿累不倒，极端的怨恨气不倒，尴尬的问题问不倒。面对德育和智育，他坚持德育为先，使一个举步维艰、亟待振兴的学校逐步形成了校风正、教风实、学风浓，讲文明、讲礼貌、求进步的喜人局面。

他认为德育是社会主义精神文明建设的重要组成部分，要彻底纠正"德育喊在口头上、应试抓在手头上"的错误做法，积极倡导学生多读课外书籍，大力拓展知识视野，来弥补德育上的不足。他坚决反对体罚学生，积极倡导教师要具有人格意识，不昧良心，按教育规律办事，把爱心放在第一位。他苦口婆心地教育犯了错误的学生，积极倡导学生"为中华崛起而读书"。他要求学生要懂得"先天下之忧而忧、后天下之乐而乐""人生自古谁无死、留取丹心照汗青"的深刻含义，常常身体力行地对学生进行爱国主义教育。

二

马效融先生不仅是一位具有奉献精神和开创能力的人，更是一位有丰富思想的教育家。他敢于深入、善于探索、善于研究、善于思考，才抓住了办好学校、提升教育质量的关键因素、核心因素。在他当校长期间，学校工作成效显著，社会声誉很高。

马效融先生的教育思想主要有以下七个方面。

教育思想之一：他主张每一位教师都要记住"误人子弟如杀人父兄"的古训。

他视学校为圣地，爱校如家；他视学生为子女，爱生如子；他视老师像兄弟，关怀备至；他视质量如生命，不舍追求。他竭尽全力改善办学条件，想尽办法提高教师待遇，费尽周折劝导落后学生，倾尽心血优化教师队伍，千方百计提高教育质量。这一切都源于他坚定的教育信念和执著、顽强的从教、敬业精神。

他经常勉励教师一定要用良心去衡量自己的工作。教育面对的是一个个活蹦乱跳的孩子，他们的前途命运系于教师，事关重大。教育不像企业工厂，孩子成长过程中的一分一秒都是生命的组成部分。人生不能重来，时间不能倒转。教师一定要珍惜每一个教育机会，不放过每一个教育机会，力争使每一个教育机会的价值最大化、最优化。要知道，有时候教师一句不经意的话、一个看似简单的举动，往往可以影响学生一辈子。教师要经常反躬自问，以"误人子弟如杀人父兄"警示自己。

教育思想之二：他主张作为校长一定要敏锐、细致地研究教育教学规律和学校科学管理规律。

他深知德育工作是学校教育工作的首要任务，教书必先育人。学校是培养人才的场所，而不是训练"考试机器"的工厂。在德育不被十分重视的年代里他坚定不移地坚持德育为首不动摇。

他谙熟思想引领是一位校长的主要职责，形成了很多有分量、有深度的教育思想。他指出在学校管理中校长比任何行政人员和教师都负有更加重要的责任。作为校长，要通盘考虑工作，运筹帷幄，学会用弹钢琴的手法管理学校工作才能和谐有力、按部就班、有条不紊地开展。

他始终坚持教学工作是学校的核心工作，课堂教学是教学工作的核心。校长要到教师中间去，到学生中间去，经常听课、评课、检查作业，了解教育教学效果。

他坚定地认为，要正确贯彻党的民族政策和宗教信仰自由政策，坚持宗教信仰与学校教育分离的原则，反对宗教干预教育。他教育学生严格区分民族宗教与党和国家教育的界限，一定要把民族习惯、宗教活动和教育教学活动区别开来。

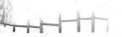

教育思想之三：他主张在教师队伍建设中，一定注意两手都要抓好，既要关心教师的专业素质，更要关心教师的师德素养。

在工作中，马效融校长既要求教师深入钻研、努力工作，也要注重解决教师的具体困难和客观需求，让教师感觉到自己在学校里的价值和分量，让教师都有自豪感和幸福感。

他认为教师首先是"辛勤的园丁"，是"手执金钥匙的人"。他强调教师要热爱职业，要乐业、敬业，乐育英才。他认为，虽然育人不限于教书，但教书却是育人的重要途径。他经常以孟子"教亦多术矣"鼓励教师，非常诚恳地呼吁教师"要上好课，一定要心中有学生"。

他还经常鼓励教师要及时更新知识，大胆探索创新，而且针对不同的教师，制定不同的、个性化的发展、成长计划。他经常手把手地帮助教师发现问题、探讨问题、研究问题，撰写论文。他积极推荐教师参加省、州等各地举办的各种教育教学会议，让他们走出去观察、对比、体验。他非常关心青年教师的成长，除了岗位培训外，还在教师十分紧缺的情况下让他们离职进修。

他大胆地给青年教师开绿灯、压担子、给任务、鼓实劲，支持和勉励他们在实践中摸爬滚打、锻炼成长，迅速成为一名优秀教师。

教育思想之四：他主张教师都要积极研究和寻找符合学生实际的教育方法，努力做到因材施教。

在临夏回民中学，有回、汉、东乡、撒拉、保安、藏族等少数民族学生，他积极组织教师并亲自参与研究，分析每个学生的家庭背景、风俗习惯、宗教信仰、生活条件、年龄特征、兴趣爱好、知识基础等，经过反复论证，制定出一套适合不同学生的教育方法，并印成材料，分发给班主任，实施教育工作，收到了很好的效果。

他对学生常怀一片诚挚的爱心，教育学生总是和风细雨，人情入理，入脑入心。他认为老师的爱，一旦被学生理解、接受，学生也会用同样的爱来报答老师。

他不厌其烦地教育学生，只有尊其师，才能重其教；只有"亲其师"才能"信其道"。他要求教师要注意培养学生爱学、乐学、会学，做学习的主人。他认为对于学生，教师只有"知其心，然后方能救其失也"。

他主张"严师出高徒"，但不主张把"严"变成对学生的不尊重，甚至于变成体罚或变相体罚学生。

他主张教育学生要身先示范、以身作则、言传身教、身体力行。教师要经常和学生谈心，及时掌握学生的困难并设法帮助解决。勿忘时时启发学生一定要努力学习、刻苦学习。教师要特别注意发现学生身上的闪光点，及时采取措施适时促其进步。

在他的心目中学生从来都是学校的阳光和希望，是掌上明珠。他不愿意让一位学生在他手上落伍或流失，他曾动员好几位打算辍学的同学恢复学业，最终走上了工作岗位。

教育思想之五：他主张教育学生要宽严相济、帮教结合，要有民主、科学精神。

他主张对学生要严格要求，严格培养，严格管理，严格训练。但一定要严而有理，严而有方，严而有度，严而有格，严而有序，严而有恒。

他主张教育学生要有民主精神，不能简单粗暴，要根据学生的年龄特征、心理特征、个性差异准确地把握尺度，切忌随心所欲，要求过高。他还主张要有科学精神，实事求是，摆事实，讲道理，引导思考、启发自省，不能"我讲你听、我说你服"。他常说"情不热不能动其心，理不明不能通其道"。

教育思想之六：他主张一定要重视家庭教育，强调家庭教育对学校教育的辅助作用，提出了很多有价值的家庭教育内容和教育方法。

他认为家庭教育是"生命的教育"，无论谁都要生长在一定的家庭中。不同的家庭其子女在成长过程中会养成不同的性格、品德、行

第一辑 教育梦

为和习惯。父母是孩子的第一任教师，教育子女是父母的基本职责。孩子智慧的幼芽是由父母正确引导、精心培育出来的。孩子最初的行为习惯也是从父母身上学来的，孩子生活的能力多半也是父母培养的，因此，家庭教育、父母的言行举止无时无刻不对孩子产生重要的影响。

他常说，世界上有名的人物，如爱因斯坦、爱迪生、牛顿、居里夫人、达尔文以及我国的大数学家华罗庚等，小时候都曾被老师认为迟钝，而正是由于家庭不嫌不弃，全力支持他们勤奋学习，最后才成了杰出的人物。

教育思想之七：他主张教师要博学多识。惟有更博，才能更专；惟有更专，才能更精。只有在坚实、宽厚的基础之上，才能建设耸入云天的高楼大厦。

教师教给学生的知识是有限的，学生接受知识、身心发展也是规律的，不能对低年级学生讲授高年级的课程，不能对知识基础薄弱的学生讲授难度较大的课程，更不能不顾具体对象而无限制地拓展知识范围。但是，教学工作又是一个深不可测的广博领域，要给学生一碗水，教师必须要有一桶水；要教给学生有限的知识，教师必须拥有丰富的知识，用现代的话说，教师要有源源不断的活水。教学不仅仅是传授知识，还有一个怎样传授知识的问题，即传授知识的知识以及自我成长发展的知识、做人的知识、育人的知识等等。

我们在整理他遗留的手稿时，惊喜地找到了他生前精心撰写没有发表的近十万字的教育教学论述文章。摘其优秀篇目，集中发表于我校杂志《耕耘者》。

三

马效融校长在临夏回中的六年时间里，和其他人一道，不仅大幅度提高了学校的教育教学质量，提高了中、高考升学率，而且使学校的社会声誉不断高涨，周围老百姓无不交口称赞。学校先后被评为全州教育战线先进集体，省、州民族团结进步先进集体，连续三年被评为州精神文明建设先进单位等，他本人也曾被评为民革全国先进工作者、全国民族团结先进个人、甘肃省实施 JP 先进个人、甘肃省老有所为先进个人，他的家庭被省政府评为甘肃省"教育世家"。

他在担任临夏市民革主委、州政府督学、州政协副主席期间，充分利用自己的特殊身份，积极参与"河州联合学校"的创建和领导工作，开办了"临夏市中山医院"，筹建了王尚书陵园，首倡成立了王竑文化研究会等，竭力推进力所能及的各项公益事业。这一桩桩一件件都凝聚、浸透着老校长的心血和汗水，充分体现了他对事业的无限热爱和不懈追求。

我国杰出的伟大诗人臧克家先生的诗《有的人》中写到：

有的死了
他还活着
有的人活着
他却已经死了

我们常常总是把眼光放到远处，学习和跟随外面的教育家。其实，我们本土也有不少教育家或有成熟教育思想的优秀教育工作者，马效融先生就是一名典型。虽然他已经离开我们好多年了，但是他璀璨夺目的朴素的教育思想，为了民族教育而殚精竭虑的崇高风范是我们永远学习的榜样。

效融先生的教育思想是我们走向新的辉煌的一盏明灯！

阅读点亮生命

一

我一直非常钦佩的教育家朱永新先生说过一段话：人的生命发育史其实是由一个人的阅读史决定的，一个人的生命长河中、特别是黄金般青少年时代，阅读量的多少和阅读视野的开阔度很大程度上直接影响着他的未来以及他对这个世界的认识和世界给他的最终回馈。

无独有偶，最近在微信中看到有读者和一个杰出的文化学者的一段对话：

读者：有人说阅读很重要，那么请问，我们早期阅读过的书籍和文章随着时间的流逝不都变成了过去吗？难道它们对今天的我们还有什么影响吗？我们为什么感觉不到？

学者：这个道理很简单。比如你在少年、青年时候吃过很多很多的饭，还吃过很多各种你自己特别喜欢的食物，这些食物的作用也已变得很遥远很遥远了。难道我们就因为它们变得太遥远了就可以说那时的食物对今天的我们没有任何作用了吗？我们今天之所以有强壮的骨骼、丰满的肌肉、健康的血液，就是因为在过去的岁月里不断汲取了足够的食物和水分的缘故。同样的道理，过去的一系列阅读在促成我们高尚的品德和文化品质以及对这个生生不息的精彩世界的理性认识方面同样起到了不可替代的作用。昨天的一系列阅读无疑铸就了今天我们身上独特的文化涵养和人文基因。

基于对阅读的思考，开始从事教育工作以来，我特别重视对学生的文学素养的培养和学校阅读教学理想环境的创建。一直以来，召集文科教学团队锲而不舍地探究和实践着如何让高中学生三年内最大程度形成良好的阅读习惯、练就有效提升写作能力这一重大教研课题。随着研究的深入，一系列成果开始不断显现。

二

对于写作能力的提升，在很多的文学家看来，捷径只有一条：那就是大量的课外阅读。我在深度探究无数作家成长的足迹的过程中发现，几乎绝大多数作家在青少年时期都是特别热爱阅读的人。已故著名作家、茅盾文学奖获得者、《平凡的世界》作者路遥在中学、大学的疯狂阅读就是他最终成名的最好见证。有一个文学评论家在研究了路遥的创作历程后写道：

进入延安大学中文系学习。从少年到青年，从闭塞的延川县到共和国文艺发祥地延安，路遥开始了阅读之路的远征。进入大学不久，他就全身心地投入到文学刊物和小说的阅读当中。路遥曾说："五十年代末六十年代初，是中国当代文学的鼎盛期，出了不少好的作品，我要回到那个时期，和作家分享那酸甜苦辣、喜怒哀乐。"大学时期的路遥，大多数时间是在阅览室、图书馆度过。其间，他翻阅了大量的文学刊物。在同学的印象中，他最感兴趣的是《延河》《萌芽》《收获》《小说月刊》等杂志。随着阅读量的增加，路遥的阅读慢慢由期

刊杂志转向了世界名著。路遥大学同学白正明回忆："一本接着一本读，有时在教室，有时在宿舍，有时在杨家岭革命旧址，像久旱的庄稼苗遇上了一场坰雨，尽情地汲取着水分和营养。""延大是读书的好地方，依山傍水，特别是夏天，延河滩里清新凉爽，杨家岭上松柏翠绿，环境十分幽雅。"

青年时期扎实广博的阅读锤炼，给路遥后来创作一系列名垂青史的文学杰作如《人生》《平凡的世界》打下了坚实的基础。由此，他成了一颗国人眼中耀眼的文学巨星。习近平总书记也对他的《平凡的世界》赞不绝口，专门给读者推荐此书。清华校长在二〇一六年新生入学的时候给每个新生发了一套《平凡的世界》。他要求青年学子学习主人公那种自强不息、勇克困难，面对恶劣的环境一点一点改善处境，锲而不舍的精神。

其实，还有许多作家也都有对阅读特别厚爱的感言。诺贝尔文学奖获得者莫言也多次在自己的创作中谈到，自己的一切文学成绩无不得益于青少年时期的大量阅读。他在中小学的时候，还不知作家是干什么的，通过对偶然得到的基本名著的阅读，他才知道作家是写书的，也从那时候开始发誓将来当一名作家。作家王安忆也曾说："一个人在二十岁之前没有形成良好的阅读习惯，那么二十岁以后就没有什么指望了。我们没有一本特别要推荐的书，最好的办法就是你去广泛地阅读。"作家们的经验对阅读都给予了很高的评价。那么教育界对中小学阶段的课外阅读是怎么看的呢？

三

北京十一学校的李希贵校长是我特别崇拜的教育家。他一直推崇语文学习一定要让学生大量阅读。他多次直白地告诉教育界的同行：

学生在校如果没有足够量的课外阅读，语文教学永远走不出效果不佳的阴影。清华附小的知名校长窦桂梅在很多教育论坛上向全国的语文教育界大声疾呼，语文教学一定要尽快回归到课堂精选范文教学和课外阅读相结合的轨道上来。她亲自列出了二年级到六年级的阅读清单，供自己学校的语文老师教学使用。全国著名教育家、杰出教育创新校长、四川武侯中学的李镇西校长也是一直强调，一定要加强学生课外阅读的人。

几年前我到四川参观武侯中学，他在那所不是很大的校园内精心营造的温馨的读书环境给我留下了非常难忘的印象。他把整个校园设计成了一个大的阅览厅。校园里满是书架，摆放着数万种学生喜欢阅读的中外书籍。成都之行后，我毫不犹豫在校园里做成了班班都有的班级阅读书架，每学期让每个同学带一本自己最喜欢的书籍放在书架上，让全班同学共同阅读。我们还做成了已经成为临夏回中一张阅读名片的文化阅读长廊。长廊的插槽里插放了由老师和学生精心选辑的五千多篇思想深刻、文笔优美的名家精品短文，供大家课间休息时随时阅读。这些辅助的阅读平台为学生提供了更加便捷的阅读环境和条件。与此同时，学校八年来一直坚持要求学生每天写三百字以上的成长日记。几年下来，许多学生写满了好多本日记本。广泛的阅读和持久的写作练习确实督促着他们在写作上取得了明显的进步。

从以上这些教育界专家的教育实践中我们不难看出，我们今天的语文教学一定要把课外阅读放到足够重要的位置。长期徘徊在传统的教学阴影之中，我们的语文教育成效会大打折扣。

其实，对这种情况在具体的教学中我们很多语文老师有着切身的感受。我们的很多小学、中学语文老师最苦恼的一件事就是作文教学。我在实践中发现，学生到了高中，他们在小学、初中不擅长写作的情况还是没有大的改变，他们最怕的依然是写作文。根本原因是学生的

145

第二辑 教育梦

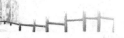

阅读量远远没有跟上去。写文章最根本的方法还是在于更多的阅读。只有在广泛的阅读中我们才可以积累词汇，积累精炼的语句段落，积累大量的人物场景描写。在大量的阅读中我们才渐渐懂得去谋划文章的结构，构思文章的情节，设计文章描写的顺序等等。写作能力的提升和阅读是紧密联系在一起的，阅读和写作是孪生的。阅读是写作的前提，写作离不开扎实的阅读的功底。

四

阅读对人的教育和成长的意义，我深有感触。

在业余时间我也学习写一些文章。我用了十年时间，出版了一本散文集。取得这些成果得益于中小学时期的阅读。记得我在读小学四年级的时候，在村小学当老师的哥哥不知从哪里给我带回来两本黑皮的《世界儿童短篇小说选》，里面选了世界著名的儿童题材小说。从见到书的第一时间开始，我便如饥似渴地阅读起来。不到一个星期时间，我把两本书都读完了。那种感觉似乎让我进入了一个全新的精神世界。那时的我除了自己的老家那个小村子外，哪里都没有去过，每天的任务就是从家到学校，然后放学后再从学校回到家里。全村子几乎没有电视，很少看见课本之外的读物。外面的世界都在发生什么，我们一无所知。两本短篇小说从一个个不同国家的少年儿童的心理和思维出发，把一个个他们经历的惊心动魄的精彩故事一下子展现在我的眼前。我仿佛跟着他们的足迹走遍了他们美丽的国家和风格迥异的家庭，感受和分享了他们的喜怒哀乐。我终于第一次懂得世界上竟然还有那么多和我所处的环境和面临的境遇完全不一样的同龄的孩子。每一篇文章都有各自的精彩动人之处，对于我这个除了课本之外几乎从没有读到过任何课外文章和书籍的偏僻农村的小学生来说，这两本书的价值和意义确实是非同寻常的。它让我真正感受到了书籍的力量。

记得有一篇日本小说《马》。这篇文章直接震撼了我的心灵。它所描写的情节和我的家庭是那样的相像。主人公是两个还没有成人的少年，在一个漆黑的雨夜赶着马车从一个遥远的地方给家里拉燃料。由于母亲有重病，父亲寸步不离地在家陪同母亲。这项艰巨的任务自然落到了他们哥俩身上。正是穷人的孩子早当家。有一次外出回来的路上他们遇到了一场罕见的暴雨。凭着他们的勇敢和机智好几次在泥泞的道路上化险为夷，终于在黎明前赶回了家。一夜没有合眼的父母用泪水迎接了他们。小说的故事虽然是虚构的，但是在我那幼小的心目中，那绝对是真实的故事。从此，我在心中暗自发誓将来如有可能，我一定要读更多的文学书。我一定也要写一些精彩的文章，当然最好还是写一些让更多人喜欢阅读的小说。

那段时间，我的一个父亲是干部的同学给我借了一本长篇小说《生活的路》，是上海作家竹林写的。主要描写了一群上海知识青年去农村插队的故事。故事情节险象环生，叙述非常精彩。好几个青年在生活、爱情、回城等方面跌宕起伏的故事深深叩动了我柔弱的心灵。记得我在拿到书的那几个繁星满天的长夜里，独自坐在家里那幢小土楼上阅读的时候，不知多少次为书中的主人公艰难的命运暗自流泪。

升入高中以后，我的阅读面更加开阔起来。到了大学，虽然我学的专业是数学，但是对于文学的痴迷程度却没有丝毫降低。大学毕业后，我的爱好依然没有变化。从事教育工作以来，我在专心致志上好高中数学课、当好班主任的同时也不时抽空看一些文学书籍。当了老师以后工作确实很忙，但渴望当一个文学业余爱好者的梦一直没有破灭。后来自己陆陆续续也算是写了一些文章，也算是了却了自己多少年对文学的深深依恋。这一切的一切都是早期的阅读在我身上打下的深深的烙印。就从那时候开始，在我早期的生命里种下了喜爱阅读和写作的种子。

五

作为一名教育工作者，坚持研究和探索阅读教学与学生的健康成长之间的奥妙关系这一重大课题，对于促进学生逐渐形成健全的人格和完善的个体文化涵养，意义重大。今天是一个网络信息化非常发达的时代，名目繁多的网络媒体让我们的青少年在面对阅读时目不暇接、眼花缭乱。这是一个各种快餐文化读物表现形式非常迷乱的世界，无数良莠不齐的快餐式阅读文化，碎片和杂乱书籍严重地吞噬和干扰着青少年学生的思想和宝贵时间。为学生选择健康的、有永恒生命力的经典读物，是我们每一位教育人不可推卸的责任。作为教师，我们必须把千百年积淀下来的中外优秀文化的瑰宝推荐给青少年朋友们去阅读。今天出版物的整体质量一定程度上决定着我们这个民族的未来。

好几年前，我有幸去英国考察学习教育。无论走到哪里，一种感人的场景让我们不得不驻足观看。在我们的视线里，几乎每一个英国人都在车站内、火车上、飞机上、公园里或忙于阅读书籍报刊或忙于上网浏览网页，很少看见聊天消磨时间的现象。

阅读是一个人不断吸取知识、获取资讯、借鉴成功者经验受到启发然后走向成功的一条最有效的途径。阅读还可以帮助我们开阔视野、拓展胸襟、修炼人格、锻造品德，可以帮助我们彻底摆脱狭窄的人生观和价值观。从阅读的智慧感染和熏陶中我们的人生境界会不断得到升华，我们会从平庸走向高尚。

高尔基说：书籍是瞭望世界的窗口。这个偌大的世界的很多美丽的地方，在我们短暂的一生中是不可能走完的。但是阅读可以让我们的思想到达世界上很多我们的脚到不了的遥远而奇异的地方。

　　高质量的阅读会让我们对一幅精美的世界名画爱不释手、浮想联翩，阅读也会让我们禁不住潸然泪下，阅读还会让我们对一个伟大人物的崇高品格铭记终生。

　　阅读是一座灯塔，它会为我们的成长指明航向，照亮我们的人生。

爱是黑夜里的星光

作为一个职业新闻记者，我除了常年撰写新闻报道和消息类文章给报社外，自己平时也非常注重搜集一些重要的人文写作线索。在采访过程中如果遇到某个行业、单位或个人工作非常突出，事迹特别感人，写完新闻稿件后，还要深度写一篇比较详细的报告文学之类的稿子。有时地区报刊载完后，大多数情况下省报也会原文转载。

教师节的时候我去采访一位中学校长，简单的访谈结束后，我从他的身上似乎感到还有很多的东西没有写完。那天他很忙，在我一再地请求下，他看似为了打发我，从办公桌上一大摞笔记本中抽了一本，顺手给了我。他说这里有好多自己和学生的故事，你拿去看看也许有用的。我如获至宝地拿上他的笔记本离开了学校。晚上，我拿出他的笔记本翻看。打开第一页，发现是校长的教育日记。连续看了几页，发现他是在写一名学生上学的故事。我一口气看完了这篇教育日记，被校长对一名普通学生的深情关怀所深深感动。校长还在日记的开头写了几个字：教育改变命运。

二〇一六年三月五日

　　上午我听完第二节课，回到办公室准备看一份重要文件。办公室的门被人紧敲。我说进来，迫不及待进门的是高三年级重点班的班主任赵老师。

　　"校长，我们班马梅花同学说她要辍学，不上学了。"

　　"为什么？"我问。

　　"她不说具体原因，只说她母亲不让她读书了。"

　　"我们不是全免了她的所有费用吗？"

　　"校长，我看这个学生家庭有和别人不一样的困难。据说她没有父亲，母亲有病，家里还有年龄很大的爷爷奶奶。爷爷瘫痪在床。"

　　"不幸的家庭各有各的不幸。我们抽空去她家看看吧。这个学生可千万不能辍学。她很优秀。"

　　班主任走后，我躺在靠椅上想起了马梅花和她的母亲来学校报到的情景。那是前年八月底的一天。

　　她的母亲是一位大约四十岁的农村妇女，穿着朴素、陈旧，戴着一顶黑色的盖头，双鬓的头发凌乱的从盖头两边露出。她背着孩子的行李下了班车，抬头一看我们这边报名的学生很多，她和孩子来到了学校的门前的报名点。其实她们来学校之前和我电话联系过的。那天我的手机被一个陌生的妇女的声音接通后直接问我，听说我们学校有一个对困难学生的资助项目。她们家很困难，问我能不能解决她的孩子的费用问题。我关切地问她孩子的考试成绩多少，她回答说六百三十七分。一听成绩很好，我满口答应了她。让她们明天马上来学校报名，费用的事学校全部解决，她们不必担心。因为我们学校正好有一个台湾企业家资助品学兼优学生的爱心班。

校门口见到她后，她依然关注的问题还是费用。好像她还不放心昨天的承诺。

"校长，我们家很困难，就是因为听说你们学校有资助，我们才跑来的。她爸爸去世很早，家里还有两位老人，没有一分钱的收入来源。"她说。

"你们没有低保吗？"我问。她说没有，支部书记答应了好几年，就是不见钱。

"你放心孩子的资助，我们全部解决。"

她看我们的回答毫不含糊，这才在校门口报了名后领着孩子去宿舍办理住宿手续了。这是我与马梅花和她的母亲第一次见面。转眼一年多时间过去了，马梅花已经是高二的学生了。

二〇一六年三月八日

今天是期中考试后第十一周星期一，升旗仪式结束后我及时得到消息，马梅花同学没有来学校上学。老师告诉我她周六回家时也没有请假。一听这个消息，我心里很不是滋味。她学习比较好，我一直在关注她的表现。我亲眼看到高二年级在教学楼大厅显眼位置张贴出来的年级前两百名成绩优异的学生排行榜上，马梅花的名字赫然排在第五的位置。如此优秀的学生辍学，我们不惋惜吗？

下午一上班，我二话没说，叫上班主任赵老师直奔马梅花的家。车开出校门，我就开始盘算家访的结果。马梅花能回到学校吗？由于家长都是没有文化的农民，多年的经验告诉我，这样的家长有时候光靠我们的嘴皮说教的工夫是说服不了的。这样一想我的心不由自主地忐忑不安起来。

马梅花的家离我们学校所在地江川市约有五十多公里路，都是很不好走的弯曲山路。班主任赵老师已经有过一次家访，比较熟悉去她家的路。汽车走了很短的一段平坦公路之后，陡然进入了很长的拐来拐去的山路。速度也减了下来。大约一个小时后，我们终于来到了一个小山村。赵老师带我穿过一条窄窄的小巷道来到了一个破旧的农家门前。我们推门进入院子，里面悄无声息，院子空落落的不见一个人的影子。突然，我们看见一个头上散落了很多麦草的人推开里院的栅栏走了出来。走到我们面前的时候，双方都吓了一跳。仔细一看，原来是马梅花。她见到我们，首先大吃一惊，继而很快镇静了下来。她不好意思地用手很快抹掉头上的草。告诉我们刚才在里院喂羊，从草房里取草，不小心草垛掉下来翻在了自己的身上。

"校长，赵老师，这么远的路你们怎么来了？"她一边问一边把我们让进房间。房间墙壁很黑，没有一个凳子，我们坐在了炕沿上。

"你为什么不来学校？是家里出现了新的困难吗？"我问马梅花。

"校长，我知道你们关心我。可是家里真的有困难了，奶奶最近病得很重，爷爷瘫痪在炕上，在西面那间房子里一个人躺着。妈妈今天一大早拉着奶奶去乡卫生院看病去了。家里养了几只羊，我还要操心爷爷。真的离不开家了。"说完，她按捺不住巨大的痛苦放声哭了起来。没等我们安慰，又很快停止了哭泣，擦去泪水，说要给我们倒茶。她说我们这么远的路上来到她家，怎么也得喝一口茶。我和赵老师坚决不喝。这时大门响了，我们走出房门看时，她的妈妈拉着奶奶回来了。

她的母亲比一年前明显瘦了好多，肤色也黑了。她见两个陌生人站在院子里，就说："麦言，快把客人让到房子里。快！"

我估摸麦言是马梅花的家名。说完她很快把车上的老奶奶扶下车子，送进了爷爷的那间房子。很快出来，非常客气地请我们进房坐。我看时间不早了，对她说，我们是来叫马梅花回学校的。回去的路还

153

第二辑 教育梦

很远，我们必须马上回去。我们恳求她把马梅花一定送回学校。

"老师，我们家姑娘不能念书了。她的奶奶爷爷需要我们伺候，还要种地喂羊。我一个人只有两只手，怎么也顾不过那么多家务活，现在只有她来帮我。"

她还说，学校虽然全部解决了马梅花的费用，可是家里自从爷爷瘫痪后实在缺人手。考虑再三，只有姑娘停学来帮忙了。

他们家确实遇到了特殊的困难。在棘手的困难面前，面对主意已定的马梅花母亲，我们两人的说教是那么的苍白无力。这时天色昏暗下来，我们便踏上了返回的路程。

二〇一六年三月十二日

早操后，安排汪副校长带领赵老师继续去做马梅花母亲的工作。下午汪副校长带来了一个悲伤的消息，马梅花的瘫痪爷爷在我们家访后的那天晚上去世了。这对家人来说是一件悲伤的事情，但对于马梅花的上学来说可能是一件好事。

几十年的教育生涯中，我养成了一种近乎偏执的职业思维定式。总是觉得唯有读书才是一个家庭改变命运的希望所在。一个贫穷的家庭仅仅靠吃低保或受资助也许能够改变一时的难题，但是要从根本上改变家庭的现状是不可能的。接受教育，立志读书，考上大学，跳出穷门，找一份稳定的工作来回报父母，这是所有困难家庭脱胎换骨改变家庭落后面貌的最好出路。教育是家庭最好的投资、最廉价的投资，是一本万利的最好生意。教育不但改变家庭的收入，更重要的是教育会改变和拓展一个人的思想，他会看到没有文化的人看不到的东西。高考恢复近四十年来，我们江川地区考上国内重点大学，大学毕业在江南水乡就业，然后把父母带过去当江南人的学生肯定不少。让一个家庭整体离开生于斯长于斯的黄土高原去江南享乐，这难道不是教育的神奇力量吗？真正靠做生意挣了钱的大老板，究竟有几个人能把本地的老家搬到江南去住的呢？

二〇一六年三月十八日

　　我非常崇拜的英国教育家洛克在他的著作《漫话教育》中说，一个人的一生对社会的贡献和他接受的教育、获得的知识是成正比的。

　　苏霍姆林斯基说，每一个孩子就像一根木头，教师的作用就是精心雕刻木头。形态各异的木头在教师的雕刻下成为千姿百态的艺术品。

　　马梅花无疑是一块常人看不见的珍宝，只要她回来读书，在我的教育眼光中她的未来注定是一个名牌大学的学生。

二〇一六年三月二十日

　　轮番动员马梅花不要辍学。我觉得他们家唯一改变命运的希望就在她身上。汪副校长告诉我，她的爷爷入土不久，一家人还在悲痛的阴影之中，说不定悲痛过后她会来上学的。可是谁能料到，今天下午我收到了马梅花发来的一条骇人听闻的信息。

尊敬的校长：

　　您好！

　　自从离开学校以后，我天天盼望着再次回到学校的那一天快点到来。我真的喜欢读书。我一万个不愿意辍学回家干活。只是我确实可怜我的母亲，她太不容易了。为了养活我们一家人，她全身心扑在家

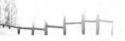

里的几亩土地上。她自己有病，可是从来没有休息过一天。家里干不完的农活使得她的身体瘦得剩下了一把骨头。

爷爷瘫痪以后，妈妈痛心地不让我读书了。家里靠她一个人实在忙不过来。作为一个十五岁的孩子，我真正做好了一个明智的选择。我确实不能再读书了，一定要帮妈妈分担家务活，至少我可以照顾瘫痪的爷爷。离开学校这些天，无时不想念学校和一起读书的同学们。恨不得张开翅膀飞到学校和大家一起读书。好几次梦见自己在学校里和大家在一起。

爷爷去世以后，奶奶的病好了许多。再次回到学校读书的愿望又强烈起来。我鼓起勇气把这个想法告诉了妈妈。可是妈妈的计划里早已没有了我再次读书的可能。已经在给我张罗一个合适的倒插门女婿。她说我们家就我一个姑娘，要是嫁出去到别人家，她一个人以后怎么生活。她想让我永远在家陪她生活。听到妈妈的这个想法后，我连饭都不想吃了。我告诉她我死活不同意，一定要去学校读书。如果让我过早嫁人，我宁愿离开这个世界。尽管这样，妈妈还是不同意我回学校读书。校长你帮帮我好吗？

看完马梅花的信息，我瞠目结舌。社会都发展到了信息时代，怎么会还有这样落后的家长？我想不通！

二〇一六年三月二十一日

一夜没有睡好。

早上，开完校长例会，再次带上赵老师直奔马梅花的家。我不能眼睁睁看着这个优秀的学生葬送在她的母亲——一个农村妇女的手中。

我们踏入马梅花家门的时候，一家人正在吃早饭，吃完早饭去种土豆。马梅花这次特别热情，把煮好的一盘热腾腾的土豆端来让我们吃。她的妈妈显然不高兴。我们没有看她的脸色，坐在一个老式的木凳上各自拿了一个土豆吃起来。马梅花忙着给我们倒水。过了一会儿她的妈妈说：

　　"你们再不要说了。我们家的困难，你们是看得见的。姑娘要是去上学，这个家光靠我一个是不行的。"

　　"这样吧，你的困难我们来帮你解决。我们学校附近有一个敬老院，我们已经联系好了。我们把老奶奶送到敬老院，那里不收你一分钱，条件比你家好多了。你到敬老院当一个保洁员，每月给你发一千五百元的工资。学校和敬老院很近，你既可以照顾老人又可以陪马梅花学习。马梅花工作以后你家的情况一定会变得很好。你还有什么困难？"

　　在我说话的过程中，马梅花妈妈那黧黑的脸部表情在不断地变化。等我把话全部说完后，我发现她的脸上终于有了一些微笑和满意的表情。

　　"读书有什么用！我想让她早点成个家，这样我的家务担子就会减轻好多。一个女孩子读书有几个能工作挣钱的，我们村子就有一个姑娘大学毕业了，还不是在家干活？"她还振振有词。

　　"那不行，你家孩子今年才十五岁。远远没有到婚嫁的年龄，国家的法律是有规定的。你可知道你的马梅花不是一般的学生。她是我们尖子班的好学生。她一定会有出息的。"听了她的话，站在我旁边的班主任赵老师按捺不住地说。

　　"妈妈你就给我一次机会吧，我毕业后一定会找到工作的。"好久没有说话的马梅花以哀求的声音恳求自己的妈妈。

　　这个被劳动压弯了脊梁的妇女看了看我们焦灼的目光，又回头看

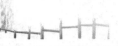

了看姑娘那渴望的眼神，鼓了很大的劲开始说话：

　　"好吧，我同意。如果你将来考不上好学校我就不让你进家门。我和奶奶不去敬老院。再怎么艰难，我永远都不会离开这个家，苦死也要苦死在这个家里。"

　　听到母亲同意的话，马梅花高兴得笑了。

二〇一六年四月二日

　　真是祸不单行。谁能想到，好不容易动员回来的马梅花刚上了一周课身体就出现了毛病。我是从赵老师的口里知道的。赵老师给我说，马梅花昨天夜自习下了后回到房间时，突然感到剧烈的腹疼。当天晚上拉到市医院检查，医生最后也没有下什么结论。输了两瓶液体后有了好转。今天早上她说再不疼了。他就让她去上课了。我叮嘱赵老师要特别注意，既然医生没检查出什么病，还有复发的可能。

二〇一六年四月九日

　　果然，马梅花的病又犯了。这次来得可真猛烈。她一下子在课堂上疼得当场晕了过去。赵老师和几位同学及时把她送到了市医院检查。医生说可能是淋巴发炎，具体病症，他们也和上次一样下不了结论。根据这个情况，经过大家商量当场决定通知家属，同时迅速转院，把她送往兰州的大医院。送到省人民医院的第二天，检查结果出来了。主治医生初步判断是淋巴癌前期，需要尽快住院治疗。我一听，头当时就懵了。这个苦命的孩子怎么这么不幸！

二〇一六年四月十日

医生通知家属必须准备一笔数字不小的医疗费，最少在三十万元以上，要求两天内交到医院的账上。在接下来的一两周要连续化疗至少六次，病情有可能会得到好转。马梅花的母亲一听这么大的数字，当场瘫倒在病房的地板上。

马梅花的家庭是绝对支付不了这么大的一笔医疗费的。时间就是生命。要保住马梅花的生命，这笔数目很大的医疗费是必须要尽快筹集出来的。

学校拿出这么大的数额显然是不可能的。学校的财力本身就捉襟见肘。课间操的时候马梅花的语文老师马燕来找我。她说：

"校长，我们一定要想办法救一下这个孩子，马梅花是一个难得的优秀学生。我建议发动全校师生捐款救人。或者干脆由你校长出面，以校长的名义在微信朋友圈发一个倡议书，希望全社会给予帮助解决马梅花的医疗费。你有一定的社会知名度，我想大家会帮助的。"

就在我手足无措的时候，马老师的建议让我茅塞顿开。觉得她的建议很有道理。

"校长，我准备了一个简单的倡议书。"说完，她把倡议书递给我。我匆忙读完，倡议书写得很有感染力。对于马梅花来说这笔钱必须在医院规定的时间内筹集到。我很快把几位班子成员召集到一起开了一个小会，大家异口同声支持向社会尽快发求助倡议的办法。

我在微信朋友圈发出了倡议。谁能预料到，到了夜里十二点，我们公布的她的银行卡上已经打入救助款六万三千元。最让我感动的是，一位首都北京的老人打电话问我这个倡议书的可信情况，我告诉他我

是学校的校长，还告诉了我的名字。当他从我的跟前证实这是一个毫无疑问的救助倡议时，当场给捐了五万元善款。当我问老人的名字时，他婉言谢绝了。他高尚的善举让我流下了感激的泪水。世界上还是好人多。

二○一六年四月十一日

我永远没有预料到捐款数额增加的速度之快。截止发出倡议书的第二天下午六点，银行卡上一共收到捐款二十六万四千元。兰州地区的网友直接送到医院的善款一共是五万七千元。两笔加在一起总共达到了三十二万一千元。看到这个惊人的数字，我和几位副校长商量准备立即停止本次捐款活动。我们的目的仅仅是筹集医院要求的医疗费用，我们没有办法支付超出的善款。

当机立断，起草了一份简短的感谢信，在诚挚地感谢千百个网友的同时，告诉大家我们的捐款活动暂时停止。告诉他们，筹集到的善款已经足够支付马梅花在医院的六次化疗费用了。

二○一六年四月十二日

马梅花的化疗从今天起正式开始了。

下午教学研讨会一结束，我和赵老师开车两小时来到了医院。马梅花躺在病床上，说化疗刚刚结束。她削瘦了不少，脸上看不到一点血丝。她斜躺在床上读一本很厚的小说。读的是我一直倡导大家阅读的茅盾文学奖获奖巨著《平凡的世界》。我被她在与病魔斗争的同时还镇定自若阅读文学名著的勇气所深深感动。她和她的母亲看见我们到来，双双抹起了眼泪。她母亲说：

"校长，我们不知道应该怎么感谢学校。两天时间我们收到了这么多的钱。我们、我们……"说着她又哭起来。

在我们安慰马梅花的时候，她擦掉眼泪反而安慰起我们来：

"校长，医生说六次化疗后我的病会好起来。你们就不要担心了。我会好起来的，会好的。"

但愿马梅花的病早日好起来。

二〇一六年五月二十日

马梅花化疗完后终于回到了学校。我本以为她会和班上学生一起上课的。可是她告诉我，还要一周去医院复查一次，还要一天吃三次药。身体也很虚弱，她要求请假回家休息。我同意了。

我让赵老师给马梅花找了好多高三模拟复习资料回家去做。

二〇一六年五月二十九日

高考一天天临近了。在校所有学生夜以继日地复习冲刺，上午进行了高考前全体高三年级学生的动员宣誓大会，整齐雄壮的宣誓声响彻校园。在八百多名高三学生中只有马梅花没有来参加大会。

不过，我又想，只要她的病好起来，今年不行的话，明年还可以考。身体还是最重要的。

我听高三年级的老师说，马梅花最近恢复得还是很不错。估计参加高考是没一点问题的。

我心中的一块石头落地了。

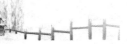

二〇一六年六月九日

一年一度的高考终于落下了帷幕。学校和全体高三年级老师苦苦奋斗了三个寒暑的教学成果即将揭晓。今天是考试结束后的第一天。老师们在急切地等待着高考分数公布的一天。

赵老师得到消息，马梅花考试发挥很不错。她自己很自信。

二〇一六年六月二十三日

今天是高考成绩公布的日子。统计的结果，今年我校取得了近三年以来最好的高考成绩。马梅花同学以五百六十四分的成绩位列我校理科考生第十名。全校一片欢腾。晚上过于兴奋，我一夜未眠。

二〇一六年七月十五日

高考录取开始近两周了。学校陆续收到了一部分重点大学录取通知书。

下午快放学的时候，赵老师给我打电话，告诉我一个很振奋的消息，马梅花同学被全国重点大学兰州大学录取了。

我长长舒了一口气，这个贫困的农家孩子终于走上了一条改变她和她们家庭命运的希望之路。

在她的身上我们倾注了很多的心血后总算完成了中学学业，考上了名牌大学。可是，和马梅花一样更多的农村孩子，他们的命运究竟由谁来帮助改变呢？

第三辑　　故乡恋

写在心底的诗稿

一

犹如一场梦幻

新的世纪还没走出多远

您离开我们已整整八年

八年间白天和黑夜依旧轮换

天地也并没产生多大改变

只是因您猝然的离去

带给我的灭顶的震憾

至今还尚未复原

时间的脚步总是那么无情

就在对您的绵绵思念中

当年还年轻的我不觉已至中年

八年的时间究竟有多长

我还真无法演算

似水流年

老家村子旁那寂静的公墓里
青青的芳草
已将您长眠的黄土完全掩满

二

思念是一条没有尽头的丝线
没有您的日子是那样的灰色和暗淡
屈指一算
您离开后已有三千个白天和黑夜
俨然横隔在了我们中间
不管时间再过去多少年
只要平安与我们朝夕相伴
您就无时不在我的心坎
时间也绝不会成为我忘却您的帷幔
您知道吗母亲
您生前栽种的那棵名贵的朝鲜槐
花蕾缀满枝头已盛开了八次
同样也凋谢了八次
我知道花落了还会有再开的时候
可是您永远地离我们走了
从您辞世的那天开始
我便醒悟了一个道理
一个人真正的懂事
确乎是从埋葬自己亲人的一天开始
因为从那天起

他已经是一个永远失去母爱的人了

他再也找不到一个可以倾吐心灵的人了

您占据在我心中的位置

绝没有第二个人可以替代

都说天堂在母亲的脚下

回首您艰难的一生

和您那大山般的养育之恩相比

我对您的报答确乎是沧海一粟

就像您生前对我的莽撞

总是宽容的那样

母亲请饶恕我吧

我挚爱您的那颗心亘古不变

直至永远

三

哲人说：前三十年睡不醒

后三十年睡不着

可能就是您走后留下了太多的孤单

四十刚过的我瞌睡真的减少了大半

真不知有多少次梦中

看见您那已经模糊的容颜

就在昨晚

您又一次悄然走进我的梦

啊，我的母亲

我看见您和生前一样

尽管还驼着背

走路的脚步也有些蹒跚

您在看见我的那最初一刹那

我察觉到

有一束光亮恍惚间在您眼中闪现

我知道

那是您对我想念太久

您的脸庞还是那样的慈祥

您的声音还是那样的柔畅

您那掩膝的短卦依然一尘不染

露出帽边的几缕头发多半已经花白

您站在院子中那棵核桃树下

满脸喜悦地在为我诉说什么

但声音是那样的沙哑

我没有听清您说的话

不过您那略显焦灼的眼神

给了我一个真切的表达

　"我想你了，我的孩子"

母亲，您是我在世界上最牵挂的人

一朵飘逝的白云

　　参加工作不久的一九九〇年年末，女儿小英还不到两岁的那年，我被从家门前的中学突然调到了离家很远的县黄镇中学担任副校长职务。速度之快，始料未及。心里埋怨教育局，为什么不征求意见就随便可以调人呢？

　　到了新学校见到老校长后才明白，原来调我去的主要原因是教高三数学的杨老师因家庭原因不久前被调回了老家，缺一名数学老师。由于学校本身老师紧缺，数学老师尤为稀缺，一度没有调剂出给高三上数学课的老师。教育局长经过全县物色，这个角色最后"不幸"落到了我的头上。据说，学生们在好长时间没有数学老师，校长给教育局汇报数次后没有结果的情况下，给县委书记写了一封信。孩子们怕有人找他们的麻烦，到底动了一番脑子：他们别出心裁地制作了一个硬纸圈。中间画了一个小圆圈。小圈内他们写上了要求给他们派一名数学老师的请求。两个圆圈中间的圆环内写上了班上所有人的名字。最后装在信封里投递给了县委书记。

　　可能就是这封信的原因，我一直在县第三中学教书育人的平静生活，就在这些孩子们给书记写信后不到一周就打破了。几天后，我被教育局长的北京吉普沿着陡峭的山岭小道送到了学校所在地黄镇乡。局长告诉我，全县有两千多名教师，他的专车特意送我一个刚任命的副校长，说明我去的这所学校和即将赴任的新职务非常重要。这个乡是全县最重视教育的地方，他希望我去了以后一定要以工作大局为重，配合支持好学校一把手校长的工作，给地方学生和他们的家长留一个好印象。

就在报到的当天晚上，全县颇有名望的一把手校长赵子恒找我谈话，他说："学校目前火烧眉毛的困难是高三两个班级的数学课，一直空着没有人上，学生意见很大。虽然您被认命为副校长，成了学校的班子成员，但是我希望您先吃些苦把高三的课担任上。"校长说这话的时候好像还有些担心怕我不接受，语气很诚恳。听明白了校长的话后我毫不犹豫地告诉他我非常愿意上课。我说我如果连高三的课都不敢上或上不好，就没有资格但任副校长的职务。校长听了我的话很高兴。第二天，我开始给高三学生上课。

我的数学课还是受到了学生的普遍欢迎。毕竟，大学毕业五年来已经上了好几年数学课，应该说也积累了一些经验。可能是学生们好久没有数学老师的缘故吧，我的课他们表现出了罕见的听课秩序，就连一些数学不是很好的学生也学得特别认真。

班上有一个叫白云的女学生，只听了一周课后就再也没来。我问班长说请假了。还说，她姐姐也在我们班，叫白兰，成绩比白云好一些。她们家境不是很好，母亲常年患病卧床，一个弟弟还小，父亲常年在外打工挣钱用以养家糊口。病中的母亲一旦犯病生活难以自理的时候，总是让白云请假在家陪伴母亲，给母亲吃药输液做饭什么的都由白云来完成。母亲也知道姐姐白兰学习好，以后考大学什么的可能比白云更有希望。一旦家里有事都先让妹妹白云请假张罗，很少拖累姐姐白

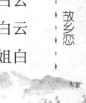

兰的学习。白云作为妹妹，是一个自小很听话的孩子，特别是对母亲的话总是言听计从，从不违拗。

每次去学校，为了充分利用所有时间用以学习，她们从不浪费一分一秒。虽然两姐妹在一个班学习，不少同班同学都不知道她们是姐妹关系。回到家里，她们便形影不离，从不见两个人闹别扭什么的。就拿两个人上学这事，妈妈一贯看重姐姐白兰。作为妹妹，白云表示坚决同意。在她看来，她们两姐妹之间真的永远分不出个你我来。姐姐就是她，她就是姐姐的一部分，将来上大学谁上都还不是一样。自己很清楚自己的成绩不如姐姐，既然这样那就让姐姐考吧，两个人总得有一个要牺牲自己去陪护常年有病的母亲。

这些都是班长告诉我的。看来这个班长是名副其实的。要不他怎么对班上同学的情况了解得这么清楚？

两天后，白云来上课了。她坐在靠窗一排最前面的座位上。个子中等，圆脸，穿的衣服虽不是很新，但是得体大方。脸上白皙红润，从头到脚一尘不染。这干净利落的打扮和长相让我对白云有了难忘的第一印象。经过一段时间的上课，我发现白云是那种比较腼腆的姑娘。我总是被好多学生问题问得不亦乐乎的时候，她很少来问有关数学作业中碰到的难题。她的性格显然和姐姐是不一样的，她次数不多的问题，问得我思考半天也找不出最终解题方法。

我发现白云的数学成绩在班上至少处在一个很不错的位置。几天后的中期考试验证了我的预测。从班级成绩统计表上看到白云的总成绩虽然排在姐姐的后面，但是在班级里依然站到了中等靠前的位次。看来白云完全有可能在即将到来的高考中考出理想的成绩。我预感她的高考成绩不会比姐姐白兰差距太大。

就在离高考不到两百天的时候，班主任李丽老师请了产假。短短两个星期的上课时间，我被全班学生那种废寝忘食学习的劲头深深感染了，我不知为什么打心眼里喜欢上了这个班。我请求学校同意，毛遂自荐当上了高三一班的班主任。随着离高考时间越来越近，学生们的压力与日俱增，不少学生晚自习一直上到晚上十二点。

　　有一天班会课，为了缓解大家的学习压力，专门举办了一次班级文艺联欢会。我让有艺术爱好和才华的同学轮流展示自己的才艺。一开场，就让我目瞪口呆的是白云竟然第一个站起来，从主持人手里要过了话筒。白云这个文静姑娘的大胆举动让全班嘈杂的声音一下安静了下来。她说："我们班在没有数学老师快两个月的时候，有幸周老师能来我们学校给我们上课。周老师来以后我们班的数学成绩普遍有了提升，我们要特别感谢周老师。我虽然不太会唱歌，但是今天我要唱一首赞美老师的歌。歌名叫《老师我总是想起您》，送给周老师，也送给关心我们大家的所有老师。"

　　白云说完，就用稍有沙哑的声音唱起了歌。

> 啊！亲爱的老师我怎能忘记您
> 小苗儿结出硕果
> 怎能忘记春风春雨
> 啊！亲爱的老师
> 您时时刻刻常在我心里
> 常在我，您常在我心里
> ……

　　虽然她的歌声不是很准很纯，但是听得出来，她的情感投入还是很到位的，真的唱出了对老师的爱恋和不舍。听着她富有感染力的歌声，全班同学不约而同地一起打起了拍子，班会的气氛一下子推向了高潮。

　　白云，这个班上发言不多的姑娘，用自己的大胆行动和甜美的歌声让接班不久的我和全班同学永远记住了她的名字。班上任课的其他老师开玩笑说，周老师来当了班主任后，平时很少说话的同学也都变成歌手了。他们说的就是白云。

在大家紧张和忙碌的复习备考中，时间到了临近高考的五月下旬。就在这节骨眼上，班长跑来告诉我一个不幸的消息。他说白云的母亲病情加重住进了州上的医院。白云估计暂时来不了学校。听他说完，我才明白两姐妹昨天请假回家的原因了。不出一周，白兰回到了学校上课。但是她妹妹白云并没有回来。白兰给我送来了一张白云的假条，说母亲病情不见好转，估计她一时半会回不来。

高考的时间越来越逼近了，全班除白云一人，其余全部一个不落全力复习。从白云近五个月的扎实学习中，凭我多年的经验预测，她考一个二本大学不会有大的问题。直到我带全体学生去县城参加高考，白云最终都没有回来参加考试。我猜测她母亲的病可能一直没有好转。我一直遗憾白云在高考路上的最终掉队。

高考结束后，我在一个炎热的一天骑着自行车去白云家家访。白云的母亲已经从医院回来了，我进去的时候已经在炕上睡着了。我的到来让两姐妹一下子手足无措起来，忙着给我找凳子找杯子，准备倒茶。可能是家里好长时间有病人的原因，院子和屋子里显得凌乱。平时干净整洁的两姊妹尴尬得脸都红了。她们告诉我，母亲的病可能短时间好不起来。父亲常年忙于生意很少回家，即使回来了也呆不了几天就匆匆回去。家里的担子全部压在了她们两个人的肩上。妹妹白云果断提出放弃当年的高考，全力支持姐姐的考试，真诚希望姐姐能考上一所理想的大学。面对家庭现状自己只能留下来服侍母亲。

第二学期开学的时候，我收到了一封奇妙的来信。上面只有我的名字，没有寄信人的地址。打开一看，原来是白云给我写来的信。

周老师：

　　您好！

　　现在是夜深人静的时候，我的母亲和姐姐都睡着了。可是不知为什么我总是睡不着。一想起您前两天来我们家看望我的母亲，我感到非常的震惊。

　　今天晚上我的眼前总是闪现您那一节节精彩的数学课。说实话，自从您给我们上课以来，我这个原本爱数学的人越发对数学痴迷了，您的数学课真是太有趣了。每次您讲课的时候，我就突发奇想，要是我将来也能像您一样当一个学生喜欢的数学老师多好。

　　亲爱的周老师，您知道吗？我真的一万个舍不得辍学。可是，我们的家面临的现状要求我必须停下来陪伴并照顾妈妈。姐姐毕竟比我学习好，父母的意见也是让她读书考学。老师，我该怎么办才好？我真的喜欢读书。

　　亲爱的老师，自从您来学校后，特别是听了您通俗易懂的数学课后，我从心底里悄悄开始敬佩您了。不知不觉间，这种敬佩变成了对您的喜欢。当然我也知道，这样的喜欢是无根之木，绝对不现实的。可是您知道吗？对此，我一个女孩子仅有的一点柔弱的自制力是难以控制的。老师，您会责备我吗？

白　云

　　高考录取开始了。黄镇中学高三有二十多人被省内外的二本以上院校录取了。白兰的名字也榜上有名，她被西北师范大学录取。一九九一年高考，我们学校摘取了全县第一的骄人成绩。老校长激动得在庆祝大会上几乎流出了热泪。激动之下提到了我的名字，他说我的及时加盟使黄镇中学的教学团队有效保障了高三的教学力量，说我

和几个主课老师确实功不可没。

平时比白云成绩稍差的几个学生也都考上了大学，可惜白云因母亲的病而失去了参加这次重要的考试机会。否则她完全有希望考上大学。白云就这样失去了上大学的机会。

之后的好几年，我再没有听到过白云的名字。但是我总时不时想起她干练的形象和秀丽的容貌，特别是她在那次班级活动上大胆唱歌的情景。两年后的一九九三年初，组织上因工作关系把我调到了另一个乡的一所初中学校任校长职务，离开了黄镇中学。

有一年教育局邀我去给刚参加工作的青年老师做培训。就在培训快结束的时候我发现了一个特别熟悉的面孔。白云也坐在下面，听我的讲座。好几年没有见，她除了略胖之外，长得比以前更加俊秀和漂亮了。可能是穿了高跟鞋的原因，身高也好像比原来高出了不少。她告诉我，我离开黄镇中学的第二年冬天，她的父亲从外地回来了。那次回来以后，父亲再也没有出门，一心开始护理白云的妈妈。父亲也非常支持她上学的愿望，于是她以一个大龄青年的身份再次回到了学校，开始复习考试。

通过多半年的扎实复习，就在当年的高考中她考到了地区的师范学校。今年刚刚毕业，还没有分配工作。岁月的更迭中我几乎忘却了白云，但是这次意外的碰面，我还是感到由衷的高兴。在我最安静的心底的一角，一直在保留着对白云这个学生的一份难以忘怀的记忆。见到白云以后，心中一个长时间难以抹去的遗憾和牵挂终于释怀了。

白云还兴致勃勃地告诉我，母亲的病这几年还算稳定，很少复发。她的姐姐白兰三年前大学毕业回到了县上，现在有了一份理想的政府部门的公务员工作，去年还找到个一个非常满意的男子，半年前结婚了，现在日子过得甜甜蜜蜜。自己马上要当老师了，一家人终于迎来了一个舒心的时期。我开玩笑说，您姐姐可能早把我这个老师忘了，您结婚时可再别忘了请我吃喜糖。她微笑着满口答应。她的脸上写满了快乐和幸福。

之后又是长时间没有见到白云的影子。

两年后，我被县上调到了教育局担任局长。从此开始没日没夜地跑学校，查工作。用了不到半年的时间，我跑遍了全县近两百所中小学。有一次下乡去检查学校的时候，我在一个偏远的教学点再次有幸见到了白云。她已经成了一名教师，不，是校长。学校里有三名教师，五十多个学生。学校建设得很漂亮，老师住宿和办公的房间都很宽敞。她是一校之长。她把学校管理得富有生机和活力，老师和学生们都很精神。

看得出来，最后她向我汇报工作时有些紧张。为了缓解她的紧张，我问她结婚了没有。她脸一红说，结了，说丈夫是中学同学，现在是一名政府单位的公务员。我说为什么不请我。她说，结婚的时候本来是要来请我的。我问："那为什么没有呢？"

"我来教育局了。可是，在门口站了半天终于没有鼓起勇气敲您的门。那天找您的人太多了。大家都看着我，我都不好意思了。"

她告诉我，那天来找我的人太多了。她站了好长时间，一直等到下午，她怕赶不上回学校的末班车，最后打消了请我的想法。

后来，我在教育局的办公楼门口碰见过一次白云。那天我很忙，因为要参加一个紧急的会议，没有来得及和她说话。晚上，通讯员小马给我送来一个用红纸包住的小包。我打开一看，是一双鞋垫子。看得出来是一针一线手工做的。鞋垫上是左右对称的两幅栩栩如生的菊花图。红纸的内壁上写了一段话：

周老师：

　　您好！

　　我给您做了一双鞋垫，以弥补我结婚时没有请您的遗憾。今天本来想亲手给您，可是您忙，只好让通讯员传给您。遗憾的是没有来得及给您汇报工作，本来想借机会给您汇报一下我们学校缺教师的困难，可是您总是那么忙！希望您百忙中保重身体！有机会再来我们的学校。

您永远的学生 白云

一年后的一天，我听到了一个巨大的噩耗。白云和她丈夫，还有不到两岁的孩子，坐在丈夫借来的一辆旧轿车上回家的时候，不幸遇到了车祸。一家人无一幸存。

听到消息的最初，我没有相信。但是一个个随之而来的消息还是证实了他们的离去。

我不熟悉她的丈夫，也从没见过她可爱的孩子。但是我的泪水突然装满了我的眼眶。

我抽了一个专门的时间，来到他们一家长眠的地方。长时间地注视了那几堆簇新的黄土。泪水犹如泉水，再一次刷刷地流出了我的双眼。

白云飘走了！

一位教师的葬礼

　　上午十一点，省委义务教育均衡验收督察组在全面完成对河川县的验收后宣布：河川县作为省内经济欠发达地区的县，率先在全省实现义务教育均衡验收。会议结束后，县委书记刘为民如释重负，他把拳头重重地砸在桌上，觉得自己从担任县长开始，历时十年，累计投入到教育上的精力总算没有白费。他明白，至少，在教育上他用了十年的时间，实现了河川县义务教育入学率和高考升学率在全地区排第一，所有的学校都得到了建设和修缮。他在教育事业上给河川县的父老和历史做了一个交代，至少他的良心上是无愧的。

　　验收组离开后，他匆匆回到办公室，告诉秘书小马，下午的下乡取消，他要回一趟青沟县磨盘乡，他的老师李文太昨天在老家去世了，要去参加葬礼。

　　汽车离开河川县城，在平坦的公路上飞驰着。道路两旁是郁郁葱葱的树木和一望无际的庄稼。他疲倦地躺在座椅上，微闭着眼睛。显然，刘为民全然没有注意两旁的景色。一想起李文太老师，他的思绪就飞

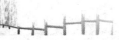

回到几十年前在老家读书的情景。

他刚升入初中一年级，在青沟县黄刘初级中学上学。可是不到一个月，他们家就遭遇了一场灭顶之灾，他们失去了全家人的支柱——父亲。父亲是在一次大队组织的农田会战中挖土的时候，被一块巨大的土块塌方后压死的。

父亲的突然去世，使得家里的生活彻底失去了依靠。穷人的孩子早当家。他果断决定不再上学，让姐姐代替母亲在生产队劳动挣工分，自己寻思着外出给家里挣点零花钱。终于有一天，当时只有十四岁的他跟着同村一个比他大几岁的伙伴离开母亲，来到了县城，他们准备去找一家工程队的队长，在那里干活挣钱。队长是他伙伴的远房舅舅，他们好不容易在修建县一中的工地上找到了队长，等他们说明来意，队长很爽快地当场答应了他们在工地上干活的要求。不过明确说一天只给他们半份工钱五元，因为他们都是孩子，气力不如大人。他们两个当然都表示同意。第二天，他们就在建设县一中教学楼的工地上开始了人生最初的挣钱生涯。

一开始，队长看他年龄小，也没有技术，怕吃不了苦，就将他安排在工地上的库房里管理建材。好在他小学毕业了，记账算账倒也不难。于是，他全身心投入到了这个比别人轻松好多的工作之中，还多次赢得队长的夸奖。

由于刚离开学校不久，他仍然对铃声很敏感。库房和学生们上课的教室只隔了一块简陋的临时板墙，一天多次的铃声好像是专门给他响的一样。每次铃声一响，他总是产生去上课的欲望和错觉。等脑子静下来后，他才发现自己早已离开了学校，现在是一名建筑工地上的工人，再也不是学生了。

尽管是一名库房管理员，但是，一有时间，他总是从自己的军用书包中取出《钢铁是怎样炼成的》来读。不知什么原因，他从五年级开始酷爱读书，特别是中外名著。他想，今后有机会，他要当一个作家。

工作满一个月的时候，他把食堂扣除三十元伙食费后，工程队发放的一百二十元工资一分不少带回老家给母亲和姐姐。他在守库过程中断断续续读完了好多部长篇小说，大半年的时光就这样在不知不觉中过去了。

快到年底的时候，有一天，他坐在库房门口的一堆水泥上看书，遇到一个头发梳得整整齐齐的人，他痴迷的读书的样子吸引了这个人的注意，以至于这个人来到他跟前，他都没有发现。显然，这个人对他的读书产生了好奇。

"你读什么书？小伙子！"

他抬起头这才发现一个人站在旁边。他站起来，把书递给那个人。

"不错嘛，能看懂杜鹏程的《保卫延安》。怎么不上学啊？"

"家里困难，没法读书。"他轻声回答。

"是吗？什么原因？告诉我好吗？我是这个中学的老师。"

"老师！你是老师？"

"是的，你有什么困难说说好吗？"

"我父亲去世了，母亲有病不能劳动，只读了一个月初中就来这里了。"

"哦！我明白了，一个喜欢读书的孩子遇到了困难，读不成书了，是吗？"

"是的，老师。"

"你想继续读书吗？"老师在一摞木板上坐下来问他。

"我没有钱，母亲有病要吃药，需要我挣钱。"

"这样吧，我给你垫付学费和书费，至于生活费和你母亲的药费，我在学校给你提供一个管理开水房的临活，每月给你一百二十元的工资，你边读边干活。可以吗？"

第三辑 故乡恋

"老师，你为什么帮我？"他不解地看着老师。

"我从对面教学楼的窗口多次看到你在这里读书，就知道你是一个爱读书的孩子。你听我的话，来学校读书吧，读书会改变你的命运的。这里打工只能解决眼前困难，最终是没出路。明天你来学校。"老师说完离开他朝学校走去，走了好远，又回头喊他：

"你明天早上一定要来学校！"

他辞去了工地上的活，告别了曾带自己来工地的那位同村好友，第二天早早来到学校。老师站在院子里等他，他被安排在了初一（二）班，老师把他的名字"刘二娃"改成了"刘为民"。等到上课时，他才知道原来老师是这个班的班主任，教语文。老师名叫李文太，还是学校的总务主任。

从初中到高中毕业，刘为民一直是班上的优秀学生。到了高中阶段读书的时候，李文太老师担任了副校长，他一如既往地帮助着刘为民的学杂费、生活费。

在李老师的帮助下，刘为民读完了高中。高考结束，他顺利被本省师范大学汉语言专业录取。

接到大学录取通知书后，刘为民全家人欣喜万分。母亲说，怎么也得好好感谢一下他们家的贵人——李老师。母亲把家里的那只大母鸡宰了后让他送给李老师。他来到李老师家把那只鸡放在老师面前说明来意后，出乎他的预料，李老师严肃地批评了他。说艰难的日子里，鸡是一个人家的小银行，怎么可以宰了它呢，那不是切断了你们家的经济来源吗？无奈，李老师拿出三十元钱不由分说塞进了他的口袋，让他回去了再买一只下蛋的鸡。临走时，李老师拍着他消瘦的肩膀叮嘱："为民，这下你有出息了。眼下，社会上大学生很少，一毕业会有一份好工作的。不过，老师告诉你，你要记住，今后不论做什么工作，当老师也好，当干部也罢，教育是大事，千万不可轻视。你要知道，我们这个穷地方，改变现状的路只有一条，就是教育。"他把老师的话铭记在心，几天后来到了省城，开始了自己的大学生活。

大学毕业后，他被分配在地区政府秘书处。不久，开始给一位副专员当秘书。第二年，担任秘书科长，几年后担任副秘书长职务，后又调到地区组织部当了副部长。大约十年前，他被派到了离地区政府所在地最远的河川县当了县长，后转任县委书记至今。

他从自己读书的经历中吸取了深刻的教训，初任县长后，思想上做了最彻底的打算：未来的日子里，哪怕有多大的困难和阻力，他要在本县的教育发展上不惜一切代价，要让所有的孩子都读上书。十年间，他带领班子狠抓了教育工作，教育在全地区走在了最前面，他也被老百姓亲切地叫"教育书记"。

半个月前，他来看望过一次李老师。那时候，李老师的病已经很严重了。他双手抚摸着李老师干枯的双手，看着老师塌陷的双眼，强忍住了眼泪，带着和对自己的母亲一样的敬重，俯下身子在老师干瘪的脸颊上亲吻了一下。他轻轻地告诉老师，河川县的教育在全地区走在了最前列。李老师听到后露出了一丝久违的笑容。

"磨盘乡到了。"一路沉浸在回忆中的刘为民被司机提醒到。他坐直身子看了看窗外，果然，老师李文太的老家快到了。

李文太老师是青沟县人，是新中国成立后上过师范大学的为数不多的中学名师。在他的教育生涯中，无论担任什么职务，给学生上课成了他的天职，直到退休的前一天，他还在讲台上上课。最后从县一中副校长的任上退休后回到了老家磨盘乡安度晚年。

从县一中毕业后，几十年间，刘为民不管在什么单位、什么职务上，也不管多忙，他每年至少看望一次李文太老师。当然，时间上并没有固定，有时候是春节；有时候是元旦；有时候是李老师的生日；也有时候是正好他下乡来到青沟县开会或检查工作的时候；也有时候，他约几个当年的同学，把李老师专门请到地区所在的小城吃一次饭、叙一次旧。李老师在刘为民的心目中永远占据着一种最神圣的位置。他在李老师的感染和熏陶下深深领悟到，教育，唯有教育才是一个人得以实现生命价值的根本和希望。自己作为一个几十年前从一个极度困难家庭走出的孩子，如果没有在李老师的帮助和引领下幸运地顺利考上大学、读完大学……

刘为民在回忆中走下了汽车。

来到李老师家门的时候，刘为民被眼前攒动的人头震惊了。他发现老师门前停满了很多轿车，花圈从巷道口一直摆到了李老师的家门前，也摆满了整个院落，李老师身前的好多学生从不同的地方赶来了。等他把自己的花圈放立在李老师灵堂边的时候，人们开始不约而同地在院子里排好了队，每个人都神色凝重。这时候，一个声音极度伤感地宣布：李老师的追思会正式开始。

"同志们，今天我们怀着沉痛的心情，来到李老师的家，和我们敬爱的老师做最后的告别。他一生为师，终生不渝，为社会教育培养了众多的优秀学子。我们作为李老师的学生，对他的逝世感到无限惋惜。下面请李文太老师的优秀学生、北方理工大学校长、国内知名植物学家王得鹏教授致悼词。"

主持人话音未落，刘为民看见一个文质彬彬的男子走出队伍并开始讲话。王校长的讲话在山谷间回荡。

刘为民站在队伍里，听王校长讲述李老师爱生如子的教育故事的时候，终于控制不住自己，泣不成声了，他不断用纸擦拭自己的眼泪。等王校长刚讲完，刘为民一个箭步走到了话筒前，没等主持人反应过来，他凑近话筒开始讲话。他觉得今天要是不讲话，将会成为他永远的遗憾。

"同志们，同学们，我叫刘为民，也是李老师的学生。但是，我可能和大家有些区别，我是李老师的一个特殊的学生。我的初中、高中所有的费用都是李老师帮助的，可以说我没有花一分钱读完了中学，考上了大学。我的所有成绩都是李老师的功劳。今天，我可以值得告慰李老师的是，我在河川县当县长、县委书记的十年，不惜一切代价狠抓了教育的普及与发展，最大限度保障了所有适龄孩子上学的机会。经过十年的苦抓，我们河川县的基础教育真正实现了跨越式发展，我们在全省第一个率先实现了义务教育均衡发展工程的达标验收。今天，我要把这项工程的所有殊荣中属于我个人的一份献给我的恩师。如果他地下有知，我相信他会高兴的。谢谢！"

刘为民的声音再一次响彻山谷。接着李老师的葬礼正式开始。

学生们争相抬着李老师的灵柩从家里出发，沿着巷道朝对面的山坡缓缓走去。李老师的学生们和村民混杂在一起跟着李老师的遗体，缓缓前行。

那一声声悲哀的唢呐声似乎在向整个磨盘乡地区反复诉说：曾在这个山沟出生过一位叫李文太的人。他不是官员，也不是文化名人，更不是当地什么富豪和绅士，他只是一位普通的人民教师。据当地人说，这个地方人老五辈，从没有出现过葬礼如此隆重的人。

刘为民肃立在墓前，他默默地告诉李老师：以后我都会来看望你的，犹如你活着一样。

这时他的手机响了，是地区秘书处发来的："省委常委会研究决定，拟提拔刘为民担任教育厅副厅长。明天省委组织部来考察刘为民同志。"他看完信息，向李老师坟墓深深鞠了一躬，然后沿着弯弯的山道往村子走去。

那片贫瘠的土地

　　我的根子在一个大山深处。那地方和城市相比，简直是世外桃源。当然那可是一个交通闭塞，十年九旱靠天吃饭的"桃源"，陶渊明先生描述的绿树、池塘和阡陌是没有的。很多人都不相信我竟然来自于那样的偏僻地方，他们怎么也不会把我和那样一个与世隔绝的小山村联系起来。现在，我在省城的机械学院当一名副教授，二〇〇五年毕业于北京化工学院，在城里买了楼房，妻子在学院附属小学任教，孩子也在妻子的学校上小学。应该说现在的生活条件基本上和城里人没有了什么区别。但是这一切都来之不易，甚至可以说来得非常偶然。我常常想，如果在我读书的少年时期要是碰不到他，也许我是没有今天的。

一

　　他是我的小学老师，他叫马占才。
　　要说偏僻，可能在整个东旺县境内就数我的老家那地方了。老家叫巴苏池，是东乡族语的一种的叫法。有什么含义，我也说不上。我们那个村子二十几户人家历史上偏偏不讲东乡语，如果一个外村的只会说东乡语的姑娘嫁到我们村，也要逼着她很快学会汉语。可是，我们村之外的周边村乃至于大多数乡镇，男女老少几乎没有一个不说东乡语的，甚至绝大多数孩子从小根本不会说汉语，这给当低年级老师的人带来了很大的困难。县上规定，所有学校起始年级的老师必须会说汉语，一律实行双语教学。

在我上小学时，我们老家方圆十多里没有学校。我们那个乡叫大树乡，境内除了大山还是山，全乡几乎没有一块平整的地方。我们读书必须要到乡中心学校去读书。说是中心，那时候学生也还是少得可怜。在我的记忆中不超过一百个学生，中心学校的老师竟然只有三个。据说两个是公派老教师，一个是代课老师。代课老师的名字我一入学就一下子记牢了，因为给我们上课的老师就是他，叫马占才。年龄看上去还不到三十岁，人长的十分精干，高鼻梁、浓眉毛、宽脸盘，常常是一头直立的黑色平头发型。比上那两个矮小柔弱的公派老师，马老师有一种老师的朝气和风范。

他的身上有一股说不明道不清的吸引力。他既像我们的老师，又像一个大哥哥。我们最喜欢马老师的课，他开始讲课前，总是给我们讲一个短小精悍的励志故事，诸如头悬梁锥刺股、孟母三迁、盲人摸象、海底两万里等等。他要求我们从小一定要有梦想，要励志走出祖祖辈辈繁衍生息的大山深处。他把我们学习的胃口彻底吊起后他才开始给我们上课。语文、数学、体育什么都归他上。他也用自己的经历常给我们现身说法。他给我们说，自己由于小学和初中没有打好基础，到了高中就觉得学习很吃力，始终跟不上别的同学。尽管他以罕见的毅力读完了高中，但最后还是惨遭落榜。他为自己没有考上大学感到无限惋惜，他觉得自己失败的原因归根结底是小学、初中阶段没有学好基础功课。说小学三年级时他们的语文、数学老师请假整整一学期，尽管一位长期不在学校的校长三天两头代替那位老师给他们上课，但是他们完全听不懂校长应付差事般的讲课。等第二学期另一位新老师来了的时候，很大一部分内容只能跳了过去。马老师说，他们读书的时候，老师常常请假，不在学校是常有的事。在上初三时，他有一次放羊不小心从山坡上滚下来，摔断了腿，躺在家里整整两个月，没有动弹。就这样把最重要的一段初三毕业复习时光白白浪费了。上高中后，他的成绩总是徘徊不前，提不上去。令他悔恨的是，他因此白白花去了不少父母的血汗钱，最终却一事无成，抱恨不已。

马老师一次在班会上鼓励和提醒我们，从小学开始一定要扎实学习，打好基础，每个人要有远大的理想。他愿意用自己所有的力量帮助我们去实现我们这些大山的子孙们心中的梦想。他还说，我们这些生活在几乎与世隔绝的大山深处的人，走向文明，走向大都市的路只有一条，那就是读书。他叮嘱我们一定要好好学习，还说一个安分守己、一辈子甘愿坚守这座大山的人永远没有出息。这句话深深打动了我。我暗暗发誓，总有一天，我一定要走出这座大山。

二

春夏季节，马老师永远穿着一件颜色褪得发白的军服，秋冬季节，始终穿着一件内有羊皮毛、款式肥大的黑色自制大衣。他有一间办公室，到了冬天，房间里少不了一盘铸铁的火炉，里面始终把煤炭烧得通红通红。我们在课间的时候，从四处漏风的教室里跑到马老师的办公室烤火取暖。他也很关心我们，只要容纳得下，所有的学生都可以进入到他的房间。我那时住校。离家远的学生学校提供了住宿的房子，其实就是一个闲置的旧教室。教室里可以住三十个学生，都是用白杨树板子统一铺好的大通铺，学生们挨个睡着，连一丝空隙都没有。窗户上没有玻璃，糊着几层旧报纸。大风一吹，就会破裂好多。每到冬天，住宿的日子是不好过的。有个别觉得学校里的饭菜贵的学生，那时学校也允许在宿舍里用煤油炉自己做饭。中午或下午一下课，学生们争相做饭，煤油炉子点然后，宿舍里烟熏火燎，一股刺鼻的煤油味道弥漫整个宿舍。

　　马老师对我们班特别关心。他不但管我们的学习，还管我们的吃饭住宿。说是一个班，其实随着年级的升高，学生辍学的特别多，我们班从一年级的二十八人到了五年级时剩下只有十三人。从一年级到五年级，学生人数变化呈像金字塔型。马老师除了兼带其他年级的一些课外，一直当我们的班主任，所有课都归他上。由于绝大多数学生是乡政府周边的人，学校离家都不远，一般不在学校吃饭。我们住校的人，不超过三十人。记忆中，那时的学校没有专门的食堂，也是临时设在一个原来当柴房的两间破旧的老房子里，吃饭的桌凳都是学生用坏的缺腿子少桌面的旧桌子。虽然不知道确切的建造时间，但是从外表上看，至少是比学校诞生的时间要早得多。我们的伙食也很简单，上午是煮洋芋加热馒头，下午就是大锅旗花面。饭里很少有肉。两个公办老师工资稍高，家也较远，始终和我们学生一起在食堂吃饭。唯有马老师中午和晚上都总是回家吃饭，以减少开支。到了三年级的时候，我听同学们说，马老师的月工资那时才仅仅八十元。幸亏他是当地人，要不他那点工资还不够买两袋子面。马老师是本地唯一一个高中毕业生。高中毕业的他落榜回家的消息被学校校长知道后，他们报请教育局批准，请马老师来当了一名社请老师。学校当时实在太缺老师了，马老师的加盟，使这所长期只有两名老师的学校的窘迫局面有了稍稍好转。

　　其实，马老师的家并不在学校跟前，而在离学校较远的一座大山背后，走路需要二十分钟。他几乎像是一座大钟一样准时，每天晚上晚饭后，他又顶着漫天的星光和凹凸不平的山路，上山下沟地赶回学校。三十多个住校生始终是老师白天黑夜的最大牵挂。那时候，几个老师为了让我们从各年级留下来住校上学的学生不要浪费时间，晚饭后把我们都集合到一个教室上晚自习。三个老师穿插在学生中间依次回答学生的问题，或者帮助个别学生温习和消化当天的功课。到了睡觉的时候，他们把我们送到宿舍，等我们都上床了后，他们才闭灯关门回自己的宿舍休息。学校夜自习的灯光成了学校所在地那座山梁上唯一的亮光。山山梁梁上夜行的人们大多以学校的灯光来辨别行程的远近和走路的方向。

每学期开学，每个班总是有学生辍学。老师们总要去学生家里动员返校。四年级的第二学期开学时，我们班又有两个学生因为家庭困难跟上父母外出打工而辍学了，十三个学生的班变成了十一个。放学后马老师带上我和另一个同学翻山越岭十几里山路，来到了两个同学的家。他们的家在同一个村子里。我们分别在两个家里只见到了年龄估计至少在七十岁以上的两个老人外，没有见到两个同学和他们的父母。据一家的老爷爷说是自己的孩子和孙子都去城里挣钱去了。我们又去找村里的支书帮忙劝返。支书说，他们这个村多年来穷得要命，一个读书人都没出过。娃娃们到了十几岁，都离开村子到外面跑腿挣钱，说在餐厅、超市、建筑工地等打工者居多。支书说话间，顺手指给我们能看见屋脊的几家漂亮房屋，他说，这些都是家主带孩子在外面用挣得的钱修建的房子。老百姓是最讲实惠的，读书虽然好，但是读书不能很快换来这样的新房子的。原本我们是请求村支书帮我们动员两名辍学学生返回学校读书的，可是没想到，村支书的一番道理讲得马老师和我们两个学生无话可说，极为尴尬。于是，我们便灰头土脸的回到了学校。

尽管马老师对我们的关爱愈加至诚，但是作为小学生的我们却永远不知道马老师活人的苦衷，在我们的脑海中以为所有的老师都是一样的幸福和快乐。我们以为当了老师的人是不会有忧愁的，不会有负担的。每月都拿着那么多花花的票子，想买什么就买什么，想吃什么就吃什么。直到后来，我们到了高年级的时候，才逐渐明白，原来社请老师和正式老师有着根本的区别。我们也终于懂得马老师为什么永远穿着同一件衣服，为什么永远不辞辛劳地回家吃饭，为什么永远是一副忧郁的表情。一切的一切我们都懂了！

　　一切的一切，都是因为马老师是一位社请老师。用自己的青春年华陪伴我们在学校那个荒无人烟的山梁上栉风沐雨，渐渐长大。他用自己一点点微薄的收入拉扯着自己的那个大家。因为热爱，所以，他长年累月一个人孤独地行走在大山和沟壑之间的山路上，丈量自己卑微的人生价值。是的，能记住他的人生价值的可能只有家乡的大山。

　　一次，作为班长的我去马老师的办公室取作业本，马老师不在，桌子上有一张白纸，我用眼光扫了一下，有几行字，原来是一份辞职书：

辞职书

校长：

　　你好！

　　我这次下了决心辞职，因为母亲的药费和家里的生活费靠我的那点工资远远解决不了。媳妇前几天跑到娘家后就再也没有回来。她捎话说我是个没有出息的人，一个大男人，带着一群娃，整天不在家，虚度好年华。她说的也不无道理，这些年村上青年人全都出去跑云南走四川，没有一个不挣来钱的。家家把房子修得和城里人一样了，每个人都骑着崭新的摩托车好不威风。我们家还是那两间茅草屋，更别想什么摩托车了。我决定明天离校，请你批准。

马占才

三

我很快跑到了教室。从那天开始，我的心就不安起来。我像失去父母般害怕起来。我开始细细观察马老师的表情。果然，我发现，他的表情和平时就不一样，脸上总是一副闷闷不乐。

我害怕马老师离职。我想，我的读书，不，我们大家的读书之所以能坚持到今天，在很大程度上归功于马老师的关怀和帮助。我的父母都是一字不识的文盲，对于读书的好处也没有多少超前的眼光。当初要不是一位下乡工作队的干部叔叔来我们家给我的父母做动员，我可能早已是城市里牛肉面馆的一名堂倌。然而命运让我偶然来到了学校，同时又非常巧合地遇到了马老师。

我想不通，马老师为什么舍弃我们而辞职？我一个人独自跑到宿舍里哭起来。别的同学看见我的脸色，都吃惊地问我，周家庆你到底怎么了？我没有告诉他们实情。我真的不敢给他们说马老师辞职的消息。

半年前，在经历了一场罕见的干旱袭击后，我们村的庄稼彻底绝收了。父母在家实在坐不住了，最后决定投奔四川一个开饭馆的亲戚，也准备在那开一家饭馆。决定后，全家遇到了很大的矛盾，哥哥那年十九岁了，可以跟上父母一起打工。爷爷和奶奶都暂时搬到了叔叔家生活。但是我一个人到底怎么办？留下来继续读书还是一起去四川，成了父母最头痛的问题。最后的决定是让我放弃读书，一家人去四川。父亲说，我去了，可以不再雇小工了，可以帮助他们打杂，一家人都可以挣钱了。

第二天，我来到学校把这个决定告诉了马老师。马老师震惊了。

他让我再说一次，等我说完，他似乎咆哮着说，这绝对是不可以的。他说我们班就数我周家庆最优秀，要是我走了，那不得全班都走完了吗？他说，他无论如何要说服我的父母，一定要留下我继续读书。眼看小学毕业了，他说这样辍学多么可惜啊！他当天带上我来到了我的老家。他举了好多例子苦口婆心对我父亲说，你们出门后把周家庆交给我好了，从今天开始，周家庆的学费吃饭穿衣什么都交给我管。他说周家庆这个学生将来一定会有出息的。最后说得我的父母不知说什么好。只好答应了马老师的挽留。这样我跟着马老师回到了学校，又接着上完了小学最后一年课程。

在马老师的挽留下，我又开始读书了。可是，我哪里预料到，即将毕业的时候，马老师却提出辞职。有一天，马老师在班上告诉了我们这个不好的消息。我们十一个学生一下子心灰意冷起来。他说，他非常喜欢我们，也喜欢老师这个职业。在他读书的时候，因为没有遇到一些好老师而最终荒废了学业。所以他想用自己的行动在我们这些家乡学子的身上弥补他的遗憾。但是，他最后带着非常不舍的声调告诉我们，他要辞职，他不能继续教我们了。"因为家里的媳妇带孩子回到娘家再没有回来，她说看不起我这个当社情老师的丈夫。我无法给妻子买新衣裳，也无法给家里盖新房。她说嫁给我是她一辈子的倒霉。现在家里只有一个年龄很大的老母亲，两个姐姐婆家都好远，顾不上照顾母亲。我要照顾母亲。"马老师讲到这里，我们全班都哭了。我们纷纷跑上去抱住马老师，告诉他，我们不答应的。最后马老师也流下了眼泪。他说："孩子们，老师真的舍不得你们。但是老师没有办法啊！你们知道吗，老师一月的工资是八十元，正式老师月工资却是八百元。我一个大男人羞愧啊！对不起孩子们！"

接下来，不知谁提议，我们全班不约而同跑出教室，来到了校长的办公室，算是向校长请愿。我们告诉校长，如果马老师不再给我们当老师，我们五年级全部都回家不上学了，我们要求校长把马老师一定留下来。校长是一个外地人，言语不多，人很老实，看见这么多学生来到门前，一下子慌张了起来。他说："同学们不要急，我们会想办法的。马占才老师真的是一个好老师。我这就去县上找局长汇报，看可否涨一下马老师的工资。"他让马老师先等几天。说完校长匆匆离开了学校，搭上一辆给县城送洋芋的摩托车走了。

第二天下午，校长回来了。他满面春风地来到我们班，告诉我们，教育局研究同意，既然马占才老师这么优秀，这么受学生欢迎，同意给马老师一个特殊的政策，涨工资，每月增加五十元。一下子，全班高兴得呼叫起来。可是，马老师最终还是没有答应这个条件，他去意已定。只是在校长和我们大家的挽留下，他答应克服自己的家庭困难，把我们这个班送到毕业。

答应了我们的诉求后，在别无选择的情况下，马老师把自己的老母亲接到了学校，在他那间不大的房子里临时铺设了一张板床，把母亲安顿了下来。房子门前的过道里，他生起了一个小火炉，开始自己做饭。课一上完，他就跑到房子里陪伴母亲。每天晚自习之前，我们喜欢来到马老师的房间和马老师与他的母亲聊天。慈祥的老奶奶已七十岁了，还能穿针引线，白布上绣花。她成了我们大家的学校奶奶。

发现了马老师的窘况后，我羞愧极了。我后悔接受了几个月马老师的救助，这不是给马老师原本困难的境况雪上加霜吗？从老奶奶来到学校的那一天，我断然拒绝了马老师后面的资助。马老师太不容易了。我写信和父亲联系，他每月从四川寄给我十元生活费。

我突然觉得马老师就像一个父亲，他是那么慈爱，那么善良，那么伟大！我实在想不通马老师在只有那么一点工资的情况下，为什么又拿出一点来资助我？马老师，请你告诉我。

小学毕业的时间到了。我们在隆重的毕业典礼中戴着大红花和老师们合影。马老师还分别和我们班的所有学生一一合影。轮到我的时候，他扶住我的肩膀，叮嘱我，到了中学一定要努力学习。他坚信，我一定能成功。说将来无论走到哪里，一定要多关心家乡，千万可别忘了我这个社请老师。我铿锵有力地告诉马老师，我永远忘不了他。按理，对于我们毕业的学生，学校和马老师的使命也应该完成了。但是马老师就没有这样，他动员我们十一个同学一个不少地去县城读初中。他亲自和县城初中当校长的高中同学联系，把我们带到了县城当面交给了校长。进入初中后，我们便听到了马老师辞职的消息。

由于在小学接受了比较好的教育，我在县城初中的读书一直非常平稳，始终在班上名列中上。初三毕业那年，据老家的同学说，当年的马老师又在学校的邀请下回到了学校。

到了高中，我顺利考到了地区的一所重点中学，那时候，家人在四川的饭馆开始有了一些利润，经济方面我的读书已经不成问题。高中毕业后，第一次参加高考，一切非常顺利，我考到了北京。毕业后分配到了省城的机械学院任教。我们在县城买了新家，很少回离县城好远的老家了，老家的消息也渐渐少了很多。但是，无论我走到哪里，我一直关注和打听着马老师的情况。消息不断地传来说，马占才老师一直没有转正，还在那个学校当老师，工资依然很少。

四

在忙碌的工作中，好多个春秋过去了。老家，最终变成了一个记忆的符号。从省城回一趟老家，那得要下一次大工夫才行，最少也需要来去两天的时间。有好几次我从来自老家的乡亲中打听马老师的电话，得到的回答是马老师没有手机。

二〇一五年春天的一个晚上，我梦见了马占才老师。梦见他在给我们上课，还是在那间破教室里，他讲得非常起劲。醒来后，整整后半夜我再也睡不着，直至天亮。我终于明白，我必须有一笔良心的账要抓紧偿还！这笔账刻不容缓！

在一个周末，我开着车，带着妻子起身了。当年盘根错节的羊肠小道，都已经变成了宽敞平坦的硬化水泥路。从县城出发原来要走两个小时的山路，现在开车只用半个小时了。老家早已坍塌，房屋的痕迹勉强能辨清。我在家门前的一块空地上停下来，注视着这个曾经养育了我的老村。不见一个人影，整个村子里破旧的一家家房屋都焕然一新了。我突然觉得，我已经好久好久不再是这个村子的人了。岁月是多么的无情啊！

突然，一个老人赶着一群羊从背后的山坡上来到了我的眼前。他穿着一件翻毛羊皮大衣，腰里束着一条蓝腰带，头上戴着一个很黑的白帽。等他来到我的眼前时，我终于看出来，他就是我朝思暮想的马老师。我喊了一声马老师，他回过身来定睛看我，半天后，他叫出了我的名字：周家庆，是周家庆吗？你怎么回来了？你们家不是早搬走了吗？我跑过去一把抱住了马老师，他已经苍老得不成样子了。我的泪水夺眶而出。他已经很老了，头发和胡子都全白了。

我跟着他来到了他家。房子好像没有隔壁家高大和漂亮，但是也修建了一排三间水泥的平顶新房。里面的陈设倒不是很新，房子里很是杂乱，炕上的铺盖卷堆在一个角落里。马老师说这房是政府给盖的，据说是民政的什么危房改造项目帮的忙。我问马老师，家里还有什么人，马老师说，就他一个人。老母亲十五年前去世了。媳妇那次走了以后，他去她的娘家死活叫来了，不到一年又跑了，从此再也没有回来。为了媳妇能安分守己在家种田，他曾好多次准备离开学校外出闯荡挣钱，却被学校一次次挽留了下来。这不，一生就这么走了下来。他说这一切都不怨天不怨地，还是怨自己命苦，好几次转正的机会来了，不是说文凭不成，就是档案不合适。前年好不容易盼来了一次机会，结果是要和现在毕业的青年学生一起考试，他说自己哪里拼得过现在的年轻人啊！就这样最后一次机会还是泡汤了。

当年和他一起当社请教师的所有人都转正完了，只有他自己阴差阳错，没有转正。不过，马老师最后说，回想一生也很值得，虽然没有落得一个好家，但也教育了好多批学生。我们这地方枯焦，念书人少，教书人更少，外面的老师留不住，我还是不后悔。就说你吧，都从这里连根拔起当了大学老师，都成了城里人，不念书，哪有这个好运？还好，每年总有好多学生来看我，我很知足。说完，马老师擦去泪水笑了起来。

他说自己去年患了一场大病，他真的再教不动了，于是就停了下来回到了家。现在一个人在家也没有个营生，只好帮村里放羊，一只羊一月给二十元钱。他一共放三十只，多了也顾不过来。他最后告诉我，现在政府也给了低保，加上自己放羊挣一点，日子过得还可以。

我忘不了当年马老师对我的恩情和资助。我终不知道那时候的一元钱等于今天的多少元？在即将走出马老师屋门的时候，我把提前准备好的五千元强行塞在了他反复推辞的手心中。

望着马老师沧桑的脸庞，我不由想起他二十几岁时教我们的样子。我仿佛觉得他的三十年是那样的短暂，他怎么就一下子苍老了呢？

一诺千金

张大林是美国哥伦比亚大学数论研究所的中国留学生，到今天，他来美国留学已经五年整。昨天，即二〇一七年九月十五日，是他一生当中最值得永远纪念的一个不平凡的日子。这一天他和美国科学家波恩、日本科学家大岛茂子三人集体荣幸地摘取了哥伦比亚大学三年一度的自然科学研究成果最高奖——皇冠奖。

在哥大一座金碧辉煌的报告厅里，在美国科学界泰斗级人物和大师云集的隆重的颁奖典礼上，张大林和美国、日本的三个科学家一起从哥伦比亚大学校长手中接过了那沉甸甸的奖杯和烫金字样的证书。作为一个中国人，张大林无尚的骄傲和自豪感在那一瞬间达到了顶峰。他热血沸腾，激情澎湃。他在心中默默地说："祖国，作为你的儿子我努力了。虽然这些成绩还算不了什么，但是我自豪地告诉你，你的儿女尽了最大的努力。"

这是在国际数论研究领域，继中国已故杰出科学家陈景润当年取得的哥德巴赫猜想研究成果基础上，又一次取得的最新研究成果。这项重大的研究成果把这个领域的研究又大大地往前推进了重要一步。五年前，张大林来美国留学的主攻方向非常明确，就是数论研究。张大林从国内硕士毕业以后，他坚定不移地选择了来美国读博。三年的博士读完后，鉴于他罕见的数学研究潜能和卓越的表现，导师千方百计把他挽留了下来。组织包括他在内的三个科学家一起组成了哥大数论研究实力强劲的攻关小组。

早在小学、中学阶段，张大林始终在数学学科上表现出少有的解题能力和非凡才华。从小学到中学，他的数学几乎永远是一百分，他简直就是一个神童，经常在没有数学老师的时候走上讲台给同学们讲课。从那时起，他非常崇拜和爱慕陈景润老师，虽然他没有、也不可能见过陈景润的面，他一直在心底里把陈景润当成自己的偶像和崇拜的英雄。他有一个大胆的梦想，他想把陈景润的研究成果往前再推进一步。作为一个中国人，他觉得年轻的自己有这个责任，当然更应该有这个报负和担当。他们学校那时候有一条标语：人生没有梦想，等于世上白忙。在国内大学读硕士期间，他就给自己树立了一个明确的梦想：要矢志不渝潜心研究数论。他的导师也一直觉得大林是一个多年难遇的数学奇才，一直坚定鼓励支持他去美国读博，坚持研究数论。导师坚信，在数论研究的道路上张大林一定会有所造诣的。

带着这样美好的梦想，张大林克服重重困难来到了美国。在哥大专心读博，并开始摘取世界数学领域的一颗璀璨明珠——哥德巴赫猜想。

五年来，他没有回过一次国，当然也就没有探望过年迈的父母以及妻子和幼小的孩子。记得自己离开祖国的时候，孩子还不到两岁。多少次，张大林在睡梦中看见孩子可爱的模样。孩子问他："爸爸，你怎么还不回来呀？爷爷、奶奶还有妈妈常常在念叨你。你回来吧？你到底在研究什么呢？回到咱们身边做你的研究不行吗？"就在这样

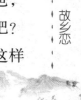

思念亲人的甜蜜的梦中，他经常哭醒。

可是，张大林最最清楚，自己之所以十多年来离开遥远的祖国来美国苦苦探求和钻研数论领域，放下远在祖国西北边陲一个孤独小城里的父母和妻子、孩子，能坚持走到今天，这一切的背后的所有支撑都源于一个重要人物与自己在家乡临海的那所高级中学达成的一个神圣约定。

那是他刚刚进入初中一年级的时候，他的数学老师也是他的班主任是一个来自浙江的老师。他姓赵，叫赵家良，年龄四十上下。赵老师毕业于一所有名的师范大学的数学系。赵老师因为和张大林他们老家的一个大学同学相恋而最终选择来到了大西北，被分配到了张大林的母校临海初级中学任教。张大林来这所学校的时候，赵老师在这里已经工作了十八个年头了。这是一所条件非常简陋的学校。大林的老家离这座小城市还有很远的一段路程，那是一条狗都不去拉屎的偏僻的山坳。当然那里没有初中。

读完小学后，张大林父母的意见是让他辍学，在家帮助他们干农活。他们家那十几亩山地由于干旱，年年广种薄收。没有文化的父母认为，祖祖辈辈在这贫瘠的黄土上勉强度日，生儿育女永远是天理。他们从没有奢望过将来有一天从这里搬到外面的世界。但是，作为儿子的张大林确实很早就想到了这个问题。在他看来，他们家乡这样的严酷地方，彻底改变现状的路只有一条，那就是搬迁出去。可是一下子搬出去绝对是不可能的，因为暂时没有一个落脚的地方。在他朦胧的愿望中，他拿定了注意，全家要彻底走出这个落后的地方。

他认为要想走出这个落后的地方，只有一条路就是刻苦读书。通过读书考上大学实现外地就业落户，是一条绝好的途径。当他听到父母让他辍学回家干农活时，他坚决反对。他发誓，即使遇到再大的困难，也要坚持读书。从来到临海初级中学的第一天起，他的目标很明确，他就要考大学。来到初中，遇到了一个科班出身的顶尖的数学老师，也许这才是他一生中最幸运的事。凭着自己的执著和渴望，父母无奈把家里历年积攒的一些粮食卖了后把他送到了离家很远的初中学校。

他是住校生，只能周末回家。如果周末不回，赵老师就把他叫到自己的家里，让他在家里一起吃饭。更重要的是赵老师抓住闲暇时间，在家里帮助他提升解题技能和数学素养。赵老师是一位非常优秀的数学老师，从初一开始，他一直给张大林教数学学科。得益于小学阶段非常卓越的数学能力和表现，赵老师在初一数学课中很快发现张大林果然是一个数学奇才，于是他开始重点培养大林。他把自己从大学阶段历年存有的所有高于普通中学教学内容的一系列奥林匹克数学提高读本全部送给了张大林。赵老师发现，张大林开始钻研他提供的奥林匹克数学拔高读本后，对高难度的数学问题的解决能力有了突飞猛进的进步。

普通的教科书对他来说已经根本不在话下，从赵老师给他提供的一本介绍哥德巴赫猜想的小册子上他第一次发现了这个历史性的数学问题。他对这本小册子产生了前所未有的浓厚的兴趣。一段时间后，他便萌生了将来攻关哥德巴赫猜想的朦胧意念。张大林的这个决心很快被赵老师发现了，赵老师果断地从思想上对大林的选择给予了巨大的支持。他说，张大林是一块被早期发现的数学领域的罕见宝石，他一定要用自己的思想和行动让这块宝石焕发出最美的光泽。赵老师在大学时曾研究过陈景润的青少年时代，他发现，张大林超群的数学智慧和陈景润在中学阶段的卓越表现有着惊人的相似。凭着他数学教师特有地逻辑和睿智，他断定，张大林是一个不可多得的数学英才，这样的人才是可遇不可求的。

然而，赵老师和张大林两个人万万没有预料到的是，张大林顺利读到了初三的时候，他的读书生涯遇到了一个晴天霹雳一般的困难。

他突然患上了一种莫名其妙的疾病：睡不着觉，吃不下饭，焦躁不安，浑身疲倦。他遇到了人生最大的挑战。他的父母都在农村，生活很困难，一直都在勉强供他上学。在这种突如其来的大病面前，一时间需要很多钱来给孩子治病。他们真的傻了眼，他们哪里去找那么多钱呢？正当他们为此发愁的时候，赵老师果断站了出来。他把他们夫妻两人所有的积蓄从银行里取了出来给大林看病。在赵老师看来，张大林这样一个家庭困难的天才学生在突遭灾难、面临生死存亡的关口，作为老师的他决不能等闲视之，就是倾其所有，他也在所不辞。

这还不算，鉴于大林父母一辈子在农村生活，没有出过远门，更没有去过省城的医院，非常不方便去省城陪大林看病的实际，赵老师从学校请假后，带上大林去省城看病。医院的诊断结果出来后，赵老师一颗始终悬着的心踏实了好多。医生说，大林患的是早期中度焦虑抑郁综合症、说这种病可能是孩子在学习中过分专注，太过于渴望实现梦想而产生的。赵老师丢下学校的工作、丢下自己的孩子和老婆在医院整整陪护了张大林一个月的时间。一个月后，张大林终于痊愈后出院了。

回到了学校，张大林又和同学们一起进入了正常的同步学习中。一个月后，张大林顺利地找到了原来那股旺盛的学习斗志，特别是在赵老师提供的那一整套中学生奥林匹克提高读本的钻研中又不断取得了新的进展。整个初三一年，张大林在老师们的帮助下，特别是班主任数学老师赵老师的帮助下更加坚定了在未来的学习中选择攻关哥德巴赫猜想的宏伟目标。

一九九一年，张大林初三毕业了。然而到底去哪里上高中的决定成了他和赵老师头疼的问题。不过，临海市也有两所高中学校，但是教育质量在省内排不上名次。北大清华自高考恢复以来，加起来没有考上过十个学生。多年来临海有一个奇怪的社会现象，好多有钱有权的人都不愿意让自己的孩子在临海就读高中，他们一般把孩子都送到省城去读书，有的家长甚至从小学开始早早送走了。张大林去省城读书，与他的家庭条件相比很不现实。如果选择在本市的高中就读，赵老师极不赞成。赵老师觉得，大林是一个有着超常学习能力的学生，这样的学生如果到了一所平庸的学校，一定会严重影响他的成长和成才，说不定反而让他高超的数学能力在一个蹩脚学校和平庸老师的教育下成绩会一落千丈。如果真是那样的结果，天才张大林的读书结果将会是一个难以接受的教育悲剧。赵老师一想到这些，心里总是忐忑不安。

作为一个受过高等数学专业教育的老师，在他十几年的教育教学生涯中，他很少遇到过张大林这样的尖子学生。他认定，这个孩子只要坚持接受完三年良好的高中教育，然后再上个好的大学，他会在数学领域有很大的出息。惜才如命的赵老师真的舍不得让张大林在临海市那两所极其普通的中学上高中。假如送到省城读高中，赵老师也没有熟悉的关系。到了最后，赵老师把眉头一皱咬了一下牙，把张大林叫到自己的办公室。他铿锵有力地告诉张大林，他已经给他在自己的家乡浙江联系好了自己的母校，他让大林去他的母校上高中。那里有好几个数学专业水准特强的老师，有些是他的老师，有些是他的同学。他当着张大林的面，拿出手机给远在浙江的他的母校教导处主任、大学同学打电话，把张大林上学的事全部立马说妥了。张大林听到这一切之后半天无言。当老师问他还有什么担心时，他说家里困难，开支不起过多的花销。赵老师说：这一切由我来操心，你只把学习搞好。

新学期开学之际，赵老师专程把张大林送到了浙江自己的母校。他亲自把这个极有数学学习潜质的后起之秀交给了当教导主任的大学同学，希望他把张大林当做是赵老师的孩子一样教育和培养。一切安顿好了后，他回到了临海。

张大林在浙江的学习生活开始后，赵老师时不时地从大林的老师那里了解他的学习情况，特别是数学学习的表现。数学老师告诉他，张大林在数学上极具潜力，每次考试名列前茅，成绩非常不错。在赵老师的持续关切中张大林在浙江读完了高中，一九九四年七月他回到户籍所在地临海参加了当年的高考。在赵老师建议下，志愿填报了东湖大学数学系，在第一批重点院校录取批次中被该校数学系顺利录取。四年大学生活在张大林忙碌而充实的学习生活中终于翻了过去，迎来了毕业的一天。令张大林想不到的是，好多南方的企业和事业行政单位争抢着来和他签订合同，张大林拒绝了所有的用人单位。

一九九八年六月，张大林从东湖大学以优异成绩毕业。考虑到父母的身体非常糟糕的实际，他谢绝了老师的婉言相劝，没有参加当年的研究生考试。拿上了派遣证匆匆回到了家乡临海，他被分配在临海高级中学。那时候，他的恩师赵老师已经从原来的初级中学调到这所高级中学担任校长。几年前的师生关系变成了现在的同事关系，开始在一所学校里共事。张大林毕业回来时候，他的指导员给学校的校长随身带来了一封信。信是这样写的：

尊敬的校长：

您好！

我是张大林同学大学四年的指导员王江。张大林是我们学校一九九八级数学系五个班学生中成绩最好的学生之一。他的数学研究素养在全年级里遥遥领先，鹤立鸡群。大学期间在正规专业杂志上发表的论文数他最多。他被国际数论研究小组两次邀请去美国参加年会，被聘请为美国《科学》杂志的中国大陆特约撰稿人。我们的想法是让他在我们学校读硕士，再去美国读博。然而我们怎么做工作，张大林都拒绝了我们的建议。他的理由只有一个，家里父母年龄大了，身体有病，特别需要他回去照顾。他说这些年他欠父母的太多太多了。

我们认为张大林是一个数学研究特别是国际数论研究领域极具潜力的好苗子。如果让这样的人去当老师，太可惜了。我们希望你们帮助他的家庭，让他到我们学校读研。让我们共同努力，让这颗数学之星不要过早陨落。

此致

东湖大学数学系　王江

赵老师读完信，沉思良久。他对这位素未谋面的不熟悉的指导员充满了无限的感激，他觉得这样负责的幕后人才真正是我们国家的脊梁和英雄。他们对教育和人才的负责精神是我们这个泱泱大国最终实现伟大复兴的中国梦的根本和依托。他们才是真正的中华民族的精髓和靠山。

赵老师作为一个中学校长，他当然深知，一个重点大学毕业的数学老师来到临海高级中学，意味着他的数学教师队伍显著强大。但是人才至上的赵家良也深知，像张大林这样的学生仅仅在一所普通中学当一名学生喜欢的好老师的社会意义远远不如让他全身心投入到数学领域做科学研究那样有价值。他暗自计划，等张大林结婚后把家里的事情安顿好了以后，千方百计动员他读研读博，当然能去国外就更好了。他退休前力争把这件事办妥办好。

张大林在学校的关心下，把自己的父母从老家搬到了学校内的几间临时用作仓库的旧砖房。在同事们的撮合下，大林和本校的一位当老师的本分姑娘在任教不到一年的时候结婚了。至此，张大林这个可能在长期的读书研究中形成的性格偏内向的数学老师终于在小城有了一个温暖的新家，他永远地离开了埋有他祖父祖母甚至更早的数辈祖先的那个偏远的山沟。一个出身于偏僻山沟的人经过十几年的学习蜕

第三辑　故乡恋

变后，竟然开始在一块播撒文明的城市国立中学讲授一门深奥不测的自然科学——数学，培养起一批又一批对未来充满渴望的一代代年轻学子。

第二年初春，张大林的孩子和他在国际数论研究的一项重要科研成果的论文奖一并到来了。校长赵家良在全校召开专门的会议，对张大林的获奖给予了极高的评价。学校给张大林颁发了三千元的奖励。张大林的情况被省科协得知后，专门派人来临海高级中学了解情况。赵校长觉得，一个千载难逢的好机会终于来了。他把科协领导带到了自己的办公室，把张大林从初中开始到高中、大学的一系列杰出表现详细汇报给了科协的领导。赵校长希望省上出面，利用派遣年轻学者出国留学的资助项目，帮助张大林去美国读博深造。他说张大林是他的一生遇见的最难得的数学天才。带着赵校长的汇报和期望，省科协的领导走了。一星期后，省上通知，张大林老师出国留学的事已经确定，地点在美国哥伦比亚大学，为期三年。两个月后，张大林迎来了去美国的时间。

在他离开祖国前，赵校长和他进行了一次彻夜长谈。赵校长语重心长地说："大林，你一定要记住，我们国家改革开放近三十年来，各行各业发生了巨大的变化，我们的国力也有了显著历史性的提升。但是请你一定要记住，在科学研究上，比西方发达国家，特别是美国、英国和日本，我们国家还很落后。我想，我这一辈子，能有你这样杰出的学生，作为你的老师我真的很高兴。但是我还有一个渴望，就是希望你一定要树立为国争光的远大理想，在数论领域，在陈景润老师的基础上，把研究的成果再往前好好推进一大步。如果真有这样的一天，那你就是中国的陈景润第二了，国际数学界会永远记住你的名字。大林，这次去美国，你一定要沉住气，安下心。要有背水一战的思想准备，要有如果研究不出成果就不回国的斗志。"

张大林静静地听着老师的叮咛，在心底里记下了老师的所有嘱托。

接着，赵校长从沙发上站了起来，他带着浓重的浙江口音说："大林，今天我们两个人要参照桃园三结义那庄严的仪式，也来个盟约。"

他伸出双手握住张大林的双手说："大林，希望你是好样的。我在中国等你的好消息。不过，等你回来的时候，我也许退休了。说不定那时候阎王爷早收走我了。但是不管怎么样，在这里我们两个人抱拳约定，我们不见不散，一诺千金。我等着你在美国摘取哥德巴赫猜想新成果桂冠的好消息。"

五年，一眨眼的工夫就过去了。张大林回首往事，感慨万端。他终于没有辜负赵老师几乎花了一生的时间、拿出自己全部的积蓄对他的精心培养和教育。他想，这块沉甸甸的奖章，凝结着赵老师太多的心血，与其说是张大林自己获得的，不如说是赵老师和自己共同获得的。下午，张大林盘桓在哥大绿树成阴、姹紫嫣红、人流如织的校园中，心情难得的愉悦。五年来，他很少在校园里散步，他没有那么多的闲暇时间。在作出明天回国的决定后，他专程来到哥大的校园。他想慢慢地行走一回这个美丽的校园，因为这个历史悠久的著名学府成就的无数人的名字中，就有他张大林的名字。

张大林本来按照出国前的计划，三年博士读完后踏实回国，但是博士毕业后，他的导师怎么也不让他回国。他们几个数论研究小组的研究，那阶段正是最关键的时期，如果大林一人离开，意味着好几年的研究前功尽弃，半途而废。导师出面与国内的派出机构经过衔接后又延长了两年的留学时间。

张大林他们在哥大的数论行动研究小组包括他的读博时间在内，整整用了五年的时间。五年中，有好几十次，他们在不知道白天和黑夜的更替中连续验算的时间长达三十六小时以上。他们吃饭和睡觉的规律彻底被打乱了。幸亏目前好多繁琐的数字运算借助了一台国际上

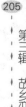

非常先进的大型计算机的帮助，否则，数论这种靠数字和逻辑不断推理研究的学科不知要花去他们几个科学家多少宝贵的青春岁月。终于，他们的研究有了突破性的进展。在陈景润用了十年的工夫解决的难题基础上，他们仅仅用了五年的时间再一次往前推进了整整一大步。

张大林决定明天回国。

回国之前，他联系了恩师赵老师。他得知，老师于上年度已经退休，住在西北大林他们家乡那个孤寂的小城临海。不过，有一个不是很好的消息令他非常担心，电话里师母的声音有些哑。师母告诉大林，赵老师患病在身，一度时期住院治疗，不过常常念叨在美国的大林。赵老师听到大林在数论上获得大奖的消息，高兴地流出了眼泪。他非常想念着载誉归来的张大林。

张大林终于回到了家乡这片厚实的土地。他顾不得回家去看一眼整整五年没见的父母、妻子和孩子，他直奔赵老师的家。可是，他还是来晚了一步。当他跨入赵老师房门的时候，赵老师已经永远地睡着了。他在肝病的折磨下没有等到张大林的到来，终年六十三岁。

张大林扑倒在老师的遗体前失声痛哭。他把那块奖章小心翼翼地摆在了老师的眼前。他失去控制般地喊叫：老师，我们不是说好了一诺千金？你说你要等我啊！

室内外一片寂静。

琴　缘

　　周老师趴在钢琴前，目不转睛地望着窗外崭新的校园，她的双手有些僵硬。刚刚训练完几个音乐特长生，她感到极度疲倦。她明显感到不如年轻时候那样弹起琴来浑身是劲，现在确实有些力不从心了。时间一长，手指乏困。现在是上午的十点钟。

　　她所在的学校叫临海中学。周老师是这所学校年龄最大的老师了。再不到半年的时间，即将迎来她退休的日子。随着退休时间的临近，她开始越来越担心和害怕，她怕一旦离开学校后可能会面临难捱的孤独和寂寞。和她同岁的丈夫按照国家规定，至少还有五年才能退休。他还有他的事业要奔波，不可能抛下自己的工作在家陪她。他们的独生子去年去美国读博了，一年半载是回不来的。她习惯了单位上一辈子按时上下班的这种严谨有规律的生活，她早已把自己和学校几乎融合在了一起。几十年下来，家里如果没有什么特殊事一般很少请假。她就像学校里的一件固定财产一样，永远守候着自己那个恒定的位置。她很少耽误学生的上课。平时除了正常上好她的音乐课，她还有广泛的爱好和兴趣。她喜欢读书，喜欢唱歌，喜欢钢琴、琵琶、小提琴，也喜欢舞蹈，还喜欢西洋绘画、唐诗宋词等等。凡是和艺术沾边的大小门类她都涉猎一些。当然这些爱好中排在最前面的就数弹琴唱歌了，因为这一行毕竟是她的专业。

一九八三年秋天，十九岁的周晓静以优异的成绩从师大音乐系毕业。那时"文革"结束恢复高考后考入大学深造的学生中她们几乎是最早的毕业生。十年动乱使当时的中小学严重缺乏各学科教师。据说他们来教育局报到的时候，很多中学的校长到教育局抢着要毕业生，就这样她被懵懵懂懂分配到这所高中学校担任了音乐老师。今天想来，那段日子就好像在眼前。可是，转眼三十五个春秋匆匆过去了，她仿佛觉得做了一场梦。有时候站在镜子面前，她怎么也不相信，当年那个对一切充满幻想和渴望的漂亮少女一下子变成了眼前这个略有肥胖的老太婆。这些年，为了留住美丽，她可是费了不少钱，买了不少高档的化妆品。可是那许多昂贵的化妆品再怎么高档，也难以在自己早已爬满皱纹的脸上起到任何显著的改善作用。为此她多少次伤心欲绝。到了快退休的年龄，她才发现，原来青春和衰老之间的距离竟然如此之近。

回首自己漫长的教育人生，她感慨万千！几十年间，她不知从自己手下培养送走了多少优秀的音乐生。她有很强的记忆力，那些特别出类拔萃的学生名字，她可以如数家珍，但是绝大多数学生的名字她自然都忘记了。每到春节，她会收到来自各地的祝福明信片或打来的电话、信息等，都是从临海中学先后毕业在省内外就业的音乐生。每年总有几个学生大老远跑来给她拜年。她们来到临海，把所有在当地的音乐班毕业的同学召集在一起，找一家音质好一点的KTV，请上周老师，举行一次通宵大联欢。她们会把各自最拿手的歌曲唱给周老师。那时候，周老师也会很快像回到自己年轻时一样，激动得与自己的学生们同台放歌。周老师的记忆中这样的活动每年几乎没有间断过。她每有寂寞的时候，总是盼望春节期间的年度大联欢。

当初她来这所学校的时候，这所学校的音乐教学几乎是一片空白，只有一位师范学校毕业的老教师。一个老师远远顾不过来给各班上课，况且没有一件器乐之类的东西。不仅仅是乐器，她的印象里当时的学校好像什么都缺。没有办法，她只好把自己的父亲当师范音乐老师的时候曾经购置的一把旧琵琶拿到学校，凑合着用之于教学。在她来之前，临海中学在音乐特长生培养方面，一直是空白。当然，造成这一切的原因也不仅仅是老师方面的问题，在很大程度上要归咎于学校的办学历史、校长的办学理念、办学目标、办学思想、办学条件等诸方面的限制。一所学校如果没有厚重的办学历史积淀，很难在德智体美劳等多个领域形成齐头并进的良好发展格局。

后来，随着办学条件的逐渐好转，学校陆续添置了一些必需的音乐教育器材。最主要的是在周老师的多次请求下，学校好不容易下决心凑了一笔资金，买了一架非常好的钢琴，填补了学校办学三十年没有钢琴的空白。这架核心设备的添置根本上改变了音乐组开展音乐教学和特长学生专业训练的急需，解决了师生渴慕已久的燃眉之急。从此开始，钢琴成了周老师在学校里的形影不离的爱物。一年四季，从琴房飘出的悠扬曲子总是飘荡在校园之中。

每天音乐课之外，周老师像一座机器坐在办公室那架钢琴前永远在给音乐特长学生上课。除了节假日和两个寒暑假，那架钢琴几乎从没有闲置的一天。她的两个手指由于长期弹奏钢琴，明显与比别人不同。手指较长，起了厚茧。每每坐在钢琴前，一旦和学生配合着弹奏起来，她就会忘记了一切。那行云流水般的音乐会让她的思绪很快飘向遥远，她会陶醉在一串串激昂、抒情的音符里。对此，好多文化课的老师常羡慕她的工作，说周晓静老师永远在歌唱中工作。而他们呢？永远是

批不完的山一样的作业，一年四季写不完的教案。他们开玩笑说早知这样，当初她们就选学音乐多好。每次听他们这样说，周老师总是少不了也回敬他们一句：你们要知道，音乐可不是随便什么人都能学的，要有天赋！一句话噎得他们再不说什么。

周老师的音乐教学经过好几年的探索和积淀，越来越得到了学校的认可和家长的好评。周老师也更加不负学校的众望，以忘我的奉献精神投入所有的精力，和后来增加的音乐老师们一起，不断拓宽发现音乐人才的创新机制，每个年级始终保持有三四十个有音乐天赋的学生学习音乐专业。同学们把周老师崇拜得五体投地。一度她几乎成了热爱音乐的所有学生心目中的音乐女神。在她孜孜以求的教育培养下，自她来这所学校的第三年开始，每年总有若干名学生考上音乐专业的大学，而且随着时间的推移，考上的学生越来越多。渐渐地，这所学校的音乐教学开始在当地有了小小的办学声誉。于是，这里每年慕名而来学习音乐的学生也越来越多。大家又开玩笑说，临海中学可以没有几位语文、数学和英语老师，但是不能没有音乐组的周晓静老师。没有周老师，校园里就会没有歌声。没有歌声的学校不是一所理想的学校。

周老师的音乐教学一生秉承一个在她看来放之四海而皆准的朴素的教学思想，那就是，选拔音乐苗子不能光靠学生自己的兴趣和喜爱，最根本的就是老师要在平时的音乐活动中要善于发现一些表现不凡的音乐天才。这些学生，他们不一定主动来特长班学习音乐，一是他们压根就没有发现自己身上还有音乐特长，二是他们的家庭环境不允许他们选学音乐。周老师一生最骄傲的学生马音灵就是这样一个学生。那是二○○一年的春天，学校举办了一次主题为"我是明星"的校级演唱比赛。每个年级每个班积极推荐有音乐特长的学生参赛。就在那次校园演唱会上周老师发现了马音灵。

轮到马音灵上台的时候，会场里已经乱哄哄的，看台下的好多学生都已经不耐烦了，各种古怪的口哨此起彼伏。轮流上台演唱的选手中一直没有出现一个令大家引起共鸣的歌手。就在这时，一个柔弱的小姑娘双手提着华丽的舞台服翩翩走上舞台。她唱的是邓丽君生前唱过的一首经典歌曲《小城故事》。她的声音刚刚开始在大厅飘开，一直吵闹不停的偌大的礼堂一下子安静了下来。她那婉转的歌喉、清丽的音调、对高低音恰到好处的把握和掌控，让全场人都不相信这个唱歌的歌手竟然是学校的学生。大家都不约而同地觉得这逼真的声音无疑是当年一代歌手邓丽君的再现。当马音灵唱完走下台的时候，全场报之以经久不息的掌声。这样的现象在周老师的教育生涯中很少有过。下来以后，周老师把马音灵请到办公室。

　　她告诉马音灵，她是一个音乐天才，今后选学声乐会前途无量。马音灵却说，她的家庭不允许她学习音乐。她家在山区，家里条件很差，也很困难。父母都没有文化。不要说学音乐舞蹈什么的，就是自己来学校正常读书，当初他们也是极力反对的。父母在家里从来不让她们姊妹哼哼唧唧唱歌。在学校，周老师和马音灵谈了好几次，动员她说服父母学音乐。可是马音灵尽管多次征求了父母的意见，最终他们还是坚决不同意，说一个女孩子学唱歌不本分，村子里人看了，像什么样子！周老师纳闷了。这是她在自己的教学生涯中遇到的一个极有天赋的学生，她的高音和颤音都是很难遇到的。不过周老师知道，要是让马音灵下决心学习音乐，那她还必须比别人拿出更多的学费支出，这个原本家里不支持学音乐的孩子去哪里找到一笔数目不小的学费呢？最后，周老师一颗滚热的心渐渐冷却了下来。

　　到了高考专业考试的时候，周老师抱着试一试的心理，在对文化课考试毫无妨碍的情况下，带上马音灵去省城参加了好几所国内知名音乐名校的专业选拔考试。结果让周老师和马音灵都绝对没有预料到，马音灵竟然在新疆艺术学院的音乐专业测试中名列第一。新疆艺术学院的老师找到周老师说，这个学生他们可以特招。周老师一下子高兴地抱住了马音灵。然而即使这样的好消息也没有让马音灵高兴多久，因为要让她的父母同意自己去学习音乐太难了。她们是祖祖辈辈生活在黄土地上的没有文化的农民，他们从来不知道文化的高贵，更不知道音乐是干什么的。听说今后要专门学习唱歌，他们就更加反对了。一个女孩子冒险去学校就已经够大胆了。

　　周老师真的难住了。她怎么也舍不得让马音灵这么好的音乐苗子半路夭折，这样的苗子是可遇不可求的。有一天，她让马音灵带路，去马音灵家看望她的父母。

　　她们是搭一辆摩托去马音灵家的。路很不好走，都是山路，既窄又陡，山山沟沟绕来绕去。家里只有她的母亲，父亲去很远的集镇上买羊去了。从凌乱的院落和摇摇欲坠的几间房屋上看，马音灵的家境真的很困难。房门口的土台阶上堆积着当年收获的包谷棒子，门额上挂着几串串红辣椒。门上挂着一块旧床单，用以挡风门帘。她们进入马音灵家门的时候，里面悄无声息，连鸡或羊的声音都没有。马音灵站在院子里放开声音喊了两声，里面出来一个约莫四十岁的妇女。看上去病恹恹的，脸上无精打采。马音灵上前介绍："妈妈，这是我们的周老师。她今天专门来看你和爸爸。"一听是老师，马音灵的妈妈急忙走下台阶来到周老师跟前说："这么老远的你来我们家。可真是难为你了。你看看，我们这穷家，连个放脚的地方都没有。周老师你不要笑话啊！丫头快让老师进房子。"她的妈妈说着，跑过去揭开门帘。

　　周老师出身也是农村，她压根不会嫌弃房子的破旧，顺势走进了这个略显破旧的老房子。虽然是大白天，房间里面却黑乎乎的。一条旧床单把窗户堵得严严实实，从几个破洞里透进几束刺眼光，才能迷迷糊糊看清房间里的陈设。一副老旧的板柜占了整个房子的大半，一个土炕占去了三分之一，最后能容纳人走动的地方简直捉襟见肘。

马音灵和她的妈妈搬了一条笨重的旧凳子让周老师坐。然而周老师并没有坐。她看时间不早，转过身，朝马音灵的母亲说："今天我来你家主要是你的孩子的上学问题。你的孩子很优秀，在我教过的学生中很少见到马音灵这么好的学生。今天看了你家的情况，确实困难。阿姨，你不要有任何顾虑和害怕，你不要顾忌别人的说法。现在少数民族女学生读书的人可多了。你们县上就有好多女干部、女老师、女大夫，我们学校还有一位回族的女校长呢！我问你，你愿意你的孩子一辈子和你一样就这样住在破房子里过日子吗？"周老师有些激动，她的声音高了起来。听完周老师的话，这个一字不识的农村妇女到底不知说什么好。半天，她看看自己的姑娘那双渴望的眼睛，再看看大老远从学校跑来专门动员她让孩子上学的周老师，作为往日在家里自己说的内当家，她一下子迷惑了，她不知怎么回答。

"周老师，你的好心我们知道的。这姑娘老实厚道，将来在外面挣饭吃，别人会说闲话的。还有我们家困难多，供不起她啊！你看我们这个破房子就知道了我们有多困难。"马音灵的妈妈担心地说。

"这一切你放心好了。阿姨，以后要是出什么事，你就找我算账好吗？"

周老师对她的吞吞吐吐很不以为然。

"那好，那好！你这样说，我们就不担心了。"

天将黑，周老师绕道好远的山路，回到了学校。虽然浑身疲劳，但是她的心情是很愉悦的。毕竟，她把好不容易发现的一个音乐好苗子给夺了回来。要是没有她今天的努力，马音灵这样的好学生被一把尺子量到底的教育早被埋没掉了。

第二学期马音灵参加了高考，顺利被新疆艺术学院录取。周老师把马音灵入学的所有的费用加起来近七千元钱全部打到了学校的指定

第三辑 故乡恋

账号。让周老师特别高兴的是，这个孩子就是与众不同，她虽出身寒门，但确实是一个有骨气的孩子。从去学校报到的那天起，她再也没接受过周老师的学费资助。寒暑假她都不回家，利用周末和节假日，在学校周边的几个艺术学校轮流打工挣钱，积攒了自己够用的学费和生活费。由于马音灵的父母不懂音乐，马音灵在学校报到的时候干脆把家庭住址写成了周老师的地址，也是她的母校。学校每学期把她的成绩和评价都邮寄到了周老师手里。周老师发现，马音灵在学校的表现和她在中学时一样，很是被大学的任课老师们看好。她数次在新疆地区和乌鲁木齐的音乐大赛上崭露头角，荣获奖杯，还被学校推荐上了一次央视的大舞台——星光大道，获得了周冠军。大四期间，她还有幸随新疆艺术团去了一次欧洲巡回演出。短短几年的实践锻炼，她成了学校艺术团的独唱骨干。由于马音灵的班主任给周老师来信次数多了，周老师和马音灵的班主任也渐渐熟悉了起来。周老师一次在电话里和班主任聊天时，班主任无意中征求了周老师的意见，毕业时学校想把马音灵留下来在音乐系任教，问周老师这边是否同意。周老师代表马音灵的父母爽快地表示完全同意。

二〇〇六年，马音灵毕业了。她成了新疆艺术学院的一名正式老师。从此她的面前铺满了鲜花。几年后，她被调到了新疆艺术团当了一名专业的独唱演员。

周老师的父亲也曾经是一位音乐老师。父亲一直渴望把自己的女儿培养成一名至少在本地区稍有名气的歌唱家。周老师当时上学的那所学校里专业的音乐老师非常稀缺。她高中两年的专业课都是自己的父亲在家里亲自操刀帮她训练的。工夫不负有心人，她考进了大学音乐专业，毕业后来到了临海中学，但是成为歌唱家的梦想最后还是没能实现。当了老师后，她从一些歌唱家的成长经历中发现，上大学期间她们音乐系缺乏优秀的声乐老师是她最后没有实现梦想的根源所在。

可能是自己没有实现歌唱家梦想的原因吧，在她的教育生涯中，她一直渴望发现一些极具声乐天赋的学生，想把自己的人生遗憾实现在自己的学生身上。马音灵的出现，让她确实高兴了好一阵子。

沉思了好久，周老师又弹起了钢琴。她弹的是一首柴可夫斯基的钢琴曲《悲怆交响曲》。那忧伤的曲调在教室里飘荡，在校园里回旋。

突然，她的手机响了起来。她一看，是远在新疆的马音灵打来的。马音灵告诉她，她们艺术团一周后来甘肃兰州交流演出，她有两首独唱歌曲，她希望周老师一家到时候抽空来指导，还说自己到时候给周老师准备几张票。周老师高兴得跳了起来。她告诉马音灵，她一定参加。这时候放学的铃声响了。周老师拿起包轻盈地走出琴房。她突然觉得心情很好。退休就退休吧，她一生培养了很多马音灵这样的学生，常常从全国各地给她打电话，特别是春节的时候在她的家里总是少不了学生们的欢声笑语。想到这些，周老师的脸上顿时兴奋起来。她想，常常有这么多各地的学生随时与她联系，她觉得已经很知足了。她悄悄地决定，本学期末她计划给学校正式递交退休报告。

她愉快地哼着小曲，走下楼向停车场走去。她钻进自己的小轿车，一踩油门，缓缓开出校园。

215

第三辑 故乡恋

谁知我心

一

春季学期开学后，马雁在师范大学教育心理学院的本科读书生涯在他们所有二〇一一届莘莘学子朝夕苦读中迎来了最后的一个学期。还有不到四个月的时间他们就要毕业，就要离开朝夕相处了整整四个寒暑的亲爱的母校了。

师大，这所西北地区的百年名校，历史悠久，古树参天，人才辈出，用她浑厚博大的人文底蕴和教育理念陪伴他们度过了四年人生当中最美好的青春年华。他们最灿烂的笑容留在了这里，最艰苦的读书拼搏时光留在了这里，最真挚的同学友谊也留在了这里。对于绝大多数毕业的学生而言，毕业前的这一学期可能是他们四年大学生活中一段最让他们激动紧张的珍贵时光。因为他们命运的走向在很大程度取决于这一年。

在这段时间内，他们中有的人会情不自禁地走在时间的前面想象、设计起走上工作岗位后将怎样卖力地工作以赢得领导的欣赏；有的人将渴望着毕业后就业岗位一有着落就想立马筹办隆重的婚礼，和自己心爱的另一半携手开始浪漫甜蜜的两人生活；当然也有的同学希望毕业前顺利考上理想大学的研究生，继续开始自己挚爱专业领域的深度研修和探索，以期在自己未来的人生历程中早日有一些相关创造性突破性的探索成果；还有的同学迫不及待地等待着离校的日子，因为他们已经早在一年前做好了奔赴有关国家留学的充分准备。当然还有一个共同的原因就是这学期学习任务除了撰写毕业论文和论文答辩，课程已经基本修完，学习任务相对轻松。

他们怕毕业后忙于工作，再来不了母校所在的这座陇上古城，他们中关系友好的同学总要抽一些时间想在这个美丽的黄河穿城而过的城市，找几个最喜欢的景点拍照留影，聚会吃饭，聊天唱歌。让大学时代在各自的心中永远留下不能忘却的美好记忆。他们中的每个人都有不同于他人的渴望和梦想，也有不同于他人的痛苦和煎熬。马雁面临的不完全是痛苦，也不完全是幸福。她的面前有两条笔直的大道，现在的她不知道究竟选择那一条。她陷入了人生选择的极度的煎熬和痛苦之中。

这是一个星期天。教育心理学院宿舍楼 302 房间唯有马雁一个人呆在房间，宿舍的其他三个同学周六回家还没有回来。起床铃响过后她一直躺在床上，一直似睡非睡地蒙着头躺在被窝里辗转反侧。她虽然一直赖在床上，但瞌睡已经全无。近几天来，她一直在做痛苦的抉择，也在做甜蜜的畅想。

她不知道这学期结束后，她将选择哪一条就业道路：回自己的老家河西走廊，还是跟上马楚生去他的家乡临川。她真的太矛盾了。以前，在校园看见许多双双对对的情侣们柔情四溢地走在一起说说笑笑的时候，她还是有些羡慕。她也一直责怪自己，是自己长得丑的原因吗？为什么自己梦中的白马王子迟迟不出现呢？眼看还有不到一年的时间就要毕业，看来苦命的她可能再也没机会在大学的柳荫和草坪间

第三辑 故乡恋

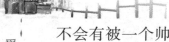

不会有被一个帅气的男孩子牵手的幸福了。直到有一天幸运地遇见楚生这个风度翩翩的回族美男子后，这种羡慕算是减少了很多。但是每当考虑到如果将来选择和楚生在一起去他的家乡工作的话，她可能再也回不了自己从情感上确实无法割舍得下的家乡那一方天地相接、宽广无垠的亲切的黄土地了。好在马雁是一个有坚定信仰的穆斯林姑娘，她坚信安拉的一切安排。她始终把一切托付了安拉。她坚信毕业后她最终的去向都是安拉的定然。

马雁也一直在责备自己，为什么认识马楚生呢？本来心无旁骛的她就在上大学之前就做好了自己慎重的选择：毕业后她一定要回老家河西，安分守己陪伴自己的父母。可是这个楚生不早不迟，就像在她的人生之路上突然杀出的程咬金，一下子令她不知所措。打心眼里讲，从外表看，她对楚生是有好感的。他的英俊的长相有点像年轻时候的郭凯敏演员。郭凯敏和张瑜演的《庐山恋》她看了好多次，她就是念念不忘郭凯敏那干练潇洒的英俊男人形象。但是对楚生的性格，说实话虽然他们已经来往了大半年的时间，她还真估摸不透。路遥知马力，日久见人心。相处的时间虽然已经很长了，但马雁心底里始终还是对楚生拿不定注意。她总觉得楚生的内心始终感到飘忽不定、捉摸不透。虽然他口口声声说非常喜欢马雁，但马雁总觉得他好像不是那种女孩子一眼就能完全相信的可靠人。

想起和楚生极偶然认识的情景，马雁还历历在目。那是去年教师节前夕，他们教育心理学院举办了一次大型演讲活动。那天的活动在大学新校区刚刚建成的富丽堂皇的大礼堂举办，全院近两千三百名师生全部参加。演讲大会的主题是：我心中最好的老师。从中学开始，马雁的嗓音变得出奇的优美好听，她的普通话也一直非常标准。她从小一直特别喜欢朗诵、演讲这种艺术表达形式。

记得高二的时候有一次代表学校在地区参加了一次比赛，结果她出乎预料地获得了那次设立的金奖，为学校赢得了很高的荣誉。来到大学她本想专心致志做自己的学问，不想用任何爱好占用宝贵的专业学习时间。她渴望毕业后回到养育自己成长的那片土地，像教育家苏霍姆林斯基那样做一个踏踏实实的教育人。她要用自己的真情和执著实现梦想，绝不让自己的一生碌碌无为。她最后的毕业论文是关于对苏霍姆林斯基和他工作了近四十年教育成果的研究。在一次班级讨论发言中，她的这个特长被辅导员蒋老师发现了。在蒋老师的撺掇下，她又代表班级或年级多次在校内外代表学院或学校参赛，当然每每都有理想的获奖结果。她的这项才能确实让她在全学院师生之中获得了不少殊荣。去年教师节这次演讲活动中马雁又是她们年级选送的选手之一。本来她不再打算参加这次比赛，她觉得参加次数多了有可能会招别人烦，可是蒋指导员为了保住年级的面子，苦口婆心地说：

"还有一年你们要毕业了，说不定这是最后一次。无论如何你必须参加，这次你听我的，咱下不为例！"

就这样，她最后还是答应了蒋老师决定参加。为了那天晚上的演讲，她专门定做了一套白色的西服，穿上了妈妈几年前她考上大学的时候专门给她买的那双漂亮的高跟鞋。这鞋让她本来就高挑的身材又增高了好多。那天她一出场，海潮般的掌声把她几乎要淹没了。她镇定地走上演讲台，毫不拘束地微微向大家鞠躬致礼，然后开始演讲：

我是一个来自偏远地区的学生。我深刻地理解一个好老师对一个学校的孩子们是多么的重要。一个教育家说过，一个孩子的命运很大程度上操控在一个或几个老师的手中。一个人一生中最幸运的事情是他在读书阶段遇到一个或几个好老师。我的读书生涯证明了这个教育家的名言。我在中学阶段如果遇不到一个叫张霞的好老师，我这个弱不禁风的小姑娘今天绝不可能有幸能来到这个名牌大学读书。为了报答她，我一定要做一个最好的老师。今天我要和大家分享的故事就是我的中学班主任张霞老师……

　　马雁滔滔不绝、侃侃而谈，容纳两千三百名师生的大礼堂鸦雀无声。八分钟的时间在观众们几乎屏住呼吸的聆听中匆匆结束了，马雁像一团白云潇洒飘逸地向大家致谢，她在一阵长时间的掌声中走下了舞台。就在她即将走完最后一级台阶的时候，一位男学生手持一束鲜花一个健步夸上舞台，追赶着马雁的方向奔跑过去。他把鲜花举在两手之间恭恭敬敬地送到了马雁的手中。马雁被这突如其来的献花粉丝惊得只好留步，接过了他的花束后转身离开了。

　　第二天吃早点时，在清真餐厅她遇到了那个给她献花的男生。没等她开口，他来到面前和她搭讪。

　　"你好！马雁。我叫马楚生。这几年一直和你在这里吃饭。我估计你也是回族。你昨晚的演讲给我们回族学生争了光。你太厉害了。昨晚我的举动你不介意吧？"

　　"谢谢你！不会的。不过我感到太突然了。你提前有准备是吗？"

　　"是的。很早以前久闻大名，也听说过你有演讲才能。这下算是领教了。其实我一直想认识你，总找不到机会。昨天听我们年级有人说三班的马雁有可能要演讲，我不想再放过这个机会。"

　　平时在清真餐厅吃饭的时候，马雁还是对这个头发卷曲、鼻梁高挺、衣冠楚楚的男生留心过数次，就是从没打听过他究竟是哪里人。从别人的口中她听说他叫马楚生，知道他也是回族。但她没想到的是马楚生也在一直注意着自己。他把这次演讲当成了一次重要的机会，不知是谁给他出的馊主意竟然跑到舞台上光天化日之下来给她献花。他胆子也真够大。

　　楚生的这次非常夸张的登台献花环节，让他们两个人的关系在整个师大心理学院学生中造成了很大的轰动效应。虽然他们两个人的接触才刚刚开始，但是很多对马雁有好感的男生为了不至于变成有第三者的嫌疑，已经在楚生大胆的献花行动后望而却步了。世界上的事情就是这样，陪伴一个人漫长一生的另一半，有很多都是在很偶然的情况下出现的，并在很短的时间内确定下重要关系的。马雁虽然意外地得到了一个美男子的青睐，但是谁能肯定在被楚生的大胆献花行动拒之门外的所有男生都不如楚生呢？

进入本学期以来，楚生总是找机会约马雁聊天、吃饭。吃饭的次数已经很多很多了。也有马雁请楚生吃饭的时候。马雁的人生中有一种与生俱来、由父母从小言传身教、耳濡目染、根深蒂固的价值观，就是人不能无缘无故欠别人太多。她不能欠下楚生太多的饭债。吃来吃去，马雁发现，楚生用一种比较直率的热情态度好多次传递给马雁一个强烈的明确信号：他真的打心底里喜欢上了马雁。最能表露他喜欢马雁的证据就是一条发给马雁的信息：

马雁：

你好！

也许你不相信，我对你的喜欢应该说从大学一年级开始了。最初见到你也是在餐厅。虽然那时不知道你的名字，也不知道你来自哪里。我想既然在清真餐厅吃饭我就猜测你一定是穆斯林。第一次见你时，你文静的气质给我留下了深刻的印象。你的身上既有一个大学生对知识改变命运这个道理的踏实践行，又有一个有信仰的穆斯林姑娘的传统着装和含蓄谨慎。如果你不嫌弃我，希望我们多交流多沟通。再大胆一点说，我愿意做陪伴你一生的那个人。

后来，他们两个人开始在周末节假日抽时间约会。他给马雁说，他的家乡临川是省内甚至在西北地区很有影响的回族聚居区，那里的宗教氛围非常浓厚，民族特色也非常鲜明。他是家里的老二，一个姐姐早已出嫁了。家里只有父母。母亲读过一点书，没有稳定的工作，断断续续给别人打工。父亲在一家企业上班。日子过得还算可以。没有多少资金积累，也没有多少经济负担。楚生特别希望马雁能和他一起去他的家乡工作。

从一段时间交往的情况看，马雁对楚生的印象还非常不错。马雁知道，今后的路她要是跟上楚生，她就必须彻底告别自己梦牵魂绕的家乡河西走廊。一想到这一点，马雁的心头开始剧烈疼痛。可是假如自己毕业后要是执意回老家工作，她的婚姻大事一定会面临一个同样非常棘手的困难，这就是民族问题。因为他们那里回族太少了。

半年来，楚生的出现，彻底打乱了她原来为自己精心设计的梦想之路。马雁其实是一个非常本分的女孩。对于爱情，他从没有想过主动追求，那必须是两个人意外的邂逅或相遇的产物。遇到楚生后，马雁就想自己关于爱情的朴素观点还是有一定的道理。

"马雁，老实坦白，楚生是不是你心中的白马王子？"

有一次马雁的同班同学郝月半开玩笑地问她。马雁考虑了半天都不知道怎么回答郝月。最后她勉强告诉郝月马楚生离白马王子的标准可能还有一些距离，但是她确实还是喜欢他，因为他对她非常好。

其实马雁喜欢楚生的真正原因，除了他的外表，还有一个更重要的原因：他是一个回族。马雁她们老家那地方主要以汉族为主，本来就没有多少回族人，和她一起来到这所大学读书的回族学生更加寥寥无几。她的父母希望马雁毕业后回到家乡陪他们一起生活。他们从感情上确实无法面对孩子离开他们去一个陌生的地方工作，不过一想起孩子的婚姻他们又变得非常头痛，因为他们不想让自己的孩子和别的不信仰伊斯兰教的民族结婚。如果让马雁和一个不同信仰的人结婚，这无疑会成为永远的遗憾和信仰的背叛，而他们老家这个地方要是给马雁找一个相同信仰的回族对象确实是很困难的。

她的老家，村子里除了他们家族五户人家外再没有回族。只不过她们家一直很庆幸在和汉族同胞一起生活的过程中，很受他们的关爱和尊重。马雁长大到了高中，她算是最终才弄清楚了自己多年不解的一大家族来历的谜团：为什么他们村子里只有他们一个家族是回族。到了高中一年级的时候，父亲才告诉她："爸爸的爷爷的父亲是一名大约百年前来自陕西的逃难回民。"据说他当年跟随一群去新疆的难民路过这里的时候，由于一场严重的伤寒病差一点命丧黄泉。当他终于从死亡线上挣扎着睁开眼睛时那个逃难的人群早已弃他而去，不知踪影了。他的救命恩人是一个家境相当贫寒的当地汉族大哥，他在这个好心的汉族大哥的帮助下养好了病。再后来，这位好心的汉族大哥张罗着给他找了一个同样来自外地的讨饭妇女，在一个破旧不堪的窑洞里给他们成了家。这苦命的女子后来跟着他信仰了伊斯兰教。

这些都是马雁的父亲断断续续从先辈们的口述中凭自己的记忆讲给她的。其中的一些细节，她父亲也不是很清楚。马雁他们家族的家史就这么简单。他们家落生在那个遥远的大漠深处的地方应该说纯粹是偶然。从这一点看，人的生存岂不和蒲公英一样？飘落到哪里，哪里就是自己所谓的家。那个地方就是他们一个家族繁衍、生息、发展的地方。

河西走廊，这是一个多么浪漫的名字。马雁的家就在河西走廊的最西端。那个国内外闻名遐迩的军马场离她家近在咫尺。整个中学阶段，在来回上学的路上，她几乎是看着那些彪悍、修长、威武的军马矫健驰骋的身影长大的。它们像一团黑云汇聚在广袤的草原上，整体移动奔跑的壮观场面仿佛从小刻印在自己的脑海里一样。马雁觉得自己将来即使走到天涯海角，对家乡那些在自己成长中和马有关联的精彩故事永远也不会有丝毫的遗忘。

躺了好长时间，她翻起身推开窗户，望着人来人往的校园，这个生活了四年的校园顿时失去了生机。整个上午马雁的脑子里只有楚生。在来省城读大学以前，马雁虽然多次听父亲说过楚生他们家乡临川被称作是中国的小麦加，说那地方有历史以来是一个穆斯林聚居区，是回民生活的一个好地方。父亲说如果有机会，他们希望宝贝女儿马雁大学毕业后分配到那里工作。如果真是那样，等他们老了就可以随她去那地方养老。但是马雁作为父母的独生女从来都没有产生过对这个地方的任何向往。因为在她看来，世界上没有比自己的家乡河西美好的地方。

她的理想是读完大学快快回到父母的身边，找一份舒心的教学工作。想好好陪伴养育自己长大的父母一起生活。当然马雁的父母也没有一个明确的决定。他们只有马雁这一个宝贝女儿，一切都寄托在马雁的身上。他们不希望马雁将来给他们创造多少财富和荣耀，他们只有一个希望，孩子毕业后不管在哪里就业，他们不想和孩子分开。他们最害怕的是在他们的晚年，虽然有一个名誉上的孩子，但是这个孩子却远在天边工作。当然作为父母他们也很纠结，要是马雁毕业后回来，这可能不是太大的问题，因为马雁是一个听话的孩子，对于父母她从小都没有顶嘴的习惯。不过父母明白，目前他们家面临的一个最大的问题就是马雁的婚姻大事。他们家祖辈都是回族，他们希望孩子找一个有相同信仰的男孩。可是在他们老家回族本来就很少，哪里去找一个回族的男孩子呢?

二

这是他们一家人最大的惆怅。

其实马雁的父母也稍稍知道一些孩子交朋友的情况。这孩子平常

爱不够这片黄土

224

的时候有什么想法和秘密都是在心里藏不住的人。她一旦有什么想法或遇到什么事总是要在第一时间告诉自己的父母。也许是特别羞怯的原因吧，这个秘密一直迟迟没有让父母知道。这是女孩子的权利，就是父母也没有权利去过多地干涉。

马雁的父母听说，有一个当地的汉族男孩，据说和马雁是高中的同学。只是这个孩子高中毕业后没有考上大学，跟随他的一个亲戚去了遥远的广州做生意。他们有次从马雁的一本练习册中看到过那孩子的照片。人倒很英俊，脸白白净净，从形象上看确实是一个不错的孩子。但是他有一个最大的缺点：他不是穆斯林。这个事很显然是不能随便通融和解决的事情。

在他们为此而焦灼不安的时候，刚拿上大学录取通知书的马雁好像发现了他们的烦恼，来到父母面前，主动告诉他们这个男孩子她倒是也比较喜欢，但是有两个方面他们可能走不到一起，一个是信仰不同。显然她清楚信仰不同的鸿沟，不要说自己的父母，就是从小受到良好宗教信仰教育的自己也不好逾越；另一个是他远走高飞的生意之路和自己上大学之路有着明显的不同。这种人生之路的明显分歧确实意味着今后很难走到一起。马雁非常通情达理地告诉父母，这事还是早早拉倒是明智之举。她果断地给他们说："托靠真主！上完大学再说。也许安拉会有安排。"

这个叫杨帆的高中同学对于马雁的爱难以割舍，到了广州他不停地给马雁写信、打电话。刚考上大学的时候，马雁还没有手机，他的电话总是打到家里的座机。父母不好意思推，只好叫马雁接电话。自从和父母交换过意见后，马雁也很理智地数次在电话里大声冷静地告诉杨帆，以后不要打电话了，这事已经不可能了。当然马雁上了大学后他们再有没有来往，父母就不知道了。

但是杨帆的心里始终还是放不下同窗马雁。马雁在师大读书期间

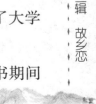

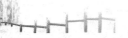

多次接到杨帆打来的电话和发来的信息。马雁的态度一直没有改变。她坚定地认为作为回族的自己不可能和一个喜欢自己的汉族同学走到一起，在这个原则问题上她受到的文化熏陶是很牢靠的。她决不能让父母失望。

在上大学一年级的时候，马雁收到了一封广州的来信。

亲爱的马雁：

你好！

回想我们愉快的高中读书时光，已经过去好几个月了。来到这人生地不熟的大城市后，我很快明白了一个道理："走遍天下，家乡伟大。"你知道，我在学校里学习一直不好。总是在你们学习好的同学面前抬不起头来，总觉得低人一等。这次高考我早知道考不上什么好学校的，但是又怕被同学们笑话，所以我就早早决定高中一毕业我就远走他乡。我是一个特别有尊严的人，这你应该知道。学习上是差一些，但是我不相信学习差的人做生意也差。我要用自己的努力向所有人证明我杨帆绝不是等闲之辈。带着这样的目的我来到了广州。刚来的时候天气特别热。人们哇啦哇啦讲的粤语我一句也听不懂。一段时间我几乎成了哑巴。我几乎受不了了。我曾经产生过回家的念头，可是又一想，这样灰溜溜地回去怎么有脸见江东父老？庆幸的是我终于熬过了这些艰难时光。

现在一切都好起来了。我逐渐适应了这里的生活和气候。我和我的一个亲戚的生意也算是踏上了轨道，一个月下来除去成本能赚好几千块。

亲爱的马雁，请允许我这样叫你好吗？高中毕业那天，等大家照完合影后，我本来打算一定要和你照张相的。我想毕业后大家都不知去向，可能再见不到你。但是令我无限遗憾的是那天你对我的邀请好像压根就没有看见一样，转过身走出了学校大门，永远留给了我一个难以忘怀的背影。

我考虑了好长时间。我知道你是回族。你们的生活习惯和我们汉族有些不一样，你们有你们的信仰，但是，这一切我觉得都不是什么问题。现在我这边的生意越来越稳定了。如果有可能，我的后半生可能要在广州度过。前不久，我和家里父母商量，再过几年，等有了一定的资金积累，我想在广州市郊区价格便宜点的地方买一套房子。说实话，人家这地方就比我们那风沙弥漫的大西北好得多。四季绿树成阴，到处鲜花盛开。今天给你写信，我已经考虑了好长一段时间。来这里快一年了。面对你冰冷的态度，我也试着忘记过去。可不知什么原因，我一次次失败了。最终发现，在我的心里始终忘不了的还是你。这也许是高中三年时光里你的形象刻在我的心中太牢固了。

亲爱的马雁，我多么地渴望你能理解一个痴情的男孩在一个遥远的地方日夜思念他非常喜欢的一个美丽姑娘的迫切心情。我向你郑重承诺，将来只要你愿意做我的新娘，你让我离开广州回到老家也可以。无论如何，我是喜欢你的。

最后我要再说一句，我是爱你的！

杨帆于广州
二〇〇七年十一月三日

尽管杨帆的信写得非常动情，马雁还是没有改变自己当初坚定的择偶态度。她知道要是两个信仰不同的人走到一起建立一个新的家庭，困难是很多很多的。类似的例子她从父母的口中听到过不少。马雁是一个从小就很懂事、乖顺的女孩。她是从懂事的那一天起就不打算让自己的父母过分挂念和操心的那类女孩子。她在外面读书的时候，她的父母除了想念她的时候给她打个电话外从来没有对她的所有行为表示过担忧，也从来不嘱咐她别这样别那样的话。

一个孩子在一个伊斯兰宗教环境不是太好的地方接受教育，和周围的非穆斯林相处直至长大，高中毕业后又继续上大学，相处的有伊斯兰信仰的同学还是相对较少。可是马雁的骨子里对伊斯兰有着特别的情感和依恋。在平常的日子里，父母亲除了本本分分做自己的宗教功课外也没有刻意地对她提出什么严格的宗教要求。这可能就是人们常说的身教重于言教的道理吧。马雁始终坚信自己是一个信仰伊斯兰教的回族女孩。不管怎么样，别的条件可以商量，但是自己至少要找一个信仰伊斯兰教的对象，这个条件谁都不可以和她有丝毫商量的余地。她接到杨帆的来信后，为了尊重起见，还是给杨帆回了一封信。

杨帆：

你好！来信收到。

非常感谢你对我的关心和看重，也非常理解你对我的这份感情。你我有幸同窗多年，有着很深的友谊。我永远忘不了中学期间在我遇到一些困难的时候你给予过我的种种关心和帮助。

你说你喜欢我，我很欣慰。对你来说，这是对自己爱慕的人的一种很正常的感情表达。只是你应该知道，我是一个回族女孩，我们是信仰伊斯兰教的。在我们回族看来，信仰不同就不能谈婚论嫁。这条难以逾越的鸿沟已经摆在我们两个人的面前。

从感情上讲，我也喜欢你。你那时胆大，勇敢，爱打抱不平。你那种侠客风度对我印象很深。要是和你走到一起，估计一辈子不会受人欺负的。

你知道我们是凭着信仰而活着的人。我真的不能放弃我的信仰，希望你能理解我。你那么帅，我相信你一定能找到心仪的女孩。你说对吗？

再见！

马雁于兰州
二〇〇七年十一月十二日

马雁考虑到自己将来的婚姻大事，来到兰州遇到马楚生后，她原本计划大学毕业后坚定不移回河西走廊老家工作的想法才发生了重大动摇。因为在她的老家去找一个如意的回族男孩是一件很不容易的事。眼下既然楚生那么喜欢自己，她再三考虑还是不要放过为好。要是错过了楚生，今后再找不到一个自己心仪的回族伴侣，自己会后悔一辈子。

马雁终于开始洗漱穿衣。她刚洗过脸，给自己倒上一杯清茶，回头一看墙上的挂钟，已经是十一点整了。这时她听见有人敲门。她转身打开门，一看是楚生。他穿着一件笔挺的西服，今天还专门打了一条墨绿色的领带，头发梳得整整齐齐。看上去比平时精神了好多。

"马雁，今天我请你去吃手抓吧！听说西关新开了一家东乡手抓馆，味道非常不错。咱们去品尝品尝。哎，你怎么不高兴？同学们眼看毕业了都高兴得整天到处疯跑，你有什么不高兴的？"

"两天不见你的影踪，你去哪里了？"马雁答所非问。

"我昨天回了一趟老家。爸爸来电话，说我们老家那旧房子所在老城区开发商要开发了。爸爸让我回去看看，开发商给我们的楼房究竟选在那个地方好，他说这房子是我们将来的婚房。"楚生接过马雁递来的茶杯，坐在沙发上开始汇报自己的行程。马雁好像对楚生的说话没听到心里去。

"楚生，我不知为什么，最近以来这脑子就总是胡思乱想。你说我就是你真喜欢的人吗？再说我是一个独生女，毕业后跟你去你们家乡那个陌生的地方，离开我自己的父母后我能适应得了吗？"马雁背

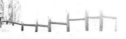

对着楚生问他。

"都到了这个程度，你还开什么玩笑？我保证，我天天陪你。"楚生望着马雁的脸，语气坚定地说。

"楚生，我们都交往一年多了。你喜欢我，我也相信你。这一年来，你对我的关心照顾我是心中有数的。你要知道，将来我要是跟你去了你的老家，万一我的父母退休后想来临夏怎么办？你能养他们吗？"

"你就放一万个心吧。"楚生在马雁不防备的时候从后面突然抱住了马雁，把嘴放在马雁的耳朵边悄悄地说。接着两个人亲密地顺势坐在马雁的床边，互相对望了半天，然后两个人哈哈大笑起来。

"我真的在心里始终放不下我的父母。为了我，他们受尽了苦。可是我大学毕业了却报答不了他们。"马雁说着说着声音哽咽起来。楚生从口袋里抽出一片纸巾递给了马雁。

"你就放心吧！他们退休了我们一定把他们接到我们临川市。我们那地方的空气比你们那地方好多了。生态环境远远比你们那沙漠地带强上好几倍。再说了，那可是赫赫有名的中国小麦加。满大街都是清真寺，你爸爸去清真寺礼拜多方便啊！你的孝心就留在后面吧。报答他们，你有的是时间。"楚生的一番话说得马雁高兴了起来。

"真的吗？这可是你亲自给我说的啊！"

"男儿说话，一言九鼎。放一万个心吧！"

三

在所有四年的本科学业顺利完成后，二〇一一年夏天，暑假的第一天，办完了大学毕业的所有离校手续，马雁跟着楚生毫不迟疑地来到了这个西北茶马古道上著名的小城市——临川。和河西那广袤无垠的辽阔地域相比，临川那连绵起伏的山川让马雁感到分外的新鲜和好奇。

"啊，亲爱的临川，你好！你愿接纳一个远方的小女孩吗？"马雁背着行李走出车站的时候，她情不自禁地对临川说。看到马雁小鸟依人的可爱样子，楚生装作临川的代言人般回答："我一定喜欢的。你这么漂亮的好女孩，谁能会不喜欢呢？"说完两人会心一笑。

非常顺利，楚生和马雁都通过了招录考试成功签约。楚生在一个市级单位工作，马雁签约到一所中学。国庆节前，他们都欣喜地拿到了人生的第一个月的工资。他们抚摸着那崭新的厚厚的一沓纸币，都不知道用这第一份工资为自己和父母买点什么才最有纪念意义。最后两个人决定给各自的父母买一件衣服以表达他们对自己的养育之恩和谆谆教诲。

马雁把为自己的父母买的两件衣服以邮寄的方式在买来的当天就寄了出去。一周后妈妈来电话说，衣服太合身了，告诉女儿收到衣服的当天他们两口子高兴得一夜没有合眼。他们终于可以放心了，自己的孩子长大了，开始挣工资了。妈妈告诉马雁既然楚生家人这么关心她喜欢她，她一定要尊重他们。只要女儿好，他们两口子的日子就甭提多高兴了。她让马雁不要牵挂他们，特别是把学校的工作做好。

临川是中国的小麦加。自己的女儿大学毕业后有幸在他们一直十分向往的临川生活和工作，这是他们一生最大的愿望。如今这个愿望看来已经实现了，他们能不高兴吗？他们在每天的礼拜中总是无限感赞安拉对他们这个普通回族人家的疼慈和襄助。他们悄悄商定好了，等马雁的婚事一办，他们两口就立马去沙特麦加朝觐。这是他们两口子向往了一辈子的大事，不！从马雁的太爷开始算起，这已经是三辈人的梦想了。

两个人的单位距离不到三里。每天三顿饭楚生总是跑到马雁的单身宿舍，两个人一起在学校餐厅里吃。楚生的家在城郊，每个周末他们可以去他家吃饭。楚生的父母对马雁的到来非常热情。他们总是亲自给未来的儿媳妇下厨，给她做饭。一开始马雁还不太适应临川的饭菜，一段时间后马雁也很快地适应并喜欢上了临川的口味。看来属于马雁和楚生他们的好日子算是真正开始了。

马雁的专业是教育心理学。在她来这个中学之际，学校正好多年严重缺乏这个专业的老师。她到学校的第一天就被校长找去安排她尽快开始给每个班每周上一节心理辅导课。校长说，现在的学生心理问题比生理问题更加严重。他们学校就在过去的三年里已经有两个孩子因心理障碍跳楼自杀。他们留下的遗书都说读书太苦，压力太大，活着没什意思。这既是教育的悲哀，也是心理教育在中小学教育中的严重缺失所酿成的恶果。

"我们要力争最快建起学校心理咨询室。你要对所有需要心理治疗的孩子进行一次彻底的摸排调查，然后对他们一个一个进行谈话减压治疗。"校长快言快语，雷厉风行，把她尽快开始运作的任务交待得清清楚楚。他恨不得马雁明天就走进教室给那些有心理障碍的学生做心理疏导，帮助他们早日走出心理阴影。因为在校长眼里，心理健康远远比考大学更重要。

马雁是一个单纯的女孩。早在中学期间深受班主任的影响，喜欢上了心理学。那时候班主任张霞老师就是她心目中的最完美的成功人士的化身。张老师的衣着、形象、气质、学识、爱心……潜移默化地影响着全班同学，她讲课时那种信手拈来的高超水平使大家敬佩不已。张老师成了全班同学的偶像。马雁从那时候开始就有了两个梦想：一个是高中毕业考上师大心理学专业。虽然张老师那是给他们上语文课，但是她的大学专业就是心理学，后来因学校缺语文老师她就改教了语文。马雁暗暗发誓她也要向张老师一样学心理学，另一个是将来一定要找一个回族男生。信仰的血液毕竟在她的血管里流淌了十几年，她不想让自己的信仰在寻找伴侣的过程中有丝毫的影响。

马雁暗自思忖，这不就是自己在大学读书期间一直向往和追求的最喜欢的事业吗？其实马雁早在家乡高中读书的时候也经历过一次类似的事件。她自己最好的一位同班同学好端端的一夜之间离开了他们。前一天放学的时候她们说说笑笑的在校门口分手的，但是当第二天她们来到学校坐在教室里的时候，突然听到了一个晴天霹雳般的消息：他们班的班花肖艳同学昨晚去世了。这惊人的噩耗差点把她们几个女同学的胆吓破。具体原因直到后来她们才断断续续听到，说肖艳是因为每次考试总是考不过同桌而自杀的。

从那时起马雁就开始理智地常常考虑一个问题：人的心理为什么就那么脆弱？为什么有的人连一点点打击都受不了？为几次平常的学科考试不如别人而自杀，这样的人将来走上漫长的人生之路后碰到一个个更大困难的时候他们会怎么面对和抗争呢？后来有几次和心理学系毕业的班主任张老师的交流下马雁朦胧地觉得她开始喜欢上了心理学这门课程。就好像早恋一样，她不但身不由己地喜欢上了心理学，而且还想将来有机会在工作中做一些具体的摸索和研究。她想深度探索一些心理学的奥妙。就这样，到了高考结束真正开始填写志愿的时候她义无反顾地填上了心理学专业。

不深度研究还真不知道。当马雁真正开始和许多心理有障碍的同学座谈了一段时间后，她才第一次真正懂得了校长说的今天的学生心理健康问题比生理健康问题还重要这句话的分量了。

不到三个月，马雁彻底被学校交给的学生心理辅导工作深深吸引住了。在不知不觉间，马雁对临川这个陌生的地方和这所新学校逐渐有了真切的感情。这一切的一切，可能最重要的原因就是马雁太喜欢这些渴望读书的孩子们了。他们当中好多都是穆斯林学生。姊妹只有一个的马雁觉得他们都是自己的兄弟和妹妹。

倒是分配到市环境质量监测站的马楚生由于单位上人手多，基本上没有什么事可干。每天按时上班签到后，他的主要任务是在办公室协助股长每天填报各种报表。报表做完就是看报喝茶，再没有什么事了。桌上的一台台式电脑就成了他遨游网络世界的窗口。一直玩到下班时间，他才关机回家。楚生在单位上工作比较闲，下班后总是跑到学校来看马雁。后来几次他来到学校的时候，马雁基本上是在忙于自己的心理学工作，无暇陪楚生三番五次地描绘和展望他们接下来的婚姻大事，特别是他们婚礼的许多细节的创意。

楚生渴望着迎娶马雁的那一天快快到来。

马雁呢，倒没有对结婚的日子特别地向往。原因很简单，她的工作太忙了。作为一个刚刚走出大学校园的心理学老师，马雁一直担忧的就是害怕毕业后自己一直非常喜欢的心理学变得学非所用或者弃之不用。真要是那样的话，自己整整四年的心理学学习和研究不就全部付之东流了吗？她真的万万没有预料到，自己遇到的这个校长竟然对心理学老师和学校的心理咨询室建设如此重视。马雁想，结婚是人生的大事，但是它可以早一点举办，也可以迟一点举办。工作的黄金阶段却来之不易，特别是被单位领导非常喜欢且看重的机遇更加难得。

她不是从中学阶段起一直喜欢心理学吗？她不是一直想用一组组活生生的案例对每一个特殊的人群的思想和行为做一些深度的探究吗？如果说在开始来这所中学做心理学老师之前马雁对心理学有什么研究的话，那也都是一些支离破碎的理论层面的浅层次论述。她从来没有像今天这样真切地遇到过从一个个性格迥异的生命个体身上暴露出的她在大学阶段连想都不敢想的心理问题。

马雁发现，心理学如果仅仅停留在书本上的话，她可能永远都感知不到今天的这批中学生中很多人的心理所经受的煎熬是如此的严重。她还发现，对这些学生中的一部分，如果老师和家长不及时去医治他们面临的严重的心理障碍，而是一味地去督促和逼迫他们去无休止的重视学习，那么这些孩子永远都走不上家长和老师们预期的那些所谓的成功之路。所有的人应该明白，这些孩子们的心理确实是有病的。心理的疾病会让患者非常的痛苦、彷徨和焦虑。

她来到学校后，这个学校原来的同事们告诉她，这个城市的一所中等专业学校的一个来自偏远农村的女孩子几年前在抑郁症的折磨下跑到对面的一个本市医院大楼的十层上跳了下来。老师们后来从她的日记里发现了这样的几句话：

我不知道自己患上了什么病，总觉得活着是那样的痛苦不堪。我的眼里所有的同学都在嘲笑我，这样活着有什么意义？这样活还不如死。可是我不知道用什么方式去找死！妈妈爸爸会对我失望吗？我无数次地渴望结束自己的生命。无数次有过从高楼跳下来的念头。妈妈，你为什么当初要生我？

从这个女生跳楼自杀的案例中马雁非常清晰地看到，当前中学生心理问题不容忽视。自己既然是学校招来的专门心理老师，就一定要最大限度去帮助有心理问题的孩子们早日走出痛苦的阴影。想到这些，马雁发现自己的工作多么的任重而道远啊！

四

就在马雁忙于为好多心理焦虑的学生减轻压力的时候。楚生遇到了一个让他十分头疼的问题。有一天，他在网络世界里神游的时候，他被单位的一把手领导突然召见。他如临大敌般惶恐起来。他一阵子瘫倒在沙发上，脑子一下子乱了套。自己是这个单位上一个可有可无的毛头小伙子。如果明天自己被调走，说不定单位上很多人连知道都不知道。他来单位上班的半年里一次都没有去过站长的办公室。站长到底找他干什么呢？是自己在工作上出了什么差错吗？他想来想去。自己的就那么点简单的统计工作，他敢肯定自己的工作不会有什么差错的。可是那他到底为了什么呢？本来楚生想和马雁商量一下，可是他一想马雁最近特别忙，站长给他的手机打电话后要求他一个小时后来他的办公室，时间也很紧张，他没有和马雁商量。

"是这样一件事。"还没坐定，站长就开始说话了。

"我有一个外甥女在市发改委工作，去年兰州大学毕业。听说你还没有找对象。我看你很不错。想给你们牵个线，你觉得怎么样？人家姑娘人也很优秀。要不你们见见再说？"其实楚生已经隐隐约约地听说了，他们站长的姐夫就是现任的临川市组织部长周鹏。

"张站长，我……我……"他紧张得几乎张不开口。

"别紧张，这有什么！人到了时候总得谈婚论嫁的。"

"站长，我已经……我……考虑考虑好吗？"他支支吾吾地回答。

"这样，小马。我安排一下你们先见见面。成不成你们自己商量决定。我不勉强。婚姻大事决不强求，一定要慎重。就这样明天下午我让我的外甥女给你打电话。"

他红着脸和站长走出了他的办公室。站长说完就离开了单位。

上班还不到半年的楚生高挑的个子和白净帅气的脸庞不知什么时候被堂堂市委组织部长的千金发现了。这事来得也太突然了，他来不及有丝毫的思想准备。回到家里，楚生几乎一夜没有合眼。躺在床上，他考虑了很久。他要是不去赴约，他们单位的一把手领导肯定会不高兴，说不定今后漫长的工作中会给自己的发展带来莫名其妙的影响。如果真要是去见那个不知道长什么摸样的女孩，他觉得他无脸面对马雁。他烦恼死了，矛盾极了。他辗转反侧一晚上，整整一夜没有合眼。

天亮的时候，还没有拿定最后的注意。最后他跑到妈妈的面前问她到底怎么办。

"那你就去看看呗！那有什么！"他的妈妈很不以为然地说。

"这有什么，一个男人找媳妇，总不能在一棵树上吊死啊！你去看看吧，要是姑娘好了也可以考虑。怎么，你就对马雁吃了秤砣铁了心，非她不娶吗？我最近从马雁的工作态度上看得出来，她是一个工作狂。你算算她都快半个月没来我们家吃饭了。上次我碰见我的那个当副校长的同学说，那姑娘工作特别认真。他还说他们一把手校长特别器重马雁，说马雁填补了他们学校没有心理学老师的空白。看来这样的姑娘不要说将来她服侍我们，可能我们得反过来伺候她呢！"

令楚生吃惊的是，从母亲的话中，楚生发现妈妈已经在不知不觉间对马雁有了一些看法。他没有想到自己的妈妈在这件事情上还有这样一套自己的择儿媳哲学。楚生的人生在一两天的时间内出现了一次历史性的难题，一个极度痛苦的选择岔路不由分说地摆在了他的面前。楚生陷入两难之中。

这个世界上的很多人由于总是没有自己牢固的人生主见，使得他们的一生充满了很多的变数。从楚生在大学疯狂追求马雁开始算起，时间已经过去了整整两年。他们确定了恋爱关系，来到楚生的老家临川工作。虽然还没有结婚，但是双方的亲戚朋友们都知道了他们之间的关系，大家都等着婚礼时来他们家庆贺筵席。

那是第二天早上刚上班，楚生正在写一篇材料，接到一个陌生电话，那边是一个女孩甜美的声音。他知道这可能就是单位上他们站长介绍的他的外甥女。他怕别人听见，拿上手机来到了楼道。一开始楚生很紧张，也不知为什么手机声音很小。突然他发现自己原来把手机拿反了。等把手机反过来一听，对方的声音才听得一清二楚。她还在电话里邀请楚生晚上见面吃饭。地方订在临川市一家刚刚开张的叫"黄河明珠"

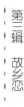

的清真餐厅。楚生没有做过多的推辞，爽快地答应了她的邀请。

六点还没有到，临川的太阳还不见落山。楚生早早来到了这家还没光顾过的餐厅大厅。那气势宏大、金碧辉煌的装潢，那着装别致的男女服务生们脚下生风般来回的走姿，让他觉得自己走进了一个遥远的迷宫。那皇家气派的沙发干净得一尘不染，他不敢坐在上面，他用手摸了摸，那看似很厚的上色牛皮柔软得像棉毯。

"你就是楚生吧？"正当楚生犹豫是否坐在上面的时候，突然背后传来一声甜美的问话。他回过头一看，一个穿着非常时髦的漂亮女孩亭亭玉立地站在自己的面前。

"是的，你好！我就是楚生。"他稍显紧张地回答。

"我叫周莹莹，在发改委工作。我舅舅都告诉你了吧？"话还没有说完，周莹莹就掉头往餐厅里边走，一边叫楚生跟上自己。楚生看着她的背影心想，这个周莹莹从她那风风火火的走路姿势中可以看出来绝不是一个等闲之辈。

就在餐厅一个宽敞的包厢里，楚生和周莹莹坐了下来。这个地方只有他们两个人。周莹莹叫来服务生很快地点了几个菜。她还不时地问楚生喜欢吃什么。楚生不好意思地说你点什么我就吃什么。他还特别叮嘱周莹莹别点太多，别浪费了。

"你什么时候毕业的？听说你是师大毕业的。我是去年兰大毕业。毕业前和爸爸妈妈说好的，他们同意我去上海工作。毕业前我联系好了上海的工作。他们却突然变卦了，不让我去上海。唉！怎么说呢，这是人的命！你知道我爸妈就我一个女儿。就在我毕业那阵，我妈患了一场重病，两个月的住院结束回到家里后，妈妈就告诉我如果要当她的女儿，就别想着去上海工作了。她说她离不开我。"周莹莹是一个心直口快的人，一说起来就滔滔不绝，恨不得把心里的话一股脑儿都掏给楚生。她说话的过程中，楚生一眼不眨地看着周莹莹的表情。

临川地区绝大多数本地人都说本地话，就是大学生外地读书毕业回到家乡也都说本地话。因为城市不大，互相熟悉的人很多，熟人之间说普通话他们觉得不好意思。但是周莹莹就不一样，她从和楚生打电话的时候开始一直在讲普通话。他暗自告诉自己，周莹莹的身段和那不一般的气质确实是他喜欢的类型。周莹莹的普通话更让他喜欢，他被这个从天而降的天使般的女孩深深地吸引住了。

周莹莹说她从见到楚生的第一面开始就对他有了一种说不出的感觉，特别渴望找机会想着和他见面。可是她想在偌大的茫茫人海里怎么可能呢？大千世界，芸芸众生，她哪里去寻找他呢？令她永远想不到的是，有一次她来监测站找她的舅舅，在舅舅单位的楼道里无意中看见了自己苦苦寻找的那个男人。她看见他从一个房间出来匆匆看了她一眼后转身进入了另一个办公室。周莹莹木头一般立在原地呆立了半天后，才懵懵懂懂地去找舅舅的办公室。后来在周莹莹的追问下舅舅告诉他，那是他们单位新分来的一个大学生，叫马楚生，才华出众，在他们单位当秘书。材料写得非常好，领导也很喜欢。

女人就是这样，一旦对一个从未谋面的体面男人突然产生了爱慕之心，八匹马都难以拉回她那颗爱慕的心。周莹莹就是这样的女人。她是一个非常浪漫的人。她对自己的爱情和自己的那一半一直有一个渴望，别的条件可以迁就，但是英俊和高大这两个条件一定要具备，当然一定要受过良好的高等教育。周莹莹觉得，楚生的出现对她来说，仿佛看到了一道希望的曙光。

之前她也见了好几个别人介绍的所谓的美男子。但她没有遇到过一个让她一见钟情的那种人。她有一种固执和预感，且始终坚信，爱情是可遇不可求的。她一直耐心地苦苦等待那个自己心仪的男子的早日出现。自从在茫茫人海里遇见了楚生，特别是自从知道楚生在舅舅单位工作的情况后，她非常高兴。她暗自下决心一定要追到这个令她梦牵魂绕的美男子。她觉得楚生就是她的白马王子。她在内心里悄悄告诉自己，楚生就是自己最喜欢的那种类型的男人。她一定要想尽办法成为楚生的妻子。如果和楚生走到一起，她即使放弃上海的工作也不后悔。在她的再三恳求下，舅舅答应让楚生和她约会见面。

黄河明珠餐厅的第一次约会后，楚生和周莹莹见面的次数便一发不可收。他们在接下来的日子连续约会吃饭喝茶，每次见面都是周莹莹给楚生滔滔不绝地讲自己的故事。有一天周莹莹把楚生带到了她的父亲为她在滨河新路黄金地段购置的一套已经完成装潢的超大高层住宅楼上。

置身于莹莹宽敞霸气的新楼房里，楚生一下子感到自己的家庭是那样的弱小和贫困。楚生发现了另一个世界，他突然感觉到自己是那么的渺小。

楚生的家庭是一个很普通的城市居民之家。他的父亲是市水泥厂的工人，水泥厂改制后，厂里答应给他二十万元的退休金回到了家。母亲在一家超市常年打工。三口之家的住房乃祖上留下来的一方占地不超过三分的小独院。要不是几年前有幸在城市拆迁中给了一套宽敞的高层住宅楼，说不定一家三口还在那个被四周林立的高楼保卫之下不见一丝阳光的小独院里生活。他们家一辈子过的是没有大福也没有大难的平常日子。之所以他和马雁毕业工作后没有急于结婚，主要的原因还是家庭经济基础不是特别坚实。父亲的二十万退休金由于厂子出现了资金周转困难还没有全部付清。老家的旧房拆迁中开发商补偿的新楼房还没有交付出来。他们还一直居住在还没有拆除的小院之中。父母亲总不能让儿子楚生在一个低矮潮湿的高楼夹缝小独院中迎娶他的美丽新娘吧！他们的婚期一推再推。

从周莹莹眼花缭乱天上宫阙般的新房子里走出来的楚生走到街上，已经是万家灯火。他仿佛不觉间从天上来到了人间。他跺了跺脚后发现自己真的走在了土地上。滨河路已经成了临川市的一道风景线。吃完饭后人们不约而同地走出家门在宽敞的马路边上散步，湍急的大夏河咆哮着从旁边流过。长长的河堤扶手边，人流如织，热闹非凡，楚生却烦躁极了。他不知道自己现在应该马上回家还是去别的什么地方。走着走着，不觉间他来到了马雁的学校门前。他穿过长长的校园内通向宿舍区的通道，来到了马雁的宿舍楼前，看见马雁的灯还亮着。他径直走上了教工楼三楼马雁宿舍门前敲门。敲了半天，马雁才开了门。

"这么晚你来干什么？"马雁不冷不热地说。

"你有时间规定吗？怎么我不能来吗？"楚生有些不高兴。

"我还以为你晚上请我吃火锅呢，你不是昨天说好的吗？怎么又忘了？"

"哎呀，不好意思，忘倒是没有忘，晚上一个好久没见的中学同学非要请我吃饭，我实在推不掉就和他坐了一会儿。这不刚刚结束，我就跑过来看你了。实在对不起马雁。"说完他不由分说把马雁很亲切地拥抱了一下。

"你怎么这段时间对工作着迷了？我每次来你都那么忙碌地读啊写啊。上心理课就那么忙吗？"楚生想缓和马雁的情绪，没话找话地说。

"你不知道楚生，现在的孩子心理问题可严重了。我敢说他们的心理困惑和迷茫远远大于生理疾病。"说起自己的工作，马雁一下子来了劲，以严肃的口气转身对楚生说。

他们两个正说话的时候，楚生的电话响了起来。楚生一看手机，一下子慌了起来。他很不自在，一句话都没有说匆匆把手机关了，很不自然地说是单位的一个同事打的电话。马雁问他为什么不接电话？他说他知道肯定没什么大事，可能是站长安排的明天跑几家企业检测污水排放的事，完了再和他联系就可以。马雁是一个心很细的人，楚生刚才不一样的表情，自他们建立恋爱关系以来的两年多时间了她从来没有遇到过。这个陌生的电话一下子让两个人一时都找不到刚才的话题。一看时间已经是夜里十点钟。楚生说时间太晚了，他让马雁休息，自己就匆匆回家了。

他还没有走到楼下，那个电话又响了起来。他马上接了起来。电话是周莹莹打来的，他还责备楚生不接电话。楚生说刚才不方便，问她有什么事。她说，她爸爸让她告诉楚生，如果楚生有时间的话，明天中午想请他在上次他们吃饭的老地方和他见面吃饭。楚生考虑了一下，爽快答应了周莹莹。

楚生打完电话顺势坐在路边的石凳上，望着遥远的天空，想象着明天拜见周莹莹的父亲的情景。看来上次的见面周莹莹已经对自己有了好感，要不她的父亲不可能和他见面吃饭的。想到这里，他刚才和马雁谈话时的尴尬场景一下子消失得无影无踪。楚生想，要是自己将来真要是和周莹莹能走在一起，说不定她那大权在握的市委组织部长的父亲，一定会很快让他立马跳出环境质量监测站这个冰冷至极的单位而进入财政、发改等抢手部门的。一看都十点多了，他站起来哼起毛宁《涛声依旧》中那句他最喜欢的歌词"这张旧船票能否登上你的客船"回家了。

还是那家金碧辉煌的大饭店。饭店的大厅里人声鼎沸。大厅所有的桌子都坐得满满的。他按照周莹莹说的直接来到了位于二楼最靠西的一个序号是205的房间。楚生轻轻推开古铜色的仿古门，只见一个体态臃肿、头发秃顶的中年男子站了起来。

"这就是小马吧！"他欠了欠身子，回头又坐到了自己的椅子上。

"是的爸爸，他就是楚生。在监测站工作。"周莹莹说话间走到了楚生的面前，示意他坐到爸爸旁边。这时候周莹莹的妈妈，一个穿着华丽、雍容华贵的女人也站了起来给楚生让座。周莹莹很大方地给楚生介绍道："这是我的妈妈。"

楚生在周莹莹的介绍下声音很小地分别叫了伯伯和伯母，并向他们问了好。

"小马是本市人吧？"周莹莹的爸爸热情地主动开问。

"是的，伯伯，我们就是坐地户。据父亲说可能是太爷那一代的时候从甘肃天水搬过来的。"

"那好那好。是这样小马，听莹莹说昨天你们见过面了。我们莹莹对你印象很好。既然这样，我和她母亲商量今天请你来，在这吃饭，顺便谈谈。我们家就莹莹一个姑娘。你看出来了，我们家全都她操心。我和她妈妈都有自己的工作，家里的事一概不管。如果你们互相都有好感，我们尊重你们年轻人的意见。一切都由你们说了算。先多来往，多交流，多了解。婚姻是人生大事，很重要。感情千万不要勉强。你说对不对，小马？"

"伯伯说得很对。"楚生听完周莹莹爸爸的话，拘谨得不知说什么好。最后从自己的嘴里言不由衷地冒出了这样一句话。最后他听周莹莹的妈妈也说了一句：

"小马不错。人长得帅气。我们莹莹一直在寻找的就是小马这样的人。我看两个大学生走在一起，他们肯定有共同的语言。你说呢，莹莹？"妈妈说得自己的千金不好意思起来了。周莹莹本来白净的圆脸顿时变得绯红了。

"来来！上菜吃饭。说这么多干什么。服务员，上菜上菜。"莹莹的爸爸说完话，坐直了身子，脸上洋溢着愉悦的神情，招呼大家吃饭。尴尬了一阵子的楚生听周莹莹的爸爸这么一说，心里的石头终于落了地。他看出来了，周爸爸的这最后爽朗一说表明了他们对楚生的审查已经通过了。这时候他才端坐在有靠背的椅子里，把视线很平静地转向了周莹莹和她的爸爸妈妈。

"这样吧，楚生，你要是不喜欢检测站那个小单位的话，我让人

事局张局长给你换个单位。你考虑一下，想去哪里就让莹莹告诉我。我马上把你调过去。"

　　"谢谢周伯伯！好的。"楚生好久以来的梦想没想到竟然来得这么突然。他高兴地直向周爸爸点头，对他的关心表现出了无限的感激之情。

　　回到家里，楚生把事情的经过及时告诉了自己的父母。他那平时在家里不管事的父亲也没有表什么态，倒是母亲干脆利落地说："我双手赞成。人家周莹莹家庭好，将来在你的发展上可以帮大忙。这不，才第一次见面人家的父亲答应帮你调工作。我们老百姓一个，这么好的婚事找上门是我们的福气啊！马雁姑娘倒是不错，可是人家娘家在遥远的河西，回趟娘家很不方便。再说了这倒还不是最重要的，最让我不放心的是我看她是一个工作狂，一旦忙在工作上就忘记了一切。你算算这几个月你要是不主动去找她，她自己主动来找过你几次？一到学校什么都忘记了。这样下去，将来你们结婚后，她还能抽出时间来顾这个家吗？"楚生真没想到，当初对马雁赞不绝口的妈妈，自从周莹莹出现后对马雁的态度有了如此大的转变！

　　就在这时，楚生满脑子都是周莹莹那高贵的身姿和俊美的脸庞。人有时候就是这样，当一件特别好的事情突然降临到自己的身上以后，就会情不自禁地把其他事情瞬间忘得一干二净。现在对于楚生来说，怎么样把自己的新欢周莹莹的事情告诉马雁，尽快结束和马雁的爱情就是当务之急。

　　当他回到自己那被近几年开发建起的高楼夹缝中的那窄小的家里，躺在沙发上想起马雁的时候，他的脑子一下子轰炸起来，然后又变成一片空白。他不知道这短短几天突然而至的爱情变故，等马雁知道后会是怎么样一番景象。楚生突然从床上翻起身，口中喃喃地自言自语："现在我必须把事情告诉马雁！必须告诉马雁！"

时令已到秋天，房间显得清冷孤寂。楚生的脸上却渐渐地沁出了一层细汗。他站在窗前望着漆黑的院子，直到母亲督促他早点睡觉的声音喊了好几遍后，他才回过头和衣躺在了床上。

楚生一夜未眠。

就在楚生不好启齿把这件事情告诉马雁的时候，马雁却从一起毕业的一个大学同学的口中早早知道了楚生单方婚变的消息。马雁听到消息后出乎预料的冷静，她好像对这个不愿意听到的消息的来临，早有预感一样地不以为然。

看到马雁不以为然、非常冷静的样子，她的同学感到非常惊奇。马雁不愧是心理学专业毕业的大学生，她的心理素养果真是那样的坚实和稳健。

"怎么，你不生气？"她的同学毕业后被分配在环保局工作。监测站和环保局是上下级关系，业务联系很多，单位之间互相熟悉的人自然也就很多，你来我往办业务的过程中两个单位之间的新闻几乎当天就能传播得家喻户晓。楚生高攀上市委组织部长的千金当然是一条重大新闻，更何况他是早在大学毕业前就已经确定了恋爱关系的这种情况下出现婚变就更加被更多的局外人关注。他的故事自然就成了人们茶余饭后的一条重要谈资。

"我生什么气？我早在大学认识他的当初就觉得他是一个让我很担心的人。到今天还在怀疑他当时可能一时冲动看上的不是我的人，是我的演讲才能打动他的。他可能更喜欢的是我的演讲。两年来，我对楚生的戒心一直没有消失。人也会随环境而变，我也在一直盼望他变得对我越来越好。可是，他的真面目最终还是露了出来。"

楚生到底还是一个男人，他最后硬着头皮来到了马雁的学校。这是一个周末，校园里学生很少，只有一些离家远不回家的学生在花园边和小路上读书学习。楚生从走进校门到敲马雁的宿舍门的时间段里

显得有些紧张，他觉得那些学生好像都在不约而同地看着他，都在责备他对他们的新老师马雁的变心。为了让跳动的心平静下来，楚生在马雁的宿舍门口足足站了好几分钟，然后忐忑不安地敲开了门。

"你来做什么？"楚生推门进入后，马雁的第一句话就是这样。

"我想我应该来告诉你这个结果。人有时候只能被有些事牵着鼻子走，我很无奈。请你宽恕我好吗？"楚生的声音有些发抖。

"看你说到哪里去了？这谈恋爱的事出现变数是很正常的。我考虑了很久，我还是要谢谢你。你很明智。你今天提出和我分手。如果我们结婚后你被周莹莹活活从我的眼前抢走，那么你就太卑鄙了。好了，你走你的阳关道吧！你走吧！"马雁说完，这个文静得过于书生气的女孩突然发疯般地转过身把马楚生双手一推，楚生趔趄着退出了她的宿舍。

"你爸爸给你起的名字太有预见性了，真该是畜生。又一个新时代的陈世美！亏我是学心理学的。我为什么就没有看出在长达两年多的交往后，我们决定即将结婚的今天，你会提出这样丧尽天良的决定？你放心！你的退出对我而言绝不是一件悲哀和不幸的事。相反，属于我的幸福日子可能在另一个比你更好的男人身上。让我们用负责任的态度走向未来吧。未来会用事实验证我们今天的选择是理智还是儿戏！"

说完，她用力把门一推，在一声巨响后门关上了。她跑过去扑到了床上禁不住放声痛哭起来：

"早知今天，我当初何必来临川？我的河西，我的妈妈爸爸，你们还要我吗？"

马雁果断决定，临川不是她久留的地方。虽然临川是穆斯林聚居地，从宗教感情上讲也是她一直向往的一个好地方，但是楚生的变心让她对这个地方一下子变得痛恨起来了。他这次出乎马雁预料之外对她心理的猛烈打击太残酷了，让马雁这个对一切始终抱有善良之心的柔弱的女孩实在无法对这片陌生的土地继续保持刚来时的那种热情。她必须回去，回到自己那魂牵梦绕的河西走廊，回到自己父母的身旁。

马雁学校的校长是一个非常通情达理的人。知道马雁和自己的男朋友分手的情况后为她惋惜、痛心。他把马雁请到家里，让自己的妻子专门给她做了一顿家常饭。他苦口婆心地挽留了马雁。当他知道马雁的主意已经拿定，他又很爽快地同意了马雁的辞职。校长非常热爱教育的行为给马雁留下了深刻的印象。马雁在短短的半年时间里为许多有心理疾病的学生进行了有效的减压治疗，建起了学校心理咨询室。对于马雁的辞职，他表现出了极度的遗憾和无奈。马雁临走的时候，校长执意带着几个老师把马雁送到了汽车站。当汽车缓缓离开的时候，马雁看见校长的眼睛变湿润了。马雁永远忘不了这个对工作如痴如醉的校长。

临走前，马雁报考了全省的公务员考试。她报考的部门是她的老家所在县的政府办公室。非常幸运，她被录取了。

五

就在二零一二年元旦钟声敲响之际，马雁顺利地办完了工作半年的这所中学的一切离职手续，即将回到自己永生向往的那块河西走廊神奇的故土。临川——这个小小的陌生的人生驿站，让善良的马雁为了爱在这里有了一段戏剧性的短暂停留。临川将在她生命的年轮上像一个深深的烙印永远挥之不去。她恨不得今晚就把这个地方彻底从记忆中删除。

这次打击让马雁深深懂得：人生之路上必须面临许多的选择。谁做了理智、慎重的选择，谁的人生之路就会平坦一些、成功一些。相反，

第三辑 故乡恋

谁要是在自己人生道路的选择中掺杂了过多的感情、缺乏了相应的冷静，就要因此而付出相应的代价，会走一段坎坷的弯路。马雁明白，自己还是走了一段让心灵备受煎熬的弯路。

天有不测风云。令马雁永远想不到的是，就在自己临走之前住在临川的最后一个晚上，马楚生幽灵般鬼鬼祟祟地来到学校找她。在见到马楚生的一刹那，马雁差一点晕了过去。她永远也不想再见到他。她想用尽全身的力气把楚生推出宿舍门。可是不知什么原因，她没有一丝一毫的力气。就在马楚生的哀求声中马雁退到了床边，而马楚生却不由分说抓住她的双手，用一个男人少有的哭声开始求饶：

"马雁，我错了。我瞎了眼。你原谅我好吗？我对不住你的一片好心。"马雁在眩晕的眼光里分明看见一个似曾相识的疯子在苦苦哀求自己，她不相信眼前的一幕是真的。

"马雁，我真的瞎了眼。你知道吗？周莹莹的爸爸最近被提拔到了兰州，他们全家决定把家搬到兰州，去兰州生活。她的爸爸还没有去新单位上班，她已经把工作调到了兰州。前天她告诉我，她去兰州后我们两人的婚事已不现实了。她说，我们毕竟结婚后不能在两地生活。她的解释就这么简单。马雁，你别走好吗？"说着，楚生泪流满面。

突然，马雁站起来，用尽全身的力气大喊一声：

"你给我滚出去！你不是人！你是畜生！"然后她用全身的力气把瘫在地上的楚生拖出了宿舍，紧紧地关上门。就在马雁用力关门的一刹那，马雁看见楚生的母亲也站在门外，她好几次欲言又止。她羞愧的表情告诉马雁，他们一家人在对待马雁一事上做错了一件天大的事情。从马雁坚决的态度上，他们母子俩彻底明白这事永远再无法挽回了。

第二天上午十一点，一列飞驰的高铁从兰州站出发开往嘉峪关。

马雁坐在第九号车厢靠窗的位子上，和几位从临川前来送行的和她关系好的老师依依惜别。就在列车即将启动之际，马雁透过列车的玻璃窗，突然发现马楚生站在离列车不远的站台边，静静地注视着马雁所乘列车的方向。凛冽的寒风中，马楚生穿的衣服显得单薄了一些，他缩着脖子目不斜视地看着马雁。马雁发现一行泪水流出了他的眼眶，这时候她的眼睛也变得湿润起来。马雁想，这个残酷的结果可能就是真主的定然。想到这里，她果断抬头擦去了泪水。

列车开始箭一样地飞驰起来。

马雁在座位上茫然若失。闭上眼睛，她的眼前只有自己那朝思夜想的亲爱的父母。现在临川的一切都和她彻底无关了，她只急切地等待着到家的时刻，她要好好拥抱母亲和父亲。整整半年没有和父母见面，她太思念他们了。望着熟悉的这一段火车奔跑的绵长的原野，她终于明白世界上最爱自己的那个人永远是亲爱的父母。在他们几十年的养育下长大成人的她，万万不该大学毕业后在离开他们那么远的一个陌生的地方另辟蹊径去寻找未来的人生之路。她深深懂得如果在临川继续生活下去，亲爱的父母会为思念她而永远流泪。突然她的手机响起来了。她一看，是在广州做生意的中学好同学杨帆发来的信息。

亲爱的马雁：

你好！

听我们班同学说，你又要回老家工作了。你还考上了家乡的公务员，我们大家真为你感到高兴。事情怎么这么凑巧！我也决定回家乡创业。广州漂泊了几年，钱也挣了一些，但长期在一个陌生的地方打拼，看不到一个亲戚和朋友，内心的孤单是难以忍受的。虽然我们西北的山水没有南方的清秀，但"月是故乡明"。我想回家。我一定要回家。

如果你是鱼儿，我愿意是你尽情畅游的池塘。只要你愿意，我愿意把你的一切要求当圣旨！答应我好吗？

家乡见！

杨帆于广州

二〇一二年一月二号

看着信息，特别是在"圣旨"两个字上，马雁的眼睛停留了好久。看完后马雁笑了。她笑得那么开心，那么灿烂！马雁拿起手机也给妈妈发了一条信息：

妈妈，我回来了，我今生今世无论如何和你们永不分离。

列车像脱缰的野马飞驰在广袤的原野上。

阿伊莎

　　阿伊莎是龙泉乡的一个小姑娘。她的家在离乡政府很远的一座大山的脚底下。家里除了她，还有父亲、母亲、爷爷、聋哑哥哥和小弟弟。他们这个村子在当地属于偏远的干旱山区，是国家重点扶贫脱贫的地区。由于山高路远，山路凹凸不平，出一趟门去乡上赶一次集，来回要花一天的时间。阿伊莎上初中以前很少来过乡镇上的集市。

　　在她的老家那地方，一直没有学校。想上学就要去邻村的一所小学，要走好长的山路。她快十岁的那年，乡上帮助他们村在一块空地上修了一所简陋的学校，共有两间教室，两间教师宿舍。学校建成后，县上派来了一个刚从师范学校毕业的年轻男老师。那段时间是她家最艰难的时候。爷爷半年多卧病在炕；父亲的两条腿在县城的一家工地干活时被货车严重砸伤，回家后也躺在炕上，近四个月动弹不得。阿伊莎和她的妈妈忙得焦头烂额。她除了每天帮妈妈做三顿饭外，还要下地劳动。这还不算，妈妈隔三差五用架子车拉上爸爸去乡医院看病，苦得刚满四十岁的母亲看上去就像一位饱经风霜年过半百的人。岁月

251

第三辑　故乡恋

的风霜在这个年轻时候还算比较漂亮的妇女脸上早早刻满了深深的皱纹。穷人的孩子早当家，除了重体力活由母亲承包外，家里的做饭扫地喂羊喂鸡等零碎活自然落到了她的头上。哥哥不要说帮妈妈干活，就是自理也难以保障。弟弟还小。

秋季开学的时候，村里好多男孩子都上学了。阿伊莎是第一个来学校报名的女学生。但是出乎预料的是，她的上学一开始还是受到了父母的阻拦。母亲的意思是她不要上学，留下来帮她做家务活。母亲说：

"女孩子上学有什么用？最后还不是嫁人。"

"我就要上学。我喜欢读书。"阿伊莎的口气不容分说。接着她还振振有词地说：

"大舅爷的丫头麦燕不是读书后有了工作吗？上次你带我去她们家的时候，她告诉我她在一所当地小学教书，一个月拿三千元的工资呢。那多好啊！"

阿伊莎撅起小嘴顶撞母亲。她说的是她妈妈在南川的大舅舅的女儿麦燕。南川是一块崇尚教育的地方，许多的孩子通过读书改变了自己的命运。那里离兰州近，据说有好多女孩子都去学校读书，最后都考上了大学什么的，反正都有了固定的工作，拿上了一月几千的工资。

在阿伊莎的抗争下，她总算勉强读完了小学。让这个贫苦之家暗暗高兴的是，他们班毕业的三十二名学生中，她竟然拿到了毕业成绩第一的好荣誉。但她高兴之余碰到了一个难题，上初中的困难。初中学校在离她家近十五里的镇政府跟前。这么远的路每天来去行走读书，委实不易。何况妈妈和爸爸的态度出奇的一致，不再让她上初中，因为家里的事情太多太多了。父亲的腿好了以后落下严重的后遗症，参加不了重体力劳动，家里只靠妈妈一个人奔忙和打理。这地方连年严重干旱，但当初分得土地面积还不少，最少也有山坡地十几亩。每年种植的粮谷和土豆由于缺水，收成少得可怜。即使土地再贫瘠，为了养家过日子，没有任何渠道增加家庭收入的情况下，每年还得按时播种、施肥、除草，任何一个环节都不能减少。一年到头，阿伊莎父母的忙碌是可想而知的。

有一天，妈妈把她叫到跟前说，一个农村的姑娘，小学都读完了，再不是睁眼瞎了，也算是一个识文断字的人了，以后死心塌地帮妈妈干家务活，再不要上学了。妈妈还说，弟弟正需姐姐看管。听完妈妈的话，阿伊莎再一次在妈妈的面前撇起了嘴，流下了泪。她说她的几个同学都去了初中，她不想就这样辍学。她还想继续读书。老师们一致鼓励她，说她的成绩一直很好，如果这样读下去，将来考大学是没有任何问题的。最后，妈妈拗不过姑娘只好答应了。

阿伊莎去乡上的初中读书了。妈妈每月去集市上用卖土豆的钱供丫头的伙食费，学费和书费是国家免的，学校住宿不要钱，负担还不是太重。初一第一学期期末的时候，阿伊莎回来告诉妈妈说，学校开始每月给她补助三百元的生活费，家里以后再不要给钱了。妈妈听了，高兴地长长叹了一口气说，那我们家以后再不用卖土豆供你上学了。这个政策真是雪中送炭，对她们家来说，再好不过了。

三年的初中还是很轻松的。阿伊莎的成绩一直在班上靠前。她在课余时间读了好多好多的课外书。学校有一个简陋的图书室，里面摆满了很多很多精彩无比的书籍。她最喜欢的是老作家冰心的《寄小读者》，还有她的诗集《繁星》和《春水》。她喜欢巴金的《家》《春》《秋》，柳青的《创业史》，杜鹏程的《保卫延安》，还喜欢《海的女儿》《钢铁是怎样炼成的》《母亲》《童年》等中外名著。那时候一有空余时间，她就跑到图书室阅读。随着文学名著中一个个有鲜活思想的个体形象的感染和熏陶，她读书的兴趣越来越浓。后来，为了有足够的时间阅读，每到周末，如果家里没有什么大事，就干脆不回家，整天泡在学校的图书室里如饥似渴地阅读。在文学著作的阅读中，俄罗斯的长篇小说《乡村教师》给她留下了深刻的印象。这是一本对她来说震撼心灵的好书，里面那个立志要当一名山村教师的女主人公瓦尔瓦拉丰满高大、矢志不渝的形象深深地感染了她。她禁不住小说感人肺腑的故事情节和深情动人的艺术描写的吸引，连续阅读了好几遍。读着读着，她在幼小的心灵中悄悄埋下了一个梦幻般的夙愿，自己将来也要当一名山村女教师。想在自己家乡这样的偏僻山区当一名女教师，用自己的真诚和行动帮助更多的山村孩子们读书识字。

在各种自己特别喜欢的主人公们的陪伴下，阿伊莎很快读完了初中。这个时候的阿伊莎已经从初中阶段广泛的阅读中汲取了很多文学著作带给的营养。这些营养开阔了她的视野，丰富了她的阅历，活络了她的筋骨，以致于逐渐转化成了她对自己未来的一些简单设计和人生梦想。初中毕业后，阿伊莎坚定了要继续上高中的决心。鉴于孩子的这种决心和选择，妈妈最后只好再次同意她上高中。得到了妈妈的许可，阿伊莎高兴极了。但是到底去哪里上学，她再次迷茫困惑起来。初中的时候，她和大舅爷的孙子、她的表姐麦燕有了好多次联系。麦燕在好多次来信中告诉她，希望她好好读书，将来争取到城里的民族中学读高中。据说这是一所非常漂亮的学校，教学风气学习风气非常好，每年有几百人能顺利考上理想的大学，很有名气。麦燕再三叮嘱她不要在县上读，一定想办法来民族中学。于是她毕业填报志愿的时候依然填上了这所学校。可是，最终她因五分之差没有被民族中学录取。听到消息的当初她哭了，在炕上躺了三天，几乎没有吃饭，伤心了好一阵子。

那时候，我是民族中学的校长。有一天，我接到了一个电话。电话那边的声音很小，是一个小姑娘微弱的声音。她说她是龙泉一位初中毕业生，成绩稍差没有被民族中学录取。她想来我们学校读高一，问我行不行。一听是龙泉的学生，我不假思索地告诉她，我们可以接受她，还不收任何费用。我让她过半月开学时来报名，她高兴得连一句谢谢都没说就挂了电话。放下电话，我便想起了十几年前的龙泉，那是一个教育确实落后的地方。那时候，我在县上教育局工作，每年开学初，动员适龄儿童入学是我们最艰难的工作。特别是一些北部山区的乡镇，难度更大，不少孩子早早辍学回家放羊或去外地的餐厅当童工。就拿典型的山区乡镇龙泉来说，全乡读初中的女学生寥寥无几。即使有一个，也是半路辍学，最多读完初中后全部回家帮父母干活。父母好像等不到女儿出嫁的年龄似的，姑娘们年龄差不多了，就很快让其出嫁了，我很少碰到过继续上高中的女学生。在电话里一听来自龙泉的女学生要来我们学校上高中，这当然是我应该帮忙的好事情。

开学的时候，阿伊莎在妈妈的陪伴下来到了学校报名。处于对龙泉那个地方的感情，我帮她很快办完了手续，进入班级学习。之后，我偶尔在校园遇见她时，鼓励她几句，说一些给父母争光之类的话。一月后，她的班主任告诉我，阿伊莎在月考中成绩很差，几乎到了倒数之列。孩子压力很大，问我怎么办。几天后，我找她在我的办公室谈了一次话，我对她又好好鼓励了一番，还叮嘱几个任课老师多关心照顾这个来自偏远山村的女孩子。

期中考试结束后，学校召开了家长会。那天正好下雪了，龙泉离学校所在地可以说山高路远，我估计阿伊莎的妈妈可能来不了。家长会快要结束时，我在校园里遇到了正好要来找我的阿伊莎母女俩，后面跟着班主任马老师。两个人的脸色很不好。阿伊莎看起来好像哭过的样子，低着头站在我的面前。她妈妈说，她想把阿伊莎带回去，不再让她上学了。姑娘学习不是很好，基础较差。全班五十六名学生，阿伊莎的成绩倒数第五。老师说，这样的成绩三年后，不一定能考上大学。正好，家里困难也多，还是算了，不再读书了。说话间，阿伊莎又哭了起来。她求饶似的给我说："校长你就劝劝我的妈妈吧，我会努力学习的。我之所以成绩差，那是因为我来自山区，我们的基础知识和城里的学生相比是有差别的。在以后的日子里我会加倍努力的。"边说边抹着脸上的泪花。

她的妈妈看上去主意已定，不由分说地告诉我，真的不让她再读了，必须回家。我和马老师好说歹说，她都不听，最终将阿伊莎带回了她们的龙泉老家。

半年后，来自龙泉的一位男生告诉我，阿伊莎出嫁了。

柱　子

一

　　柱子没爹没娘，是一个孤儿，也没有媳妇。不过，对他来说，娶一个媳妇可能比他的父亲那时候还要困难很多。不要说他拿不起现时农村天价般昂贵的彩礼，就凭他那副矮胖的长相和狰狞的面容，估计这辈子娶上媳妇的希望真的很渺茫。他的岁数今年都已经二十八了，早过了农村里谈婚论嫁的年龄。可着急是没有用的。柱子的爷爷奶奶操碎了心，但是柱子他们村子周边十几里打听不到一个合适的对象。

　　柱子住在赵家村靠西的一个大院子里。那么大的一个院落只有他一个人住。幸亏，他不怕妖魔鬼怪什么的。要是别人，早都吓得魂飞魄散了。他家的那一排坐北朝南的瓦房，修建时间看上去至少三十年以上了。由于年久失修，不论从哪里看，都是摇摇欲坠的样子，随时有倒塌的危险。跟周边人家那些簇然一新的大房子相比，明显落后了好多年。柱子自己住的中间三间房子里面，墙壁四周都被冬天生炉子的煤烟熏得一块黄一块黑。柱子的爷爷奶奶在世的时候，一家人都享受政府的低保。如今只有柱子一个人享受低保。他平常也懒得去灶房做饭，干脆在自己住的房间里生了炉子，凑合着烧茶做饭，勉强解决自己一日三顿的温饱。柱子倒也幸运，村子里谁家里有了红白喜事，在所请的客人名单上，总是少不了柱子的名字。大家知道，他一个人在家，又不怎么会做饭，全村人都格外关心他、爱护他。

二

　　柱子的父亲叫石头，他活着的时候，四个弟兄中排行老二。柱子有一个伯伯，两个叔叔。三个人陆续结婚后，柱子的爷爷让他们先后从老家很快搬了出去，另起灶炉分了家，过起了他们自己的日子。目的不外乎只有一个，让他们早早挑起家庭的担子。以现在的话说柱子的父亲是一个弱智，只能在家干些苦活累活。那些需要动脑筋的活他一概不会做，他做的只能是放羊、给耕地灌水、给农田拉粪、给牛羊喂食、到庄稼地里拔草等。父母亲从他二十岁开始给他托亲靠友四处打听找媳妇，找了十年都没有找到。到了三十岁才凑合着和一个智力也不怎么好、年龄比他大得多的邻村寡妇结了婚。一年后生下了柱子。说来也怪，好不容易盼来的小孙子柱子，到了三岁还不会说话。对此，石头和他的媳妇倒从没怎么紧张过，可急坏了柱子的爷爷奶奶。他们抱上孩子跑南乡，走北塬，花了大半年的时间，几乎跑遍了河州的四乡，还去了兰州的医院，折腾得把家里仅有的一点积蓄全部花光了。柱子刚满四岁，算是开始呜哩呜喇地说起话来，一家人这才安下心来了。

　　鉴于石头的智商，柱子的爷爷奶奶只好选择和老二一起居家过日子。好歹两个老人对石头能有一些必要的照顾。等到柱子降生的时候，爷爷奶奶都已经是七十岁的人了。两个老人双双都有哮喘、胃炎、腿疼、糖尿病等疾病。在操心孙子上，两个老人也实在是有心无力。况且柱子偏偏又是一个不省心的孩子，常常从炕上摔下来被摔得鼻青脸肿。

柱子的父母又偏偏会生不会养，更不会照看。其实，这还都不算，让两个老人肝肠欲断的是，儿子石头和他那有些神经的婆娘从娶来的时候起，没有安稳过一天日子。他们几乎天天打架，天天闹分离。那婆娘一不高兴，就蒙头大睡，天昏地黑地睡，有时睡两天、三天不起来。在家里她从没有做过一顿可口的饭菜，一天三顿饭都由柱子七十岁的奶奶做。柱子娘的任务，永远是刷碗和洗锅。柱子的奶奶早看出来了，这个媳妇绝不是一个给他们规规矩矩做饭的人。她做事笨手笨脚，大大咧咧，声音又异常尖细，听起来很不舒服。她在长辈面前说话没有大小辈之分，说得绝对一点，她都不知道什么是廉耻。左邻右舍的那些眼尖的妇女们都说，这石头的寡妇媳妇就像俗话说的，有走的心，没站的心。这呆子迟早是要走的。正是民间有高人，她们到底有眼光。不出所料，这个婆娘离家出走，跑了。这些都是后话。

三

就在柱子快到七岁的时候，一辈子窝在家里没有出过门的柱子的父亲，在他爷爷的跑动求情下被村子里一个小工头带去青藏铁路打工。据说他们的主要任务是挖掘一条隧道。对于毫无干活技能的石头来说，这样的苦力活再适合不过了。他们一天到晚二十四小时三班倒，永不停息地用镢头刨挖隧道的土层。在人迹罕至的高海拔地区，他们这个突击队因肯吃苦而名声大振。石头所在的小组是钻洞进度最快的小分队。当年下来，他们的小分队分红效益在全公司最高，石头一个人挣了三万元带回家里。石头破天荒地第一次给自己的父母以及儿子、婆娘每人定做了一套漂亮的衣服。

第二年开春不久，石头他们又返回了青藏高原。天有不测风云。第二年开工不久，石头他们的那段工程由于没有及时加固，出现了大面积塌方。石头和另一个工友被一块巨大的石块当场压死了。工程队按照有关的赔偿条款，给石头的家人赔偿了二十万元，算是了事。二十万，这可是一个大的数不清的天文数字。石头的父亲一辈子没见过这么多钱。当那二十个红色的钱墩子摆在桌子上的时候，老爷子傻眼了，他不知道怎么花这么多的钱。

钱送到死者石头老家三天后，他的老婆半夜里从柱子爷爷的柜子里偷偷拿了三万元，卷上铺盖和衣服跑了。据可靠消息，她是被一个她的娘家村里的老汉拐走的。短短十天的时间，家里死的死、跑的跑，只剩下了柱子和爷爷奶奶三个人。虽然有爷爷和奶奶的陪伴，但是一下子没有了父母的柱子，显出了少有的孤独悲痛。柱子苦闷得整天呆若木鸡，他思念他不幸死亡的爸爸，他恨弃他不管的狠心的妈妈。没有了石头两口子，柱子的婚事彻底渺茫了。他看得上的所有姑娘中没有一个喜欢他的。但他也是一个同样有着雄性荷尔蒙的男人，每当夜晚寂寞难耐的时候，他悄悄走出家门，翻墙去二楞家找二楞的媳妇。二楞常年在外打工，他的媳妇一个人在家里种地。她家庄稼忙得顾不过来的时候，柱子经常去给她帮忙。

四

柱子的爷爷是一个非常顽固、非常独断的人，他的家长制作风令儿子们常常和他形成敌对。儿子们不论年龄多大，在他的面前基本永远没有发言权。他那骨瘦如柴的老婆子，到了七十多的年龄。但是，他依然隔三差五动手毒打。街坊邻里常常看见他提着自己的一只鞋，满巷道追打自己的老婆，嘴里是一串肮脏的辱骂。眼下，儿子死了，儿媳妇跑了，他可没有掉一滴眼泪。

"那寡妇跑了也好，我倒还节省了一口饭。"儿子的媳妇跑走后，他还蛮高兴的。不过，那媳妇偷走的三万元钱让他心疼了好些日子。

他对二儿子石头的死换来的二十万钱，产生了很大的兴趣。开始的一段时间，他那一辈子几乎看不出丝毫笑容的黑青色的吊脸终于有了一些久违的明亮和舒展。巷道里的人们发现，他走路的姿势和说话的口气与原来有了明显的不一样。人们还看见，他开天辟地、时不时从村口那家羊肉馆买了羊腿子往家里走。看得出来，这笔巨款的到来让柱子爷爷的生活迎来了一段阳光灿烂的日子。聪明人也有糊涂的一天。他这样吃吃喝喝的红火日子没过几天，终于又像泄了气的皮球，再也蹦跶不了了。他的生活又重新回到了原来的样子。不，连原来的样子都不如了。

这一切是从一个陌生的文物贩子进入他家开始的。有一天，一个冒充文物贩子的外地人来到他家，他鬼鬼祟祟的样子很神秘。他问柱子的爷爷家里有没有陶罐。说话间，他从一个大包里小心翼翼地取出一个陶罐，他让柱子的爷爷轻轻用手摸了一下。

他低声说："这个东西现在市场上价值最少三十万。比这个稍大一些的值四十万元。"

柱子的爷爷发现新大陆一般仔细地看了又看，摸了又摸，反复斟酌这宝贵的东西。他觉得太不可思议了。以前他也是见过这样的东西的，可是他永远不会想到这些土坛子竟然这么昂贵和值钱。可惜的是他以前并没有操心收集这些玩意儿，要是以前有眼光存下一两个的话，那他就不是今天的他了。一想到这些，他后悔极了。他觉得自己的一生太窝囊了。一辈子下来，比上村里那些木匠、铁匠、泥水匠，还有一些外出打工的小青年们的富裕日子，没有任何手艺的自己，受尽了一辈子的苦头，没有活过哪怕是一天风光的日子。他想，即使什么手艺也不会，要是早年间，这些坛坛罐罐不值钱的时候，买下几个，然后在今天这样的高行情上出手，肯定能赚一笔大钱。那样，他的一辈

子绝不会这么窝囊。

"唉！人真糊涂啊！"柱子的爷爷摸着那只陶罐长长地叹了一口气。

那个外地人临走的时候给他撂下一句话，如果碰上这样的坛子，让他务必收下，然后给他打电话。有多少他要多少，给他留下了一个手机电话号码。

柱子的爷爷像保存一块黄金般把那个写有电话号码的纸片压在了炕边的毯子地下。

半个月后，一件最幸运的事降临到柱子爷爷的身上。他觉得活了七十多年还没有遇到过这样的好事。有一天早上，他刚走出房门喂完了羊，准备生火烧茶。长期以来，无论如何早上的一顿茶他是雷打不动。再怎么困难和忙碌，他都非喝不可。何况这几天他是一夜暴富的一位坐拥十七万元的大款。就在这时，一个当地的勇猛高达的汉子来到他家门口。那人从大门口东张西望地看了看他的院子。问可否进入他的房间里坐坐。柱子爷爷爽快地答应了。这是一位本地人，口音和他们村子的话基本一样。来到房间，那人直接问柱子的爷爷，自己有一个存了十几年的唐朝陶罐，货真价实，绝对好货。问他要不要。

柱子的爷爷听说是陶罐，一下来了劲。慌忙问来人，什么样的陶罐。他想先看看再说。那人从一个塑料提包里慢慢拿出了陶罐。剥去了一层又一层旧报纸，最后抓住陶罐的细脖子放在柱子爷爷的手里。柱子爷爷睁大眼睛开始细细地观察。他看了四边的纹路，又察看了陶罐底子的文字。那模模糊糊的字显然已经看不清楚。但是柱子的爷爷断定，这个东西就是和上次那个外地人来家里收购时拿的那个陶罐一模一样，个头上和大一些的那个陶罐差不多，就是他说价值四十万的那个。

柱子的爷爷暗暗高兴起来。他在脑子里盘算道，这个东西照那个外地人的收购价肯定是在四十万以上了。他问来人，这家伙多少钱出卖。那人怕别人听见，抓起柱子爷爷的袖筒，把他的两个指头捏在了一起。

爷爷明白了他的意思。悄悄问他，二十万吗。那人点点头。爷爷问那人，可否再少点。那人却说，这样货真价实的东西现在市场上非常抢手。他因为急需用钱，所以打算便宜出手。既然他说了，那就干脆少一万，囫囵十九万东西给他让了。柱子爷爷听来人这么爽快，就说自己手头只有十六万五千元。那人也很爽快，说可以。于是买卖成交。柱子爷爷打开柜子，取出儿子石头的赔偿款。敞开一块白布，只留下了大约三千元的零碎票子。把剩余的十六万五千元又用白布包好递给了那人，然后顺势把那个陶罐放进了那个老旧的柜子。

　　高个子大汉拿上钱很快离开了，脚步很是匆匆，唯恐别人马上抢走似的。柱子的爷爷美滋滋地送走客人，很快回到屋里。他走进房间做的第一件事，就是给上次留下电话的外地人打电话。电话通了，一直在响，但是那边一直没有人接电话。柱子的爷爷就奇怪了，为什么不接电话呢？他继续打，还是没人接电话。柱子的爷爷突然害怕了起来。这个家伙该不会和我玩骗术吧？不会的。不会的。他在心里不断地给自己宽心。这怎么会是骗术？一个是外地人，一个是本地人，他们两个不可能合伙骗人吧？柱子的爷爷越怀疑心里越有鬼。当他第三次拿起手机给那个外地人打电话的时候，电话里却出现另外一种声音：你拨的电话是空号。柱子的爷爷一听这个声音，他开始一阵眩晕。他明白，自己真正上当了。他一下子好像失去了骨架，支撑不起自己的身体，眼睛里开始冒金花。他重重地摔倒了。他的头磕在了一架旧柜子的棱角上，当场头破血流，失去了知觉。半小时后他被家人拉到了乡镇卫生院抢救。但是一切都完了，他再也没有醒过来。

五

　　柱子的奶奶是一个骨瘦如柴的老人。老汉的突然去世给了她很大的打击，她一下子变得孤独了。她失去了一个强大的最亲密的靠山。虽然老汉活着的时候，常常打她骂她，但是家里的所有困难毕竟都由老汉抗着、顶着。现在，柱子不顶事，一切都要归她操心。她感到从来没有过的压力。她简直觉得她和柱子两个人真的坐不了这个家。老汉过世不到一个月，在一个寒冷的冬天的夜晚，她终于熬不住严重的哮喘，也悄悄地离开了这个世界。

于是，柱子成了这个忧患重重的家庭中的唯一成员。柱子虽然其貌不扬，但是一个男人身上所存在的所有本能，在他的身上也都全部存在。一年间，柱子失去了家里的四个大人。爷爷奶奶还有自己的父母。这个原本空落的院子变得更加空落起来。本来不会做饭的柱子没有办法，只好在伯伯和两个叔叔的家里轮流转悠。今天在这家吃饭，明天在那家吃饭。可是这样下去也不是个办法。自奶奶去世之后，柱子一连几个月不出家门，除非吃饭时到伯伯或叔叔家外，柱子整天躺在土炕上出神，一句话也不说，面部毫无表情，大多数时间目光始终凝望着一个方向。叔叔婶婶们轮流抽空过来看他陪他，怕他过于孤独会出什么事。任他们怎么开导他，他都不言语，像个傻瓜般目光呆滞。

柱子越发变得木呆呆了，他干脆成了一个哑巴。

有一天，天黑了下来。柱子从小叔家吃完饭回到了自己的房子。一个破电视任你怎么摇动天线，图像就是不出来。他干脆把天线拔掉，关了电视，又爬上炕躺了下来，不觉间他进入了睡梦。他梦见了一个寡妇。那个寡妇长得很水灵，她朝柱子笑，两排牙齿洁白如玉。柱子控制不住自己跑到小寡妇跟前，准备去抱她。他的脚一蹬，醒了。他气得从炕上翻起来。眼前一片漆黑，小寡妇的影子都没有。他醒悟过来，刚才是在做梦。

到了半夜，他实在难受极了。他怎么也睡不着，翻来覆去，老想那个梦中的小寡妇。突然，柱子翻起身走出房门。外面黑乎乎的什么也看不见。他径直走出大门，拐过前面的巷道，朝斜对面的一家门口走去。柱子知道，这是二楞的家。二楞常年在外打工，挣了好多的钱，平时很少回家。村子里传说他在城里有了二房，把自个媳妇留在家里常守寡。

二楞的家，都是不及一人高的矮矮的围墙。柱子随手一扒，进入了院子。一只狗突然汪汪汪地叫了起来。柱子把头缩在一截稍高一些的墙头的阴暗处躲藏。突然，一个男子的声音从房间里传出来。柱子意识到这次看来不像以前那么顺利了。

"谁在院子？谁？"随着喊叫声，院子里的灯亮了。柱子知道是二楞的声音。他不是出门了吗？他是什么时候回来的呢？柱子觉得今晚倒了八辈子的霉了。为什么自己白天就没见二楞回来了呢？柱子恨不得眼前有一个老鼠窟窿立马钻进去。那明亮的灯光把站在台阶上的那个男人照得非常清楚。没错，那就是二楞。魁梧得像一座山。二楞拿起一块石头，准确无误地甩过来，朝柱子的头上打去。柱子应声叫唤了一声就不再吱声了。二楞看半天没有声音，走了过去。一看是隔壁的柱子，他气得朝那一动不动的身体猛然又踹了几脚。

"日你娘！傻子柱子，还欺负到老子身上了！"二楞气得牙齿都咯嘣蹦响。

柱子的叔叔们知道情况后很快赶来。等把他抬到乡镇医院时，已经不省人事了。医务人员虽做了最努力的抢救，但是到天亮时，还是没有抢救过来。第二天，派出所来人给二楞戴上手铐并带走了。两个月后传来了消息，二楞被法院判了十五年有期徒刑。

柱子被埋在了爷爷和奶奶的身旁。从此他那空落落的老家彻底孤寂了起来。

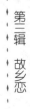

兔兔的烦恼

　　兔兔她们那个村叫马家庄，是大北塬上的一个很小的自然村。大北塬是比临海城高出好多的一个宽阔的大平原。出嫁前，她和她姐姐是马家庄村子里最俊俏的两个姑娘。说来也怪，她们那村里有一条从祖辈上传下来的不成文的惯例，还被好事者们编成了三句顺口溜：

　　　　头等姑娘城里抢，
　　　　二等姑娘走川道，
　　　　三等姑娘塬上跑。

　　人们说得还是很有道理，村子里大部分好看的姑娘都真的嫁到了城里。兔兔还没到谈婚论嫁的年龄，媒人就已经快踏破了她家的门槛。她的父母挑来挑去，最后，经媒人介绍，凭着她特别的美貌，被城里一户人家的男孩相中了。这本来是一件天作之合的绝好婚姻，然而命运好像对兔兔特别的无情。兔兔还没有和小丈夫度完蜜月，她无奈地被迫回到了娘家。

兔兔比姐姐幸运，勉强读完了小学。姐姐连学校门都没进过。结婚时和她的丈夫去街道办事处领结婚证的时候，因辍学多年她连自己的名字都不会写了。丈夫替她写了名字，她用手盖了一个指印。辍学后，兔兔一直帮妈妈干家务活，也干农活。她本来是很喜欢读书的，可是就在毕业那年，思想守旧、脾气暴躁的父亲断然决定，让她不要再去学校读书。父亲说，女孩子读书会被人家耻笑的。虽然她们村子有好几个考上大学的回族、汉族女孩，但是她的父亲从来不闻不问这些成功的例子，任兔兔和她的妈妈怎么求情下话，他那顽固的决定永远没有丝毫的回旋和动摇。在父亲的脑子里，作为家里有女孩子的父母，天经地义的事就是早早选好婆家，让其早早嫁人，越早越好，免得惹是生非。在他的认识中，家里养了一个女孩就像在家埋了一颗炸弹，在毫无防备的时候随时有可能会轰然爆炸。

兔兔的小丈夫长得帅，个子比她高出好多，皮肤白净，眼大鼻高，人也能干聪明。相亲的时候，兔兔一下子看上了他。他叫马英，结婚最初的那段时间，马英也对她百般疼爱，但是现在，那一切对兔兔来说都成了美好的回忆。现在，她回到娘家和丈夫不见面都快一年了。说真的，一年来，她无时不在想念着自己的丈夫。有几次在她想念丈夫的时候，就给父母编了一个借口，说自己去城里姐姐家玩一趟。因为姐姐嫁在城里的家和马英的电脑铺离得很近。每次一经父母答应，去姐姐家之前兔兔先到城里马英开的电脑铺对面，远远地探望马英和他的店铺。她站在川流不息车来人往的街道对面，一眼不眨地望着马英那熟悉而亲切的背影。她很想跑到马英跟前，很想和原来一样给马英当下手。

她不想再回到娘家过那种孤独寂寞的日子。娘家像牢房一样，白天她等不到天黑，夜晚她等不到天亮。但是她冷静一想，自己不经父

第三辑 故乡恋

亲同意私下跑回婆家的想法还是有些幼稚、唐突。毕竟，她是因为双方长辈的矛盾而回到娘家的。如果真的要去婆家，也总得有一个说法才对啊！无论怎样，她是父亲的女儿，她不能让自己的父亲给淌到河里。兔兔每一次出来看完丈夫马英的背影，又理智地回到娘家。作为一个刚刚二十出头的姑娘，她既不想得罪对自己有养育之恩的父亲，又不想放弃英俊帅气、疼她爱她的小丈夫马英。

马英是城里人，家住临海市东南部一个城乡结合部的地方，有一个单门独户的大院子，建有东北两排砖瓦房，占地面积有一亩之多。几年前，他家那一带流行楼房的时候，马英的父亲推倒了原来的两排瓦房，又在原地盖了一幢很有气势的别墅式洋房，楼上楼下一共三层。新楼建成后，鹤立鸡群，方圆周边格外耀眼。马英的哥哥嫂嫂住在三楼，父母和马英住在二楼，一楼是厨房和餐厅，还有一间专门的客房。按现在的说法，他们家已经达到了小康水平。他的父亲做了二十年的生意。哥哥一直跟着父亲做生意，姐姐高中没有读完就出嫁了，马英是家里的最小。父母觉得家里现在房子有了，车子有了，存款也有了，什么都不缺。父亲思来想去，觉得家里就缺一个读书人。他们期望马英考一所好大学，给家里出人头地，光耀祖宗。但是无奈，马英的学习一直不是很好，考大学的时候没有达到二本线。剩下那些三本、大专之类的学校，马英从骨子里看不上。也许他被做生意的父亲和哥哥的熏陶所致，既然考不上大学，他也不怎么遗憾。他还是相信那句话，条条大路通罗马，只有要本事，干什么都成功。

考大学之前，他已有一个打算，他想做一个独立的创业生意。在高中阶段，他特别喜欢信息技术课，电脑对他有着特别的吸引力。因为这一爱好，他硬是做通了父母的工作，高考一结束就在本市一条比较繁华的街道上开起了一家电脑铺。算他运气好，正好赶上了电脑行业在临海快速发展的最好机会。他的铺子一开张，就迎来了一个销售高峰。不到一年，他还清了父亲的垫资，还扩充了门店，招聘了员工，生意做得风生水起，好不热闹。他被门店的员工们尊敬地称呼为马总。他的生意做得越来越大，慢慢地垄断了本市内电脑销售的半壁江山。那个君御的销售公司成了临海市的知名品牌，大街小巷都有他的广告。

　　兔兔生长在农村，和马英家的生活条件明显是有比较大的悬殊。兔兔的家里除了父亲用扶贫贷款养了二十几只羊之外，再没有任何可炫耀的资本，甚至一年的口粮如果不精打细算的话都会出现捉襟见肘的情况。房子是十几年前盖的几间土平房。这一切和马英家相比，确实没有丝毫的可比性。从嫁过去的那天开始，兔兔一直担心马英会不会嫌弃自己。时间证明，她的担心是多余的，她完全能从马英的表现上看得出来，马英打心底里喜欢她。那三个月，马英天天陪着她，或者她去店里陪着马英。她回娘家，马英陪着。她去市内逛街，马英陪她。在马英心里，能娶到兔兔这个俊秀的新娘子是他一生最大的福气。他哪里还敢嫌弃她呢？真是把新媳妇捧在手里怕掉了，含在口里怕化了。马英和兔兔整天形影不离。

　　兔兔的父亲是一个脾气非常暴躁、性格极度怪癖的人。家里大小的事，一概都由他说了算。当初兔兔的婚事，商量彩礼的时候，差一点被他的倔强的脾气所拉倒。当时媒人根据双方的情况，说好彩礼是九万元，但是他却一口咬定十万。不论大家怎么说，他都坚持自己的出价，横竖不能少。最后气得媒人差一点拍屁股走人。好在马英的父亲宽宏大量，没有讲究万把块钱的面子，最后答应了兔兔父亲的要求。就这样算是这桩婚事才得以成全，兔兔和马英终成一对鸳鸯鸟。

　　"哎！我该怎么办呀！"

　　兔兔坐在娘家，每每寂寞的时候她就这样长长的叹一口气。她始终觉得当初两家闹矛盾，真正的根源是在自己父亲身上。要是父亲当时不开口从她的婆家张口借钱，也许这一切都不会发生。

归根结底，问题出在自己的父亲身上。刚结成的亲家，两家对对方的喜欢还处于热络阶段。两家人才开始你来我往。对对方的性格、脾气、爱好什么的都不是特别地了解和熟悉。但是就是在这样的节骨眼上，兔兔的父亲来到马英家开口借钱了。事情的缘由是这样的，两年前，乡政府给他贷了三万元养殖扶贫贷款，按照这笔贷款的严格要求，必须用在养殖业发展上。当时依照乡上规定，从羊贩子手中购买了四十只澳大利亚进口多胎母羊，计划通过母羊繁殖来发家致富，实现脱贫。兔兔的父亲一生中无论做什么生意，总是那么的背运。也许这一切和他暴躁的脾气有关。他做任何买卖，总是过于急躁。他总是恨不得马上见效，急于快速赚钱入袋。半辈子以来，他时时在梦想，有朝一日赚一笔大钱，能和村子里的那些耀武扬威的大款们一样盖一栋楼房，买一辆好车，过上不再受屈辱的红火日子。但是这些渴望，毕竟是他自己一厢情愿的幻想而已。他的命运总是像人们说的，赶猪的时候赶羊的快，赶羊的时候赶猪的快。他干什么，什么都不行。命运始终和他开无情的玩笑。

按照当时的市场价，两年前购买的四十只母羊通过繁殖当年就有一笔可观的收入。他算来算去，别的不说，每年年底光卖羊羔肉，至少也会有万把元的收入。可是人算远不如天算，辛辛苦苦养下来，到了第一年年底，除去所有养羊成本，净利润算是勉强保低，略有收入。兔兔的父亲把希望寄托在第二年上，然而好不容易繁殖养大的十几只膘肥体壮的羊羔即将出栏的时候，村子里突然流传来了一种据说叫口蹄疫的牛羊瘟疫，就像二〇〇三年的非典一样，来势出奇迅猛，防不胜防。家家户户都有不同程度的损失，唯独兔兔父亲的羊死得最多，一圈羊死去了多半数。这还不算，屋漏偏遭连夜雨，受瘟疫的影响，本地区的羊肉市场也受到了很大的冲击。肉价一度低迷。最好的羊羔肉从三十元下降到了二十元左右。兔兔的父亲急得像热锅上的蚂蚁，眼看快到了还贷款的时间，按照目前的市场价格，即使把羊圈里的二十几只羊拉出去全卖了，也值不了两万元。愁得他一连十天没合眼。他像一个守护神一样整天呆呆地站在羊圈旁，目不转睛地望着那剩下不多的二十几只大羊和羊羔，实在想不出一个更好的办法，去偿还一个月以后必须拿出的三万元贷款。

终于，兔兔父亲的思路豁然开朗，有了一些眉目。他想，眼下急忙出售这些羊，受瘟疫的影响，肯定卖不上好的价钱。根据多年的经验，开春以后，羊肉和羊的出栏价格总会有所好转。如果现在卖羊还款，等于是在折本出卖，很不划算。他思来想去，减少损失的最后一步高棋就是借钱还款。可是到哪里借这笔数目不小的钱呢？考虑了很长的时间，兔兔的父亲突然想到了兔兔的婆家。他觉得这个想法虽然可能有些唐突和过早，但是作为一个农民，自己有限的交际圈中，除了兔兔婆家这个希望渠道之外，他真的再找不出第二个可以给他慷慨借出三万元的对象了。

于是，带着借款的目的，他没有征求老婆子的意见，买了一些礼品来到了女婿马英在城里的洋楼。

他精心构思的想法绕着弯子还没有说完，出乎预料的是没有得到马英父亲的答应。马英的父亲想，我们两家才刚刚结成亲戚关系，关系还不是很熟，互相正在磨合阶段，俗话说，钱的影子是黑的。只有用钱打交道了，才会知道对方的人品和道德，你要是借去了钱，万一在还钱的时候不按时归还，我们该怎么办？作为儿女亲家我总不会天天去你门上讨债吧？一旦还不了钱，两家的关系肯定会出现矛盾。如果到了那个时候，以后的你来我往的亲戚关系到底怎么办？亲戚一旦臭了，亲家关系还能走下去吗？马英的父亲考虑良久，断然拒绝了亲家的借款要求。

"现在正是年底，人手都很紧张。实在对不起，亲家，我也捣腾

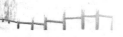

不出这么多。"兔兔的父亲来她的婆家借钱的时候，她的公公就给了这样的回答。此话一出自马英父亲之口，结果一度尴尬。双方闹了个不欢而散。兔兔的父亲说了一句那他再想想办法就跳下炕，非常不高兴地走出了房门。亲戚关系一下子到了崩溃的地步。

几天后，他们给兔兔打电话，让她回一趟娘家。就这样，兔兔回来以后，他给女儿立马关了禁闭，说他当时在媒人说媒的时候确实认错了人。他们竟然这样不给面子。这样小气吝啬的人，连困难的时候帮助一下都不答应，我们还有什么意义跟他们做亲家？从那天开始，他正式决定，两家的亲戚一刀两断。任兔兔和她的母亲哭干眼泪，他都绝不相让。他说，我既然养出了这样出色的姑娘，就不相信找不到比你马英家更好的人家。

兔兔在娘家的时候，马英来家里叫了好几次。兔兔的父亲都是冷脸相待，次次避而不见，毫不松口。是啊，一个父亲的专横和霸道让一个年方豆蔻的姑娘还没有享受新婚的甜蜜就过早回到了娘家，这不是兔兔本人的过错。兔兔非常矛盾和纠结，她明明知道造成这个结果是父亲的脾气所致，但是他能怪罪于她的父亲吗？在父亲的咆哮声中，她和妈妈的声音被淹埋得荡然无存。

有一天，兔兔收到了丈夫马英发来的一条微信视频，马英说："兔兔，你离开我家都一年了。你知道，在我的心里从未改变过对你的爱，最近父母催我干脆办离婚，可是我真的舍不得你，你回来好吗？"

兔兔想，马英这样的男人以后就是打上灯笼再也找不到的。在她看来，今后的自己只有两条路，要么与马英和好如初过日子，要么今后永远不再嫁人。

兔兔哭了，她哭得很伤心。

一颗散落的珍珠

　　在我的办公室的小柜子上一直摆放着一双手工非常精细的棉布鞋，我几乎每天能看到它。三年来，每当看到它的时候，我的本能和天职让我总是对刘晓同学的不幸感到无限惋惜。我总是默默地提醒自己，不管面对再多困难的学生，都要用足够的耐心和合适的方法积极地教育和引领他们，对他们的成长一定要尽最大努力，绝不留下任何遗憾。

　　刘晓是我们学校自主招生来的，他是来自临夏西南片一个贫困家庭的学生。家里有五口人，父母、爷爷、妹妹和他。去他家招生的老师回来后告诉我，他们家里让刘晓上学的主要支持者不是他的父母，而是他的年近七十岁的爷爷。他的父亲是一个精神病患者，不要说他照顾自己，就在平常的时候都需要刘晓的爷爷紧紧看管。刘晓父亲谁的话都不听，只怕爷爷一个人。爷爷有时候帮他的母亲干点农活，忙不过来一不留神的时候，他的父亲就从家里逃走，苦得爷爷满山满洼地找，有时候一两天都找不到他的影踪。等终于找到他的时候，他可能就在隔壁人家的场院草垛里，或者在离家很远的山坡上、大树下，

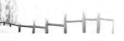

没日没夜地痴坐或睡觉。

据他母亲说，刘晓父亲的精神病是几年前乡上干部来家里，强行赶她去做了绝育手术后的当天夜里发作的。那天夜里他的母亲被乡上几个干部连推带搡地带走后，他的父亲蜷缩在自家偏房里，一整夜都没敢出来。他整夜一眼不眨、彻夜未眠，一直哭喊到天明。第二天，精神彻底不正常了。好在他们家有一个历经无数苦难的坚强的爷爷，一直在当家。在如此严重的遭遇面前，全家人平静的日子还是照样运转，困难并没有将他们家摧垮。

看着刘晓父亲整天疯疯癫癫的样子，有一天，爷爷把刘晓叫到面前说："孩子，爷爷知道你喜欢读书。我可能等不到你成功的那一天，可爷爷今天告诉你，也请你记牢，我们这个没文化的穷家将来的命运就靠你改变了。只要你考上大学，爷爷死后才能闭上眼睛。"

刘晓听了爷爷的话，点了点头。早早懂事的他擦掉满面泪花，背起书包走出了低矮的柴门。从此他悄悄地在心底埋下一个夙愿，将来一定要遵照爷爷的嘱托，苦读书考大学，改变这个穷家的命运。

刘晓的母亲是一个非常厚道贤惠的农村妇女。丈夫患病后，料理精神病丈夫的重担全部落在了爷爷的头上，而家里所有农活都由她一人承包了下来。就在他们家面临极度困难的时候，大儿子刘晓从当地的初中学校顺利毕业了。这所学校离他们家不远，加上学校三年来也没收任何费用，他的初中读书阶段就这样比较轻松地结束了。刘晓非常喜欢读书，成绩始终在班里遥遥领先。尽管家里特别需要刘晓来帮忙，但爷爷还是坚持让孙子读书，希望将来能从孙子的身上改变这个家庭的命运。

刘晓初中毕业考试成绩是 630 分。这个成绩在他们县要数非常优秀。爷爷和妈妈得到他考了好成绩的消息后，高兴了好几天。可是考虑到读高中不像初中，还得需要给学校交学费、书费等一笔不小的费用，这个家毫无经济来源，他们又一次烦恼起来。虽然本县的高中老师在刘晓初中毕业考试一结束，就来到他家动员他去县里的高中就读，还答应给他免除书费、杂费等优惠条件。可是刘晓想到家里的窘况，想来想去，学校这个优惠条件还是不能从根本上解决他家的后顾之忧。他经过详尽地计算，即使学校把书费、杂费全部免除了，也还需要一笔不小的生活费啊！

就在这个节骨眼上，我们学校的招生老师走进了刘晓的家门。招生老师看了刘晓的成绩，又看到他家的困境，当场答应刘晓，他可以来我们学校珍珠班上学，学校不但给他免除一切费用，而且给他每年解决 2500 元生活费，连续资助三年，直至他高中毕业。考上大学后，还可以每年解决 4000 元后续资助，直至大学毕业。学校告诉他和他的爷爷、妈妈，这笔钱来自宝岛台湾很多爱心人士的爱心捐助。他们在我们学校设立了专门的珍珠班，来资助许多临夏籍品学兼优家庭特困的学生。学校已经有好几个这样的珍珠班，这些学生毕业后绝大多数能考上全国重点大学。刘晓和爷爷听到这个消息高兴极了，当场决定来我们学校上学。

刘晓顺利地来到了我们学校，成了一名珍珠班的学生。当他想到接下来的三年读书生活，由于基金会的资助而不会给爷爷和妈妈增加额外负担时，一阵少有的喜悦涌上心头。二〇一〇年秋季，刘晓坐在学校西教学楼六楼教室靠窗边的座位上放眼望去，那一幢幢连片的高楼如森林般直插云霄。这样的读书环境就是他一直梦想的地方。他暗暗发誓一定不辜负爷爷的嘱托，全力以赴发奋读书，一定要考上一所理想的大学。他要创造机会让苦了一辈子从没走出过山沟的爷爷看看大城市的样子。有了这样的雄心壮志和远大目标，最初几次检测，刘晓总是处于班级前几名的位置，让数学老师尤为吃惊的是在一次数学考试中他竟然全班唯一考了满分。高一第一学期的期中考试中，在全

275

第三辑　故乡恋

年级近一千名学生中夺得第七名。这样骄人的成绩令他的所有科任老师一致看好他的前景。大家觉得他将来考一所名牌重点大学几乎没有任何悬念了。期中考试后，班主任让全班同学每人给资助同学们的台湾爱心人士代表李先生写一份感谢信，刘晓的信是这样写的：

亲爱的李叔叔：

您好！我的名字叫刘晓，来自遥远的大山深处。我们那里由于贫困和偏远，曾和我一起读过小学的伙伴们现在已经辍学，到社会上去打工了。

刚升入初中时，我曾因为能够读中学而感到自豪。时间飞逝，一眨眼就要升入高中了，我必须面对辍学和上学两条道路的选择。当我即将选择辍学的时候，是您给了我继续读书的机会。在我们村子里读高中的学生共有三个，我就是其中一位。当听到我被录取为珍珠生时，我在喜悦中沉默着，脑海中一次次浮现出您慈祥的面孔。虽然我没有真正与您相见，但我想像中的您的慈祥且充满爱的面容，却深深地烙在了我的心上。

当我每次听到别人称呼我为"珍珠生"时，您慈祥的面容一次又一次浮现在我的脑海中。

学生：刘晓
二〇一〇年九月十六日

刘晓在信的字里行间真诚流露出他对台湾爱心人士代表李先生的无限感激之情。看得出来，当时的他多么珍惜这个难得学习的机会。他对自己的未来充满了无限的憧憬！一想起爷爷对他的嘱托，他心潮澎湃，觉得现在的他离爷爷的殷切希望已经不太遥远了。三年后一所理想的大学内一定会有他刘晓的位置。

可是，天有不测风云。

有一天，刘晓的班主任对我说，刘晓这次从家里回来后明显有些不正常，他的精神好像不对劲。他无缘无故地对班上好几个同学说他要杀他们，说完总是偷偷摸摸拿出一个小小的铅笔刀神秘兮兮地给他们看。于是班上同学们的情绪开始紧张和不安。他们总是觉得刘晓的举动、眼神和以前根本不一样了。了解到这个情况，我嘱托班主任、科任老师要安排班干部轮流监视刘晓的行动和表情，切实严防他在别人不防备时真的动手伤人。班主任回去不到一个小时，又马上疯跑到我的办公室，说刘晓的精神不正常得很明显了，他连老师的话都不好好听，特别是那呆滞的表情更让人害怕，也不和任何人说话。于是我将信将疑地来到了高一珍珠班的教室。

刘晓坐在靠窗户最后一张桌子上。别的同学都在忙碌地看书做作业。他一直不眨眼地望着窗外。我走过去，在他肩上轻轻一拍，他慢慢转过脸，呆滞地看着我。我问他："刘晓，大家都学习，你怎么不学习？"他半天不回答。我又问了一次，他慢条斯理地说了一句话："爸爸找不到了。"我没有听懂他的回答，于是又问："你的爸爸怎么了？"他转过脸，望着远方，喃喃私语："在哪里？在哪里？"

下午，我们经过商议，决定通知他的家长赶快来学校。可能是路途远的原因，直到傍晚快放学的时候，他的妈妈姗姗而来。焦急的班主任把刘晓的情况详细地告诉了妈妈。妈妈听完老师的介绍，也没有多说什么，既然这样，她还是先把孩子带回去在家休息几天再说。

一星期后的周一，刘晓在他妈妈的带领下来到了学校。她说孩子在家整天埋头看书，也不和他们说话。一看见他的疯子爸爸，他的表情就开始变化，有时候突然号啕大哭。她说孩子老呆在家也不是个办法，她想还是把刘晓送来学校再试试看，如果真不行，再作打算。这一次我专门接待了他的妈妈。

277

第三辑 故乡恋

我说："孩子上次来学校前，家里发生了什么事情吗？"

她说："孩子爷爷最近身体不好，一直卧床不起，吃药打针。除了爷爷，谁都不害怕的刘晓的父亲整天乱跑乱叫。他不但不听难得周末回家的孩子的规劝和说服，反而有时候动手打孩子。刘晓上次回家的时候，他拿起一根木棒打得刘晓半天趴在地上起不来。返校的前一天夜里，孩子突然俯在我的怀里大哭不止。我问他，他前言不搭后语的说话让我也突然害怕起来。

听了他母亲的话，我仿佛一下明白了好多。她临走的时候，我让班主任先给她预支了刘晓的生活费 1000 元，用于刘晓爷爷的看病吃药。我们也同意她把孩子留在学校，继续观察几天再说。后来几天的情况表明，这孩子的精神还是受到了一定原因的明显刺激。只是我们还无法断定这刺激的因素到底是什么。接下来他异常的表现令我们不得不再次通知他的妈妈来学校。

他的妈妈来了。虽然才不到一星期时间，自己疼爱的孩子患病的压力使她雪上加霜，她的着装明显不如上次，头发凌乱了好多。她阴郁的表情和语无伦次的言语告诉我们，这个农村女人承受了很大的精神压力。她的到来表明，她还没有被眼下的处境完全压垮。但是她的心灵煎熬程度我们是完全可以想象的。当班主任还没有说完这几天刘晓的情况，她爽快地说："老师，我还是带回去吧。谢谢你们大家！"她几乎是带着哭声说出这句话的。说完，她牵起刘晓的手匆匆向校门走去。刘晓口里说着"我要读书，我要读书……"就是不走。最终还是被他妈妈拽出了校门。

这一去，刘晓和他妈妈就再也没来过学校。我们估计孩子的病可能还是没有大的好转。要不，这个有爱有梦想的孩子是会回来读书的。我们大家也都带着极其遗憾的心情慢慢忘却了他们母子。

可是一个月后的一天，我的办公室的门上来了一个陌生的女人。

就在我准备开口问她找什么人时，我突然认出来她就是刘晓的母亲。那个来自临夏西南片山区的普通的农村妇女。我马上把她请到了办公室。给她递了把椅子让她坐。她说："校长，我不打搅你。我是专门给你送一份心意的。"说完，她从一个旧包里掏出了一双黑色条绒棉布鞋。她平静地说孩子在我们学校读了半学期书，虽然现在病了，再读不下去了，可是她觉得，班主任老师，还有校长对她的孩子照顾得太好了。她今天来是想给我送这双自己做的布鞋。她说："你们城里人一般不穿布鞋，布鞋难看。但是有时候把布鞋当拖鞋穿穿，对身体是很好的。它透气，柔软，对脚好。"我还没有来得及说一句感谢的话，她就起身告辞了。她说两个精神病患者和身体一直不好的刘晓爷爷在炕上躺着，她必须赶快回去照料他们。望着她离去的背影，我的心里一阵好酸。

转眼，日子到了二〇一三年的七月。当年和刘晓同一个珍珠班的学生毕业了。全班五十六名同学中有三十八名被全国重点大学录取，其余考进了省内外二本院校。刘晓当年的同桌马冬冬被北京师范大学录取了。

有一天，班主任拿着一份当年学生初次来学校时的花名册给我看，他说："校长，你看看，我们这届珍珠班只有辍学回家的刘晓一个人没能上大学，其余都考走了。刘晓多遗憾啊！"说完，他把那本已经保存了三年的花名册递给我。全班五十六个学生的名字都排列在上面，刘晓的名字排在第三的位置。不知什么时候班主任已经在他的名字上画了一个圈，意思可能是表示这个学生已经不是他的班的学生了。

手拿着花名册，我的眼睛透过窗外，看见许多学生在操场上尽情玩耍。我似乎觉得刘晓就在他们中间。我问班主任："你还听到什么关于刘晓同学的病情和他们家的消息了吗？"他告诉我说，半年前的一个夜晚，他接到了一个陌生的电话，电话里对方说了半天，他终于

第三辑 故乡恋

听出来，打电话的就是当年的刘晓。刘晓告诉他，他的病好了许多，现在临夏市一家餐厅打工，每天吃得也很好，还算比较愉快。他向班主任和其他老师问好，说自己离开学校后，只要情绪稳定，他就特别想念同学和老师们，还有校长。他说等他的病好起来后，他还是想来学校上学。最后他问班主任老师，要是他来了，学校还要不要他。班主任给了他一个明确的回答，只要病好了，什么时候来上学，学校永远要他。而且他仍然是相应年级珍珠班的学生。听了他的回答，电话那头说话声变成了哭声。电话就在哭声中挂断了。从那以后，刘晓再也没有打来一次电话。

后来据班主任老师说，他的班上有几个同学自发去刘晓家看他。回来告诉班主任，刘晓的病还是不见好转。他们在村子看见他的时候，他已经完全认不出班里的同学们了。他和一群小孩儿在一块空旷的场院里疯玩，根本没有理睬他们。刘晓的爷爷告诉他们，他借了5000元钱带刘晓去兰州看了一次病，但是效果不大，那次回来后再也没有去看。爷爷说家里困难，没有经济来源，看不起病。现在刘晓和他的同样病情的爸爸都由爷爷一个人照看。农活由他的母亲一人张罗。

不久前，刘晓老家那个村子来了一位家长，是送学生的。我借机问他可曾知道一个叫刘晓的孩子。他说他很熟悉他们家的情况，说那孩子患了病后一直不见好转，给本来很穷的家庭带来了灾难。好在那孩子的爷爷硬朗刚强，一直在照看着全家。他们家本来就没有什么收入，现在可能有一些低保了。但给孩子看病还是有困难的。那个家的支柱就是他们的爷爷。一个月前，爷爷去世了，真不知他们家以后可怎么过下去。

学生家长说完，就和我告别，转身走了。我的心情却一下子低落到了极点。我知道，作为校长，我的责任和权限仅限于学校和在校就读的孩子，但是对于这个早已走出学校的不幸的孩子面临的遭遇，我很同情。我觉得我有责任去他家看看他，看看今天的他究竟是一个怎样的状况。虽然考上名牌大学是他当初的梦想，今天看来，这个梦想对于刘晓来说已经完全不可能了。

　　我突然决定，我要跑一趟刘晓的老家，去看看他，去看看他的父母。

记一个追梦的人

郭裕嘉

马自东，陕西师范大学本科毕业，中学数学高级教师。二〇一〇年被甘肃省委省政府授予"优秀教育工作者"称号，荣获省级园丁奖。

如果有一种力量可以指引人生的方向，这其中一定有他们的身影；如果有一种声音可以影响一个人的思想，这其中一定有他们的召唤。他，一个儒雅、从容、淡定的学者，行走于世俗，心胸却坦荡平和，三十年的教育生涯中慢慢地学会用从容做笔，用淡雅做色，用三十多年的积淀做铺垫，描绘一幅朴素动人的人生画卷。他用兢兢业业的职业操守、一丝不苟的治学精神、淡泊名利的人生态度、潜心教书育人的师者风范，赢得了学生的敬重与爱戴，他是学生心中最闪亮的明星、最崇拜的偶像。他，就是甘肃省园丁奖获得者临夏回民中学校长马自东。

一县一校教育梦

马自东，一位土生土长的东乡族汉子，从小品学兼优的他在上世纪八十年代初，从东乡县的一个小村子顺利考上陕西师范大学数学系。作为一名成绩优异的考生，放弃当时的热门专业，选择师范类院校，显然与那时大多数人的价值观念不相符合。可只有他自己知道，中学时的所见所闻与亲身经历，已经让一个小小的心愿开始在他的内心扎根、发芽，并最终成为指引他未来发展之路的一盏烛火。

一九八六年的夏天，马自东面临着毕业去向的选择。成绩优异的他本可以留在大城市教书或是再深造，可他毅然决然地收拾了行李，心中只有一个声音："回家乡去"！

"按照我当时的条件，留在省城或是其他大城市都是比较容易的，但我还是决定回到家乡，回到生我养我的那片土地上。因为如果没有母校的培养，就没有我上大学的经历。再加上当时我的母校校长求才若渴的真诚态度，让我下定决心回到东乡三中，并成为了一名数学课老师。"谈起回到家乡从教的心路历程，马自东如此说道。

那时风发正茂、充满年轻人朝气与干劲儿的马自东或许连自己也没有想到，他会在教育的这片阵地上一守就是三十年，而且从一线教师到县教育局局长再到临夏回民中学校长，足迹几乎踏遍与临夏中学教育相关的各个层面。

"我在教书过程中，也有很多机会去其他行政单位工作，但我都一次次的拒绝了，因为东乡虽然落后，但最落后的还是教育。"从西安到东乡，翻过的是繁华；从城市到山区，翻开的是贫瘠和落后。但城市的繁华没有锁住马自东的目光，反而促使他由自己的安逸想到落后山区孩子的辛酸。

谈起自己的教育梦想，马自东说道："作为一名教师，我们不仅要将知识带给孩子，也要将大山外的世界告诉孩子们，希望孩子们能走出大山，去看一看大山外的精彩世界，并在孩子们幼小的心灵里种下梦想的'芽儿'，带给孩子们冲破落后和贫穷的勇气和力量。这也是我从教的心愿。相对于学生的分数，我更在乎的是学生从学校学到的为人处世的方法和艰苦奋斗的精神，我希望他们都能独立思考、充满智慧的活着。"这绝非什么豪言壮语，却像一股潺潺的清泉滋润着孩子们的心田。

一笔一画总关情

在教育教学的岗位上，马自东取得的成绩无疑是耀眼的，但这却不是他身上唯一的闪光点。如果不刻意提及，在大家的想象中恐怕很难将数学老师出身的他与文学作家挂起钩来，可他偏偏就是这样一个偏离大多数固有观念的人，人生道路的选择如此，工作的态度如此，就连兴趣爱好亦如此。

这些年来，无论工作生活有多么忙碌，马自东都坚持不懈地用文学这一朴素高雅的方式来表达自己的教育观点与人生感悟，用一串串充满感恩与真情的文字带给人们美的享受与感动。他用自己勤奋写作笔耕不辍的实际行动感染着他的老师也感染着他的学生。他的文学作品常年在《民族日报》《河州》等报章杂志上发表。十几年来，他利用业余时间潜心创作，先后发表60多篇小说、散文和报告文学。

二〇一一年，是马自东文学之路上值得铭记的年份。当年他的散文集《为母亲祈祷》正式出版发行。文集中，通过一个普通家庭在母亲率领下与命运抗争的经历，栩栩如生地塑造了一位母亲丰满的形象。用母亲支持父亲做"货郎生意"、"举家搬迁"和坚持送儿子"上学"的三次抉择和典型事例，层层递进，细腻地描绘了母亲对家庭、对儿女和对生活的热爱，提炼、概括了母亲的一生，升华了伟大的母爱。回民中学的一位学生说，当读到马自东校长缅怀母亲、跪在坟前颤抖着双手为母亲祈祷："勤劳一生的母亲啊！失去你以后的今天，不孝儿想告诉您的是，您对我恩重如山！情如江河！我终其一生也无力偿还"的时刻，不禁潸然泪下，深为他对母亲的那份爱所震撼。

散文集《为母亲祈祷》的出版不仅得到了社会各界的一致认可，同时也让就读于回民中学的学子们在翻阅时看到了榜样的力量，在字里行间体会到了"感恩父母"四个字的真正含义。

"母亲对我的影响很大。在很小的时候，她就教育我要刻苦学习，好好做人。我今天的这一切都离不开母亲对我的教育，她的无私、她的大爱才让我取得了今天的成绩。长大后，我就想着出一本关于母亲的书，一方面是感谢我的母亲，另一方面希望我的这本书能对回中的学生起到一定的影响。很多学生读了我的书后，对他们的母亲也有了重新的认识，也更能体谅他们的母亲。这是让我非常欣慰的。"马自东说道。

一话一语聚人心

一次普通的班会课上，一个人正在饱含深情地演讲："同学们，大家一定知道黑人民权领袖马丁·路德·金的著名演讲《我有一个梦想》吧，虽然这篇演讲已经时过境迁，但现在读来依然震撼人心……同学们，考大学是我们的目标，但并不是唯一的出路。所以，从现在开始，同学们要认真学习。我希望当你们走出校门的时候，每个人都清楚自己要干什么……不求人人优秀，但求人人成功。对我来说，同学们能走上一条成功的路，就是我作为老师最大的愿望……"台上演讲的人正是校长马自东。他经常会出现在这种普通的班会课上，听同学和老

285

第三辑 故乡恋

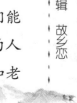

师的讨论，并与学生一起讨论问题、交流思想。

"当了校长，要经常在班会中进行演讲。因为一系列的办学理念、想法都要通过表达来传递。我有一个苹果，你有一个苹果，我们俩交换还是一个苹果，但我有一个思想，你有一个思想，我们交换就有两个思想。交朋友的过程就是不断提升自己的过程，为此，我让每个学生交一百个朋友，读一百本有思想的书。"

没有什么比教师的潜移默化更能在孩子的心目中留下如此深刻的印象。他是慈母与严父的综合体，在孩子成长的道路上，总有他温暖的关怀与严厉的管教相依相伴。他就像一座灯塔，无论在黑夜的疾风骤雨里，还是在白昼的风和日丽中，都始终屹立，而支撑这一切的是他丰富的知识、职业的操守、一颗博大的爱心以及一种对他人前途敢于承诺的责任。

"我总结出的一个办学信条就是不求人人优秀，但求人人成功。为什么这样讲呢？因为优秀的学生在很多学校里只是一部分，树立成功的理念，树立远大的理想，才是我们的办学目标。所谓成功，不是人人都考上大学，我经常告诉我们的学生要不做一般的人，做不一般的事，会做不一般的人。"马自东说道。

"为了帮助学生对自己的人生尽早做出规划，我们的马校长指导和实施了'班级人生规划专栏'的设计上墙，安排指导老师帮助学生对自己的人生做出符合自身实际的规划，使学生尽早明确自己的三年规划是什么？引导学生要明白一个铁一样的道理，这个世界上无论做什么，首先要有一个规划和目标。为此，学校为每一位学生发一张表让他们填写，主要的填写栏目有：高考成绩预测、最喜欢的大学、最喜欢的城市、最喜欢的专业、最喜欢将来从事的职业、展望十年后的自己等。最后把全班同学的人生规划表统一张贴在教室的墙上，我们叫做人生规划墙。这面墙壁要在三年的实践里时时提醒每一个同学：

面壁三年，背水一战，立志成功，别无选择。"临夏回民中学办公室主任董沛说道。

"十指抱拳力千斤"。作为临夏回民中学的一校之长，马自东深知这个道理，所以他对老师和学生也是无微不至地关心与关怀。他经常强调："学生工作无小事，每一个学生的成功是我们学校永远追求的目标，无数精细化的服务堆砌起来便是成功。"

为了加强学校安全服务，马自东先后与临夏州保安公司和兰州富华物业公司签订了门卫、校园安全及学生宿舍管理的相关协议，经过半年的管理服务实践，有效杜绝了学生随意进出校门、学生宿舍卫生差等不良现象；为了给师生提供安全、可靠的饮食服务，他专门委派一名总务处副主任负责管理学校7个清真食堂和两个小超市，从菜品的质量、数量、价格入手全面干预，明码标价。另外，还成立了食堂监督管理小组，每天有人数不等的小组成员深入食堂后厨，检查食材质量及卫生状况，及时曝光检查中发现的问题，有效提高了饮食服务质量，保障了师生每天都能吃到物美价廉、安全可口的饭菜。

"什么是好教育？好教育就是把学生放在心上的教育。我希望人们因我的存在而感到幸福。"被马自东记挂于心的事还不止这些。

二〇一五年十月，就读于临夏回民中学的学生马梅花，被甘肃省人民医院诊断为"间变性大细胞淋巴瘤Ⅲ期。"得知这一情况后，马自东在深感痛惜的同时积极号召各界捐款。

"十一月五日，当我去兰州甘肃省人民医院外科住院部看到躺在病床上的马梅花、看到小虎父亲无助而茫然的眼神时，不禁潸然泪下，心里痛如刀绞。孩子的父亲告诉我，他手里仅有的两万多东拼西凑的钱已即将用完，医院连续通知他尽快续缴住院费，否则治疗可能要停止，情况十分紧急。我当即拨通兰州伊兰盛鼎餐厅老板金总及马俊兰女士的电话，告诉她我的一个高三最好最优秀的学生不幸患了重病住院了。

听到这个消息，马俊兰女士和金总的财务人员在不到一个小时的时间里，给马梅花送来了 2 万元善款，解决了小虎住院费的燃眉之急。"马自东说道。

可这对于主治医生所说的 30 万元的费用，还相距甚远。为了救助这个孩子和家庭，马自东以校长的名义在网上发布帖子，希望能得到社会各界的帮助。同时，他还在微信朋友圈积极转发消息，让更多的朋友都看到并捐款。

皇天不负有心人。在马自东的积极奔走下，在全校师生的共同关怀下，在社会各界力量的支持下，不到一周，就筹得了治疗的所有费用。临别时小虎父亲对马自东说道："如果马梅花康复了，将来一定要他做个'好人'，回报社会。"

一举一动抓改革

现代学校是一个开放的文化场、生态场，它改写着教师的生活方式，更改变着学生的生命状态。这是马自东对临夏回民中学的设想，更是他始终努力的方向。然而走向校长岗位后，一个当时很多人看来几乎是不可能解决的难题却挡在了临夏回民中学前行的道路上，也挡在了马自东的理想面前。

"原来在城区，学校占地面积不到 38 亩，3000 名学生在 38 亩的学校非常困难，回中老校区狭窄的办学环境严重地制约着学校的进一步发展。怎么办呢？我就坚持不懈地向党委汇报学校的困难。临夏州委看到了我们的实际情况后，答应想办法解决。短短两年时间，全面建成二百四十一亩，现已成为能容纳五千三百名学生的全州一流、陇上有名的学校。这与州委州政府的支持与帮助是分不开的。"对于这一瓶颈性难题，马自东没有怨叹，更没有灰心放弃，他只是默默地带领着学校班子积极奔走，并通过近两年的奔波努力，最终受到了领导的高度重视，使学校迎来了搬迁新建的曙光。

如今的临夏回民中学拥有高大的教学楼、图书馆、师生公寓、体育馆等，另外还配有一个标准化田径场，十二个标准化物理、化学、生物实验室，音乐、舞蹈、美术教师九名，信息技术教师三名，一个录音室。电子白板等办学设备更是每个班级的必备设施。从硬件的角度上讲，今时今日，矗立在众人眼前的临夏回民中学堪称现代化中学的典范。可谁又能想到，仅仅几年前，这所陇上名校的占地规模还不及如今的六分之一，硬件设施更是无法与今天相提并论，而这令人惊叹的巨大变化皆源自于校长马自东的始终坚持与不懈努力。

对于临夏回民中学来说，马自东称得上是一位怀揣朴素理想的追梦者，他用自己的坚持换来了学校今天的窗明几净、设施完备，但这绝不是马自东给这所学校带来的唯一改变。

两千多个日日夜夜里，他从实际出发、从民族教育的特点出发，在回中一步一个脚印地躬身践行着具有普世价值的教育改革。他带领新一届学校领导班子制订了统领学校工作大局的《十大工程》建设规划，使学校基本形成了靠制度管人、按制度办事、依程序办事的良好工作局面。制订实施了《青年教师快速成长培训方案》，与上海格致中学、兰州二十七中结为了友好学校，教育资源实现共享，邀请了全国名校名师来临夏不定期为学校老师作专题报告，积极组织教师和学生参加校内外学科竞赛，在学校初步形成了能够促进教师、学生、学校共同发展的内部评价、督导、激励机制。

他还创办了国内知名教育家为主讲教师的临夏教育发展论坛，创办了《回民电视台》《今日回中》校报和《耕耘者》校刊，改版了"临夏回民中学网站"。开展了"中华经典诗歌诵读""学生模拟法庭"等丰富多彩的校园活动，持续推进学生阅读写作工程。大胆改革实行年级 A、B 分部的管理机制，坚持实施了旨在培养自我教育、自我管理、自主创新能力的代理班主任制度，进一步完善和深化了特长生培养的办学措施和制度。

谈起校长马自东，临夏回民中学的其他教师评价最多的就是一个字——"快"。

"马校长说话语速很快，办事效率极高，工作强度非常大。他要求严，有什么事就要迅速解决。以前我们经常外出学习，别的校长可能是一天走访一个学校，我们的马校长一天能去四个学校，听课，做笔记，就连晚上都在工作学习。"临夏回民中学教务处副主任赵文昌说道。

"马校长走路非常快，工作勤奋，热情。开门办学，学生可以在假期发短信。每周一的升旗仪式上讲话，以阅读为主，学生积极性非常高。在他的影响下，文化氛围不一样了，环境卫生不一样了，师资力量也得到了很大的改进。我们学校经常会组织赛课、校内培训与校外培训。"临夏回民中学语文教师祁生旺说道。

六年时光悄然走过，在一所学校的发展历程中，这段时间显然并不算长，但临夏回民中学的校风、教风、学风却在这六年时间里发生了深刻的变化，学校办学效益更是得到了极大的提升。省市各级相关领导纷纷来到学校观摩检查，指导工作。"一位好校长就是一所好学校"这句话在马自东身上得到了有力的佐证。

眼界决定高度，高度决定未来。正是因为在临夏州从事过与教育相关的各种工作，马自东对民族教育发展有了更全面也更深刻的认识与见解。二〇〇九年九月他正式就任临夏回民中学校长一职，而他严谨的教育理念和办学思想也从那一刻起，在这所中学的校园里播撒开来。他在管理中坚决不让学生在校园带手机的制度广受家长和老师支持。

捧着一颗心来，不带半根草去。这是著名教育家陶行知先生一生献身于教育事业的真实写照，也是马自东从事教育工作以来奉行的座右铭。有人说，他是因为拥有紧跟时代的教育理念才得以肩负重任；有人说，他是因为拥有务实的工作作风而备受推崇。可他自己却说，无论做人做事，关键是要从心出发！在我们看来，或许正是因为他在母亲面前，有一颗赤子之心；在工作面前，有一颗赤诚之心；在师生面前，有一颗兼爱之心，才能够一直站在教育这块精神的高地上，始终守望着自己的理想，守望着无数学子的成才之梦。